吞噬星空

典藏版 11

我吃西红柿 著

时代出版 APGTIME
时代出版传媒股份有限公司
安徽文艺出版社

图书在版编目（CIP）数据

吞噬星空：典藏版. 11 / 我吃西红柿著. — 合肥：安徽文艺出版社，2021.8（2025.6重印）

ISBN 978-7-5396-7236-6

Ⅰ. ①吞… Ⅱ. ①我… Ⅲ. ①幻想小说—中国—当代 Ⅳ. ①I247.5

中国版本图书馆CIP数据核字(2021)第123185号

TUNSHI XINGKONG DIANCANG BAN 11

吞噬星空 典藏版11

我吃西红柿 著

出 版 人：姚 巍
责任编辑：王婧婧 宋潇婧
装帧设计：周艳芳

出版发行：安徽文艺出版社 www.awpub.com
地 址：合肥市翡翠路1118号 邮政编码：230071
营 销 部：(0551)63533889
印 制：湖南天闻新华印务有限公司 电话：(0731)88387856

开本：710 mm × 1000 mm 1/16 印张：18 字数：290千字
版次：2021年8月第1版
印次：2025年6月第9次印刷
定价：32.00元

目录
CONTENTS

第493章 **古神废墟** 001

第494章 **深夜行动** 007

第495章 **淳羽陶** 013

第496章 **侦察** 019

第497章 **夜访** 024

第498章 **血洛晶** 030

第499章 **血洛晶的神奇** 036

第500章 **对血洛晶的渴望** 042

第501章 **胜之不武** 048

第502章 **神殿使者** 053

第503章 **魔杀族分身发飙** 058

第504章 **意外之喜** 063

第505章 **抉择** 069

第506章 **离开** 075

第507章 **融合** 082

第508章 **命运** 087

第509章 **司雍** 093

第510章 **巨坑** 098

第511章 **远古图影** 103

第512章 **两年** 109

第513章 **通天桥第六层** 115

第514章 **罗峰和伯兰** 121

第515章 **坑底的存在** 126

第516章 **红色煞气** 132

第517章 **荒兽岐牛** 137

第518章 狂喜 143
第519章 金角巨兽的蜕变 149
第520章 异变 154
第521章 狩猎计划 160
第522章 融合 166
第523章 三十年后 172
第524章 修心的三重境界 178
第525章 煞气旋涡 183
第526章 旋涡核心 188
第527章 拜见霸戚 193
第528章 不朽神殿 199
第529章 遗迹 205
第530章 兽神雕像 210
第531章 太值了 215
第532章 雨刀门 221
第533章 八十年后的纳可 227
第534章 罗峰大战世界主 233
第535章 反败为胜 239
第536章 天蚀宫 245
第537章 天蚀宫宫主 250
第538章 剑之世界 255
第539章 血洛晶的价格 261
第540章 通天山 267
第541章 以一敌三 273
第542章 五大高手 279

第493章

古神废墟

刚才那个仆人描述得很详细，燕岗岭范围内的家族、组织、门派有很多，这些势力按照层次可分成超等、上等、中等、下等。

纳家和西家都算是中等势力家族，而十三斧算是上等势力家族。在整个燕岗岭范围内，还有三大超等势力家族，分别是石风家族、淳羽家族、虎雷族。

虎雷族是一个野蛮的人类族群，石风家族是城主家族，淳羽家族则是当地的第一商人家族。

“血洛晶无比珍贵，这三大超等势力是最可能有血洛晶的。”罗峰坐在那里，手指敲击着椅子扶手，“可能性最大的无疑是石风家族，第二是淳羽家族，至于虎雷族，离这里实在太远，没必要赶过去。”

一个领域级强者（域主）必须融合一颗血洛晶，才能得到不朽神殿的认可，才有资格担任城主。所以，那位城主肯定已经融合过一颗血洛晶，他又是所辖领地内最有权势的，获得第二颗血洛晶的概率是最高的。

如果罗峰是城主，融合了一颗血洛晶，当然想再弄到一颗血洛晶，试试看是否能够再融合。

“不过，他是域主，而我仅仅是宇宙级九阶强者，当然，我的领域达到了第九重，而且精通空间、金这两大本源法则。一般的域主级二、三阶强者，我都有信心将他们击杀，就怕对方是域主级七、八阶强者。”罗峰摇摇头。

在弄清楚那位城主的底细前，暂时还是不去招惹为好。能掌控整个燕岗岭，那位城主绝对不好惹。

“目标人物！淳羽家族……家主！”罗峰双眸微眯。

计划定下，可淳羽家族是整个燕岗岭内仅次于城主的豪强，族内的云霄级（宇宙级）强者不少，据说还有一个领域级强者（域主）在潜修，不过，此事也是那仆人道听途说的，真实性无法确定。

第二天早晨。

罗峰的念力隐隐感应到宇宙空间波动，通过空间的波动，他能察觉到数十公里范围内的一些气息。

“嗯？纳可来了？”罗峰眼睛睁开。

“纳可，云级八九二号。”罗峰当即传音过去。

纳家父子来到飞云阁后，正准备好好查查那位神秘的峰大人住在哪里，纳可的脑海中就响起了罗峰的声音。

“爹，云级八九二号。”纳可低声说道。

“你怎么知道？”纳布惊讶地看着儿子。

“峰大哥传音给我了。”纳可回道。

旁边的纳布听了，暗自惊讶。

这个神秘高手峰真可怕，这么远的距离，都没见到面，就已经知道他们到了。

“走！”纳布和纳可进入了飞云阁内部。

当他们来到罗峰居所前，便看到一个穿着黑色战甲的男子站在庭院中。

“峰大哥。”纳可连忙喊道。

“纳布拜见峰大人，多谢峰大人救我儿性命。”一头银发的纳布恭敬行礼。

“都进来吧。”罗峰一笑。

客厅中。

罗峰和纳布坐下，纳可则站在纳布的身侧。

“峰大人，昨天如果不是你，我儿恐怕就丢了小命了。”纳布感慨道，“就在昨夜，西家整个家族都被灭了。西家也是根深蒂固的家族，却因为走错一步，家族基业一夜被毁，昨天我儿竟然掺和了此事，我想想都后怕。”

“西家被灭了？”罗峰眉毛一皱。

“嗯，我也是刚刚得到的消息。”纳布感慨一声，“这次西家竟然借了巨额外债，通过秘密渠道弄到了一套出自古神废墟的甲衣。可惜，昨天他们的队伍被灭，甲衣也被夺走了，而西家根本没有办法偿还巨额外债本金，更别说偿还利息了，所以那些放债的一怒之下，杀了西家人，抢了西家的家产，然而，就算这样，还是弥补不了所有欠款。”

“那古神废墟是什么地方，里面的一套甲衣就这么重要？”罗峰问道。

“峰大人不知道？”纳布讶异。

“峰大哥，我都听说过古神废墟呢。”纳可笑道。

“我只知道那是个占地面积极大的古战场。”罗峰随意地道，“我想不通，为什么古战场中的一套甲衣就这么贵重。”

从十三斧的空间戒指中得到的书里，罗峰了解到血洛世界中一些特殊地方的基本讯息，其中介绍古神废墟的极少。

古神废墟直径有千亿公里，是一个古老的战场。可是，除了这些，书中没有更多的介绍。

纳布笑道：“绝大多数人只知道古神废墟是一个古老的战场。不过，我是做生意的，通过一些特殊渠道得知了一些隐秘的信息。峰大人，你知道天外族群吧？”

“知道。”罗峰点点头。

“天外族群非常强大，极为厉害。按理说，任何一个云霄级强者都能冲破十八云层，飞到外界的虚空中。可是，任何一个飞出去的云霄级强者都会被生活在虚空中的天外族群给击杀。我们无法进入虚空。庆幸的是，天外族群也很难降临这里。听说每一次降临，天外族群要付出的代价都是极大的。”

罗峰闻言一怔。

“在很久很久以前，血洛大陆强者如云，天外族群降临，当时那些可怕的强者和我们血洛大陆的不朽神灵组成的军队进行了一次神的战争。”

“神的战争？”罗峰瞪大眼睛。

“嗯！我们血洛大陆损失惨重，一个个不朽神灵陨落。不过，虽然牺牲很大，但还是将天外族群给赶出去了，自从那一次大战过后，天外族群再也没有大规模地降临过血洛大陆，而不朽神灵和天外族群强者对战的古老战场被称为‘古神废墟’，因为那浩瀚的区域支离破碎，变成了一片废墟。”

纳可眼睛一亮，问道：“大量不朽神灵组成的军队和天外族群的强者大战，那场面令人惊叹吧！”

罗峰笑笑。

在古神废墟中，或许真的发生过不朽神灵军队和天外族群强者的大战，可是，说天外族群被打败了，未免太可笑了。不说别人，虚拟宇宙公司的尊者、宇宙国主随便派出一个，都能轻易毁掉整个血洛世界。

“古神废墟中有很多天外族群强者遗落的甲衣，也有一些不朽神灵陨落时留下的甲衣和兵器，这些即使是残破的，依旧非常贵重。”纳布缓缓地说道，“而且，古神废墟中的煞气非常重，一些修炼者进去，意志稍弱的，会遭到煞气侵袭，整个人变得癫狂。然而，还是有很多人进入古神废墟，试图寻找不朽神灵遗落的宝物。”

“而且，煞气越重的人，越容易融合血洛晶，所以很多强者都不顾生命危险，义无反顾地进入古神废墟。”纳布说着，感慨一声，“总之，古神废墟是很可怕的地方，也是让人痴迷的地方，我们血洛大陆上的无数强者争先恐后地想要进入古神废墟。”

“哦？”罗峰眉头一皱。

煞气？

血洛晶？

之前他看到书上提到，杀戮越多，越容易融合血洛晶。

而纳布说，煞气越重，越容易融合血洛晶，所以无数强者争先恐后想进入古神废墟。

“原来杀戮是为了让煞气更重。”罗峰暗道，“这血洛晶到底是什么宝物？为什么煞气重的人更容易融合血洛晶？如果我得到多一点的血洛晶，融合不成功的话，也可以去古神废墟试试。”

纳家父子的到来，令罗峰得知了古神废墟的一些讯息，心情很好，这可关系到自己能不能成为血武者。

飞云阁，罗峰住处。

罗峰正坐在二楼的栏杆旁看书，同时分出一丝意识连接虚拟宇宙网络。虽然现在正在执行修炼任务，但是这和钻研宇宙本源法则并不矛盾。

雨相山，太初区，乌卡的庄园。

“戎钧、罗峰，听说你们俩都开始执行修炼任务了。”乌卡看着罗峰和戎钧，“你们选择的是什么级别的任务？”

“困难级。”戎钧回道。

“罗峰，你呢？”乌卡看向罗峰。

戎钧也朝罗峰看来。

“危险级。”罗峰说道。

乌卡、戎钧大吃一惊。

乌卡瞪大眼睛，道：“罗峰，你第一次接修炼任务就接危险级的，那太冒险了。”

“的确冒险，我现在就有一些小麻烦。”罗峰无奈地道。

“我选的是困难级，都不敢有丝毫大意。罗峰，你可真是疯了。”戎钧笑着摇头。

罗峰的一丝意识在虚拟宇宙网络中，本尊则在血洛世界燕岗城中做一些对付淳羽家族家主的准备工作。他首先得弄清楚淳羽家族家主的长相和实力，其次要弄清楚淳羽府内的情况。

“没事。”罗峰笑着说道，“我先走了，今天要办大事，不能分心。”

“祝你好运。”乌卡说道。

“你可别因为修炼任务就丢了小命。”戎钧提醒道。

“放心吧！”罗峰摇头一笑。

随即，他的意识便离开了虚拟宇宙网络。

第494章

深夜行动

血洛世界，燕岗城。

夜。

经过六天的认真探察，做好充足的准备，罗峰化为一阵风，悄无声息地离开了飞云阁，片刻后便来到一座占地数十平方公里的豪奢府邸，这也是燕岗城中仅次于城主府的府邸。

一道人影出现在府邸的院墙外，正是罗峰。

罗峰今天并没有穿那一套黑色战甲，而是穿着简单的黑色长袍，就这么空手站在院墙下。

“淳羽家族！”罗峰微微一笑。

“呼！”他整个人直接消失，犹如一阵风，悄无声息地潜入淳羽府的深处。

淳羽府分为外府和内府，外府居住的是一些地位较低的普通族人，警卫比较松懈，而内府明显戒备森严得多。

罗峰仅仅迈出三步，阴暗的花草丛中、墙壁上、走廊上分别出现三道幻影，而后他就已经到了内府边缘。

“寻找血洛晶既然是危险级任务之一，那么血洛晶就没那么容易得到。”罗峰半蹲在一块巨石下，朝四周一扫，念力和宇宙空间网络连接，感受周围的生命气息，“内府中的生命气息明显强大得多，显然宇宙级强者不少。”

想在内府中随意行走是不可能的，他当即施展出幽影幻身身法，整个人仿佛化为影子，迅速潜入内府。

“你们都给我清醒点，不要打瞌睡！”

“队长，谁敢闯淳羽家族的内府啊，没必要那么认真吧！”

“不认真也可以，至少装装样子，若是被发现可就惨了，我是为你们好。”

一支小队在内府内巡逻，那些队员一边巡逻，一边传音聊着。

“呼！”

在他们身后，一道模糊的影子一闪而逝，到了内府更深处。

施展幽影幻身身法的罗峰更加飘忽不定，加上对宇宙空间波动的感应，一路轻易躲开了一个个暗哨。

罗峰心中暗叹：“这里果真防卫森严，燕岗城内仅次于城主府的府邸，防卫绝对不是开玩笑的。”

“前面就是那个狗头军师住的地方了。”

罗峰整个人贴在走廊的石柱上，戒备地看着远处的一座楼阁。

“唰！”他凭着对宇宙空间波动的感应，很快就进入了那座幽静的楼阁。

楼阁二楼。

穿着一身白袍，面容白皙的瘦小男子坐在书桌前，似乎在想什么。

这些大家族中肯定是有一大批谋士的，经商家族尤其看重谋士，而这个白袍男子就是淳羽家族谋士中地位最高、最受家主重视的谋士，名为“余可奇”。

单单从他居住在内府中，而且单独占了一座幽静的楼阁，就能看出其地位之高。

“余可奇。”一道声音响起。

“嗯？”余可奇转头看去，只见身后站着穿着黑袍的罗峰。

“主人！”余可奇连忙恭敬行礼。

“嗯。”罗峰点了点头。

这六天来，为了弄清楚淳羽家的情况，他谨慎考虑了一番，从多方面入手，不但从城内的一些情报机构弄到一些资料，还通过灵魂秘法控制了淳羽家族的一些重要人物，以进行探察。

灵魂秘法是他的老师陨墨星主人呼延博专门研究灵魂一脉得出来的，是极大的成就，呼延博连《奴役魂印》秘籍都写出来了，自然有很多常用的小手段。而且，《时空随笔》第一册中就有很多灵魂类秘法。罗峰对余可奇施展的不过是迷魂一类的秘法。

“我现在要见你们家主，准备好了吗？”罗峰问道。

“主人请放心，我是家主的心腹，家主对我很信任，就算我夜间想要见家主，也是绝对没问题的。”余可奇信心十足。

“嗯！你在前面带路。”罗峰说道。

“是。”余可奇点点头，“主人只需跟在我后面即可。”

随即，余可奇直接下了楼，罗峰紧随其后。

“吱呀！”门开了。

余可奇带着罗峰，就这样直接往外走。

两人走在廊道上，廊道上一片寂静。

“嗯？”罗峰一眼看到远处有一支巡逻卫队过来了。

那巡逻卫队的领头人看到余可奇，满脸笑容，行礼：“余先生。”

“嗯。”余可奇点点头。

那领头人根本没盘问罗峰的身份，带着巡逻卫队直接离开了。

余可奇传音道：“主人放心，我偶尔会因为重要事情深夜和家主商谈，也会带人和家主见面，虽然那都是家主吩咐要带去见面的人，但那些护卫并不知道，所以我带人过去绝对没问题。”

“嗯。”罗峰微微点头。

他们继续往前走。

一关又一关。

罗峰就这样从一个个暗哨旁走过，那些暗哨没有丝毫反应，任凭罗峰在余可奇的带领下，不断深入府邸。

“越往里走，戒备越森严，就算是我，想要不被任何人发现就潜进来，也是不可能的事。”罗峰看着前方驻扎的守卫，一眼看去有数千人，显然已经到了淳羽家族府邸的核心处。

“开门！”余可奇大喊一声。

“余先生，稍等。”一名守卫立即将紧闭的侧门打开。

余可奇带着罗峰，在数千名守卫的注视下，直接进入了府邸最深处。

“主人，这里就是淳羽家族最核心的地方，家主、族内的重要子弟、一些超级高手、藏宝库、武楼等都在这里。”余可奇传音道，“而家主的住处就是眼前的这座宫殿。”

罗峰仔细观察，前方是一面长、宽500米，有着精美雕刻的古老院墙，院墙内是一座九层高的宫殿，院墙外面的正门口仅仅站着两名守卫。

“开门。”余可奇说道。

“他是谁？”左边的守卫指着罗峰，问道。

“他是家主要见的人。”余可奇皱眉道，“赶紧开门。”

“家主今天并没有通知我们，说深夜要见什么人。”左侧的守卫盯着罗峰，冷冷地道，“而且，现在家主已经休息了。”

“家主早就想见他了，只是一直没机会，今天我找到这位大人，当然是立即带来了。”余可奇脸色一沉，“家主若怪罪下来，你们担当得起吗？还不赶紧开门！”

罗峰眉头微皱，传音问道：“怎么回事？”

“主人，平常这二人根本不敢拦我，今天倒是怪了。”余可奇传音回道。

他也疑惑着呢。

“还不开门。”余可奇的脸色越来越难看，“你们俩是怎么回事？”

两名守卫脸色微变。

其中一名守卫赔笑道：“余先生，其实不是我们兄弟俩要拦你，只是今天家主刚刚将城主府的那位弄到手，不适合见客，若是被打扰了，家主很可能不高兴。如果真的要见，我们兄弟帮忙传个话？”

“哦。”余可奇眉头一皱，当即传音给罗峰，“主人，家主现在和一个女子在一起，怎么办？”

“进！”罗峰传音。

受到灵魂秘法影响的余可奇根本不可能拒绝罗峰的命令，当即看向守卫：“你们去传话吧！家主见这位大人之事可比陪一个女子重要得多。”

“那行。”门口的两名守卫当即开门，其中一人直接往里走。

罗峰站在院外，透过已经打开的门，默默看着里面。

“家主，家主。”那名去传话的守卫站在房门外，低声唤道。

“什么事？”家主显得很不耐烦。

“怎么回事嘛。”随后，一道娇滴滴的声音响起。

“家主，余先生带了一个人过来，说是家主一直想见的人。家主，见不见？”守卫说道。

“余先生带来的人？”

忽然，宫殿的第一层大门轰然开启，只见一个穿着华丽睡袍，赤着脚的魁梧男子，直接朝外面看来，目光落在了罗峰的身上。

这位淳羽家族的家主很疑惑。

“他再盯着我看，我就露馅了。”罗峰一闪身，直接冲进了院内。

“唰——”九道黑色人影直接从宫殿的楼上蹿下。

与此同时，院墙后面也猛地蹿出一道道人影。

淳羽家族的家主地位何等尊贵，岂会没有贴身秘卫？

三百名贴身秘卫！

九大影卫！

“这里竟然还有九个宇宙级强者，淳羽家族不愧是超等势力。”罗峰表情淡漠，双手伸出。

冲出来的三百名贴身秘卫和九大影卫，或是拿着战刀，或是拿着短剑，或是拿着其他兵器，或是操控暗器。他们原本是要击杀罗峰的，可是，在罗峰强大的念力操控下，他们的兵器直接朝自己袭去。

“不！”他们大喊起来，却根本控制不住手中的兵器。

刀光、剑光、暗器的光芒齐刷刷地亮起！

下一瞬，庭院中只有三个人还活着。

余可奇站在那里，早就愣住了。

淳羽家族的家主更是惊恐地瞪大眼睛。

唯有罗峰面无表情，身上的黑袍随风飘荡。他一步就跨到了家主身侧，掐住其脖子，仿佛拎小鸡似的。

而后，他又一迈步，消失不见了。

第495章

淳羽陶

淳羽家族的历史比新崛起的石风家族悠久，而且整个燕岗岭的第一强者也在淳羽家族。

淳羽陶达到域主级六阶，是淳羽家族现如今年龄最大，实力最强，也是暗地里真正掌控淳羽家族权力的人物，就好像黑龙山帝国虽然有皇帝，但是真正掌控大权的是圣地黑龙山的神主。

同一个道理，淳羽陶才是淳羽家族真正的掌权人。

……

一座通体呈深紫色的楼阁，楼梯完全由紫炎沉木建造而成的。虽然仅仅为三层楼，但是造价比淳羽府其他区域加起来还要昂贵得多。

三楼。

一个有着黑色大胡子的中年人穿着宽松的衣袍，坐在床榻上，双眸微闭。忽然，一股强大的能量波动从东北方（血洛世界也有地理方向，东南西北，天上和地下，不过确定方向的方法和地球上的不一样）传来。

“嗯？”淳羽陶脸色一沉，精神念力猛地扩散开去。

虽然他是武者，和精神念师相比，念力要差很多，但达到了域主级层次，施展念力探察是很容易的事情。

“轰！”

以楼阁为中心，狂暴的念力猛地朝能量波动的方向扫荡过去，瞬间就扫荡到了淳羽家族家主居住的宫殿。这一番察看，淳羽陶顿时脸色大变。

“嗖！”床榻上的他直接消失不见了。

院内血腥气弥漫，三百多具尸身倒在地上。此时，一个穿着宽松的灰色衣袍，有着大胡子的中年人悬浮在宫殿的上空，怒视下方。

“啊！”宫殿二楼，一个娇媚的妇人打开窗户，正朝外偷看，一看到这幕可怕的场景，顿时尖叫起来。

“哼！”半空中的淳羽陶脸色一沉。

“轰隆！”土黄色的气浪瞬间笼罩住整座宫殿，同时将余可奇和躲在宫殿内的妇人给捆缚住，直接将两人卷到半空中。

“说，到底怎么回事？”淳羽陶怒视二人。

“这，这，这……”妇人脸色惨白。

余可奇连连摇头：“我也不知道是怎么回事，刚才有一道黑色人影瞬间出现，然后我就看到三百多人丧命，家主就被掳走了。”

淳羽陶转而看向妇人。

“是，是，是余可奇，是他带人来见家主，家主才出去看的，其他的事情我就不知道了。”妇人连连摇头。

“嗯？”淳羽陶又看向余可奇。

余可奇却诡异一笑。

“砰！”他的身体直接爆炸开来，爆炸产生的余波袭向身侧的妇人。

妇人瞪大眼睛，连忙喊道：“救救我！救救我！”

血洛世界中的人几乎都是行星级强者，这个妇人也是，所以即便她的身体被爆炸波冲击，依旧不会死。

“嗖——”忽然，一道道人影从远处疾速赶来。

正是淳羽家族的大人物。

“老祖。”

“老祖，这是怎么回事？”

“爷爷，这，这是怎么了？”

这些人看到地上的尸身，都惊呆了。

其中有人认出了九大影卫的尸身。九大影卫可是淳羽家族中一股非常强的武力，每个人都达到了云霄级啊！

“找，给我找，给我把家主找回来！”淳羽陶怒喝。

他周围的气浪猛地狂暴起来，仿佛无形的刀刃，直接杀了那名妇人。

“是！”

“是！”

一群人恭敬应命。

其实看到三百名秘卫全部被杀，他们就猜到家主遭遇不测了。现在听起来，家主没死，只是被人给掳走了。

“浑蛋！”淳羽陶周身土黄色气浪环绕，宛如神灵般悬浮在半空中，让自己的精神念力朝四周扩散开去。

他是武者，其念力的凝聚性、柔韧性、虚化性等远远不如精神念师的，量也差很多。可是，仅仅是探察这种小事，还是没有问题的。

因为血洛世界的引力极大，所以他的念力仅仅探察到周围80公里的范围。

“在哪儿？”淳羽陶疾速飞到100公里外。

深夜，燕岗城的上空。

一道土黄色光影一下子出现在这边，瞬间又到了另外一个区域，显然是要将整个燕岗城搜索一遍。

燕岗岭，城主府。

身材高大，眉心有着淡绿色秘纹的中年人走到宫殿的栏杆边。

他穿着血红色的鳞片状战甲，抬头遥看正在燕岗岭上空搜索的淳羽陶，低声说道：“这个老家伙又在发什么疯？”

“哼！这老家伙气成这样，淳羽家族肯定是吃了大亏。”说完，他的嘴角泛起一丝冷笑。

他就是燕岗岭内的最高掌权人——城主石风雄。论实力，他比淳羽陶要弱一些，之所以能成为燕岗岭的领主，一是因为成功融合了一颗血洛晶，二是因为他跟这一方世界的世界主关系极为特殊。

淳羽陶虽然实力强一些，但是没能成功融合血洛晶，所以没资格当领主。

石风雄冷笑一声，随即下令："给我去查查淳羽家族到底发生了什么事！"

"是！"一道低沉的声音传来。

淳羽家族在燕岗岭扎根很深，这次有人直接杀进府邸，掳走家主，是何其大的羞辱！

老祖淳羽陶大发雷霆，搜寻整个燕岗岭，随即淳羽家族的各方明暗势力都行动了起来，开始调查。

与此同时，城主所属的石风家族和其他势力都掺和进来了，燕岗岭中一片暗流汹涌。

……

西家的西炎塔是恒星级九阶强者，逃命时速度达到8公里/秒。

罗峰是宇宙级九阶强者，而且达到了领域九重，对空间本源法则的感悟极深，极为擅长瞬间爆发速度。短时间内，在血洛世界引力的影响下，他瞬间爆发的速度能达到300公里/秒。

当时罗峰掐着那位家主的脖子，以念力包裹住对方的身体，一飞冲天。

距离燕岗岭3万公里外的第十五云层。

罗峰终于停下，手仍旧紧紧地抓着家主。

"你要干什么？"淳羽崇脸色惨白。

在被抓住的一瞬间，他的丹田就被毁掉了，灵魂则被无比强大的念力给压制住了。

"你问我要干什么？"罗峰直接从他的手上拽下一个空间护腕。

那空间护腕内自然有淳羽崇的精神印记，可罗峰的念力宛如一柄长矛直接刺进去，硬是将精神印记给刺破了。

淳羽崇脸色顿时更加苍白。

“你还挺有钱的。”罗峰拿着空间护腕，仔细探察内部的物品。

“你要钱？行，你要多少，尽管拿，别杀我。”淳羽崇连忙说道，“你是精神念师，可以直接让我忘记这段记忆，我不会记住你的模样。”

罗峰眉头微皱。

那空间护腕内并没有血洛晶。

如果不杀淳羽崇，难保他不会带着淳羽家族的人来追杀自己。不过，淳羽崇倒是提醒了他，可以先对其使用灵魂秘法，套出血洛晶的下落，而后再了结其性命。

“淳羽崇。”罗峰大喝一声。

“嗯？”淳羽崇一愣。

看起来，淳羽崇的实力似乎还不如纳家家主。

此刻，淳羽崇觉得眼前的黑袍青年的眼神让人痴迷。一秒钟后，他的眼神变得有些黯淡，看向罗峰时，神情却显得狂热。

他恭敬地行礼：“主人！”

“嗯。”罗峰站在浮云上，看着眼前的淳羽崇，“我问你，你知道谁有血洛晶吗？你们淳羽家族有血洛晶吗？”

“有！”淳羽崇没有丝毫犹豫。

“在哪儿？”罗峰眼睛一亮。

“在我家老祖那里。”淳羽崇道。

“老祖？”罗峰眉头一皱。

他听说淳羽家有一个域主级强者，可此事并没有得到确认。

“是的，老祖是我们淳羽家的最强者，也是整个燕岗岭的最强者。”淳羽崇缓缓地说道，“血洛晶就在他手里，不过，老祖虽然得到了一颗血洛晶，但无论怎么尝试，都无法将其融合到体内，所以燕岗岭的领主之位才会落到石风家族手里。”

“你们家老祖的实力比城主强？”罗峰听出来了。

“是的。城主跨入领域级才一百多年，按照老祖所说，只能算是达到领域级前期，而我家老祖都快跨入领域级后期了。”

罗峰心中一动。

城主估计达到了域主级二、三阶，毕竟他突破才一百多年，一般人突破后是需要慢慢积累能量的，从一阶到九阶，需要很长的时间。在宇宙级强者中，只有顶尖的天才拥有罗峰这样的待遇，无需浪费时间去做量的积累。

“除了你家老祖，还有谁拥有血洛晶？”罗峰追问。

“据我所知，一个是老祖，一个是燕岗岭管理整个军队的将军石风战。石风战是城主石风雄的弟弟，和我的关系很好。当初他还拿出那颗血洛晶在我面前显摆，说是他兄长给他，让他融合用的。”

“哦！一颗在你家老祖手上，另外一颗在石风战的手上。”罗峰笑着点点头。

第496章

侦察

中了灵魂秘法的淳羽崇全部交代了，根本没有丝毫隐瞒。

“很好。”罗峰又追问道，“你还知道谁有血洛晶？”

想成为血武者，首先要得到三颗血洛晶，其次要融合成功。

得知成为血武者并不简单，还听说了更加不可思议的黑武者传说，罗峰心中有了期待，他期待自己能成为血武者，说不定还能晋升为黑武者。

在血洛世界中，虽然黑武者仅仅是个传说，但既然是传说，就有可能成为现实。而且，以罗峰的性格，不试试，是绝对不会轻易放弃的。

人人都认为自己与众不同，罗峰亦然，只是，他比别人更能认清自己罢了。

“主人，我能够确认拥有血洛晶的，只有我家老祖和石风战将军，其他的无法确认，只是一些传言。”淳羽崇恭敬地道。

“传言？”罗峰眉毛一挑。

“是的！不过，我虽然没办法确认燕岗岭的领主石风雄到底有多少颗血洛晶，但是我认为他至少有一颗没有融合的血洛晶。”

“哦？”罗峰看着淳羽崇。

“石风雄很有背景，他的老师就是我们这一方世界的世界城城主。很早之前，石风雄就成功融合了一颗血洛晶，突破到领域级后，他很快就成为燕岗岭的领主，之后他还暗中赐予他的弟弟石风战一颗血洛晶。

“对于武者而言，血洛晶是多多益善的。融合了一颗，还想融合第二颗。他既然赠予了自己弟弟一颗血洛晶，说明他得到血洛晶并不是很难，至少还是有办法的。”淳羽崇笃定地道，“而且，以石风雄自私的性格，能给弟弟一颗血洛晶，那他自己手中至少还有一颗血洛晶，我甚至怀疑他的手中不止一颗血洛晶。”

罗峰微微点头。

随即，他动手杀了淳羽崇，悄然返回了燕岗岭飞云阁。

淳羽家族在燕岗岭的势力盘根错节，远超石风家族。

淳羽府，楼阁一楼。

淳羽陶坐在主位上，闭着眼，淳羽家的其他大人物乖乖地站在两侧，大厅中则跪伏着数十人，厅外更是跪伏着数百人。

“爷爷，这些都是余可奇住处到家主居所一路上的暗哨和护卫首领，他们亲眼看到余可奇带着一个黑袍人去见家主。”一名头发花白，看起来比淳羽陶要苍老的老者恭敬地道。

“说，那黑袍人长什么样？”淳羽陶依旧闭着眼睛，淡淡地道。

“不知。”老者连连摇头。

“嗯？”淳羽陶脸上露出怒色。

他一睁眼，双眸射出两道光，照在老者身上。

“他们……他们都见过黑袍人，可是没有一人能想起来黑袍人长什么样。”老者连忙回道，“当时他们都没有什么感觉，只觉得黑袍人长相很普通，没感觉有什么特别的，可是现在回忆起来，却感觉那黑袍人的面容模糊不清，除了知道那人穿着黑袍，其他什么都不知道。”

淳羽陶转头看着下面跪伏的一群人。

“老祖，不记得，真的想不起来了。”

“当时明明看到他了，可，可现在怎么都想不起来他长什么样。”

“我当时都盯着他看的，可现在……”

一群暗哨都惊恐地说着。

淳羽陶心中一惊。

这些暗哨和护卫首领中有很多都是天空级巅峰（恒星级九阶）强者，想要在不知不觉中影响这样的高手，就算是宇宙级精神念师，也很难做到。

对方必定是在念力、意识方面有着极为可怕的控制力。

“燕岗岭什么时候冒出来这么一个高手？”淳羽陶思索起来，“不过，他小心翼翼地进入淳羽府，显然不是我的对手，如果比我还强，他根本没必要这么小心，直接硬闯就行了。”

“都给我听着！”淳羽陶冷冷地看着大厅中的人，“淳羽府一向戒备森严，可是家主竟然被人掳走了，生死不明，这是我们淳羽家族的莫大耻辱！一定要将那个黑袍人找出来，否则淳羽家族会遭到燕岗岭无数人的耻笑。”

“你们去查清楚一切可疑的人物，黑袍人的实力起码是云霄级巅峰，很可能达到了领域级。你们从各个渠道去查，看看有哪些神秘的高手出现。记住，查到了，别动手，立即来通知我。”淳羽陶郑重地道，“崇儿就算此次捡回一条命，也不适合再当家主。这次你们去追查黑袍人，就是我对你们的考验，此事过后，我会从你们中选出新的家主，都下去吧！”

“是！”那些大人物双眸发亮，齐声应道。

为了当下一任家主，他们都将隐藏的力量拿出来了，很快就查到了一些陌生的神秘高手，或者疑似那名神秘高手的人的信息，这些信息都被记录在案。

第二天，天一亮。

“轰隆隆——”十几万穿着黑色鳞甲的大军浩浩荡荡而来。

为首者高大魁梧，穿着深红色的鳞甲，他的模样和燕岗岭领主石风雄非常相似，只是身上多了一丝狂暴的气息，整个人显得悍勇、野蛮。

“啐！”石风战坐在青甲蛇龙背上，不爽地吐了一口唾沫，“淳羽崇真是个浑蛋！他被人掳走了，要我来帮忙抓人。大哥也是的，还要我配合。”

“嘿嘿，不过，淳羽崇不知道惹了哪路好手，在自己府里都被掳走了，真是好笑！”石风战嗤笑起来。

他身旁的两名副将听了，嘴角直抽搐。

石风战掌控整个燕岗岭的军权，却胡作非为，和淳羽崇玩得最好，算是狐朋狗友。如今淳羽崇被掳走了，他反而很高兴，而且不紧不慢，一直等到天亮，才带领军队来追查。

“将军，前面就是飞云阁了。”一名副将恭敬地道。

“嗯。”石风战遥遥看了一眼，“飞云阁是我们燕岗岭中最好的住宿地，以黑袍人那等实力和身份，他很可能居住在飞云阁。”

“将军，如果那人真的想对付淳羽崇，估计不会住在飞云阁那种地方，很可能住在更加隐秘的地方。”另外一名副将低声说道。

石风战甩手，抽了那副将一巴掌。

“白痴！”石风战瞪了他一眼，“我说飞云阁就是飞云阁，做做样子都不会？我还真的给淳羽家族找什么黑袍人？”

那名副将连连点头，不敢吭声。

“下次再说出这种蠢话，我的副手就该换一个了，平时看你挺机灵的，今天脑子撞到墙上了？”石风战摸摸下巴，抬头看着远处的飞云阁，“我给你一个将功赎罪的机会，去将飞云阁的云级客人和一些疑似高手的人全部弄出来，我要全部审问一遍。”

“是！”那被打的副将连忙高声应道。

他带着一支数万人的军队率先冲向飞云阁。

“阁主，不是我不给你面子，你也知道发生了什么大事。将军已经下令，将飞云阁所有云级客人和疑似高手的客人全部带过去。”

副将坐在翼虎兽的背上，他的身后跟着大群士兵。

“明白！我们一定配合！”胖胖的阁主点点头，让一大群手下去带路。

云级，八九二号楼阁中。

罗峰穿着宽松的衣袍，正在看书，事情过去了大半夜，如果按照地球的时间计算，已经过去两三天了。

"淳羽崇刚刚被我杀了，现在城内暗潮汹涌，不过，这跟我没关系。今天夜里我再去对石风战下手。"罗峰一边看书，一边计划行动。

忽然，外面传来嘈杂的声音。

"快！"

"出来！"

"大人，是燕岗岭的石风将军下令的，大人就出去一趟吧。"

"快点。"

"那边，快点。"

罗峰眉头一皱。

他早就猜到淳羽崇的死会引起一阵动乱，可没想到，大清早那些人竟然来到了飞云阁。

外面的脚步声越来越大。

忽然，院门被重重推开，十余名士兵直接冲了进来。

在一名仆人的带领下，那些士兵疾速朝楼阁走来。

仆人一冲进厅内，看到罗峰，歉然地道："大人，石风将军下令要追查凶手，您就帮帮忙吧！"

"快，出来。"那些士兵直接冲过来，对着罗峰呼喝。

第497章

夜访

或是衣着华贵，或是气息强悍，或是冷漠孤傲，飞云阁的云级客人和疑似是神秘高手的有近千人，此刻，他们都站在那里。

罗峰站在人群中，看向前方。

飞云阁阁主正讨好地陪在一个魁梧彪悍的男子身侧，以罗峰的感应能力，一下子就判定那个男子是宇宙级九阶强者。

“石风将军，人都在这里了。”阁主连忙说道。

“嗯。”石风战应了一声，随即扫视下方。

“石风战？！”下方人群中的罗峰耳朵一动，心中一喜。

他之前还准备想办法弄清楚石风战长什么样子，别到时候认错了人，现在却一下子看清了。

“昨夜，你们当中有谁闯入了淳羽府？”石风战问道。

下方的人都没有吭声。

石风战扫视着下方的每一个人，手指指向远处笼罩在黑袍中的男子，喝道：“那个身穿黑袍的家伙，等会儿带走。”

“是！”石风战身侧的两名副将恭敬地应道。

“将军！”黑袍男子脸色难看，“将军，我来自乱扬岭……”

“少废话。”石风战冷笑一声，“我能感应到，你的实力很强，而且你穿着黑袍，让我不得不怀疑你就是闯进淳羽府的人。嗯！那个头发乱糟糟的家伙也带走。这个躲在边上的瘦小家伙也带走。还有那个穿白袍的，蓝头发的，都给我带走。”

石风战连续点了数十人。

这数十人的实力都很强，大多都达到了天空级巅峰，甚至有两个达到了宇宙级。

“还有那个黑发年轻人，实力也够强的，带走。”石风战指向罗峰。

罗峰眉头一皱。

在血洛世界中，没有仪器可以探测实力，纯粹是靠感应能力。罗峰的意识和意志极强，他收敛了气息，隐藏了实力，而且故意释放出恒星级巅峰强者的气息。

没想到，他还是被点名了。

“好，一共58人，凶手很可能就隐藏在这58人中。全部带走，押回大牢！”石风战一挥手。

罗峰并没有反抗，乖乖地随着另外57人，一道被押了回去。

论实力，罗峰有把握灭了石风战等人，可是，不到最后时刻，他根本没必要在公开场合动手。

“石风将军是怎么回事，有这么抓凶手的吗？他带着军队，跑到我们飞云阁来，找到一群客人，看谁不顺眼，就把他们给押走了。”

“你是白痴啊，石风将军是石风家族的人，淳羽家族丢脸，石风家族的人高兴还来不及呢，怎么可能认真追查凶手？如果石风将军认真追查，昨天夜里就该出来调查了，哪里会等到现在？他纯粹是做做样子而已。不过，那58人真是倒霉。”

众人议论纷纷。

燕岗城，将军府。

罗峰等人被分作十几拨，分别关押在一间间牢房中，牢房是由血洛世界中的一些特殊岩石建造而成的，那些是能够在宇宙本源能量和超强的引力下存在的岩石，而且是其中较为坚硬的，足以抵挡天空级（恒星级）强者的攻击。

“这下倒霉了，我明天还要出去见王家主，这下可怎么是好！”

罗峰所在的牢房内一共六人，其中一个衣着华贵的胖子长叹一口气，声音大得很，其他牢房的人都听得清清楚楚。

“麻烦大了，麻烦大了。”胖子唉声叹气。

“闭嘴！”

“胖子，声音小一点。”

其他牢房顿时响起一阵呼喝声。

那胖子朝外看了看，见一些士兵看过来，大声感叹道：“如果我见不到王家主，这笔生意谈不成，亏损可就大了。真是倒霉，祸从天降啊！”

他喊了两声后，在其他人的呵斥下，总算停下来了。

罗峰在牢房中默默站着，看着这一切发生。

负责看守牢房的几个士兵队长嘀咕起来。

“哥几个，将军抓住这58人，纯粹是做做样子，连审问都没有，而且之前将军派亲卫来跟我们说，让我们审问一番，没问题的就放走一些，留几个关在牢里就成。”一个士兵队长低声说道，“你们听到那个胖子说的话了吧，他好像是做生意的，还急着去见人，放了他，我们能狠狠敲上一笔。”

“嗯，是个好机会。”

“反正就是做做样子，少他一个不少。”

几个士兵队长都嘿嘿笑起来，而后立即下令：“去，将那个喊得最凶的胖子带出来，我们要好好审问审问。”

“是，大人。”那些士兵立即去押解胖子了。

牢房中。

靠着门的胖子朝外看着，当他看到一群士兵跑过来，顿时露出了一丝笑容。

其中一名士兵喝道：“大人有令，要好好审问你。押走！”

随即，另一名士兵开了牢房的门，去押解胖子。

胖子转头，朝牢房内的其他五人一笑：“几位，我先出去，不奉陪了。”

说完，他便优哉游哉地和士兵们一道离去。

仅仅片刻，一名士兵跑回来，喝道："大人们已经审问过了，之前那位没有嫌疑，已经出狱了。你们好好交代，不好好交代的人，就准备把牢底坐穿吧！"

说完，他转头就直接离开了。

"胖子出狱了？！"

"好好交代？什么叫好好交代，不就是要敲一笔钱吗？"

"我知道了，那胖子之前是故意大声喊的！"

"你才知道，真够蠢的。"

各个牢房响起了议论声。

躲在远处的几个士兵队长听了，都笑了。

随即，他们再次下令："一个个依次带来，我们要好好审问。"

表面上是审问，实际上是想让他们交上一笔钱，就看给得够不够多了。

当审问到罗峰时，罗峰拿出一枚紫色刀币，顿时惹得那些士兵队长眼睛发亮，立即变得友好，很快就将罗峰给放了。

罗峰从将军府的牢狱出来，沿着将军府外面走了一圈。

很快就到了傍晚，天色已暗。

他进入一座酒楼，悠闲地吃吃喝喝，许久才离开酒楼，在燕岗城的街道上闲逛。

"差不多了！我昨天深夜抓了淳羽崇，今天天黑时就去抓石风战吧！"罗峰眼睛一亮，"好期待啊！血洛晶到底长什么样，又有何神奇之处，连虚拟宇宙公司都如此重视？"

白天罗峰被抓去将军府，所以他对将军府颇为熟悉。

"难怪石风家族被称为暴发户一般的家族，将军府的防卫程度都不及淳羽家族的十分之一。"罗峰走在将军府中，仿佛走在自家后花园中，一边走一边摇头，"我仅仅感应到三个宇宙级强者。"

他凭借对宇宙空间波动的熟悉，隐隐感应到三股强大的气息，其中一股气息最为熟悉，因为白天感应过。

“石风战！”罗峰微微一笑。

“唰！”他一闪身，掠过假山，越过走廊，最后落在将军府内一座豪奢的宫殿的三楼。

“突破到领域级怎么这么难，大哥教了修炼之法，我都照做了，而且都做得很好，怎么就是突破不了呢？哼！大哥肯定是怕我达到领域级，威胁到他，所以没有将全部的内容教给我。”石风战仅仅套着长袍，沿着楼梯往上走。

走到三楼，他准备朝自己的静室走去，忽然身体一颤，眼眸中有着一丝难以置信的神情。

眼前站着一个穿着宽松衣袍的黑发青年。

“你……”石风战大吃一惊，准备传音叫救兵。

虽然心里很震惊，但是他还是有一定信心对付对方的，毕竟自己是云霄级巅峰（宇宙级九阶）强者，眼前的人实力比自己强不了多少，只要拖延一点时间，就能等到大哥石风雄赶到。

之前还在窗口站着的罗峰，宛如施展了瞬移，瞬间就到了石风战的面前，速度之快，远远超过正常宇宙级九阶强者能达到的速度。

“噗！”一记掌刀，快如闪电。

“不！”石风战大吼一声。

石风战手一晃，手中出现了一把巨型战刀，他将战刀当成盾牌拼命抵挡。

可罗峰那掌刀瞬间就插入他的腹部，而后拔出。

一切快得不可思议！

“幽影七绝刀——昙花！”

以罗峰现在对领域和本源法则的感悟能力，对付这种秘法很弱、连领域都仅仅掌握一两重、根本别谈感悟本源法则的宇宙级九阶强者，简直就是轻而易举。

“我，我……”石风战捂着腹部，腹部有一个刀口，鲜血缓缓流出。

“你，你……”石风战惊恐地看着罗峰。

他的丹田被毁，灵魂被无比强大的念力给压制住了，根本不能散发出一丝念力。

“你好啊，石风将军。”罗峰笑着看向石风战。

石风战脑中浮现出飞云阁的一幕。

眼前的黑发青年不就是他白天带人抓到牢房里的人之一吗？

第498章
血洛晶

“是你！”石风战的眼睛瞪得滚圆。

天哪！他只不过是装装样子，应付淳羽家族，竟然真的抓到了要找的人。

石风战脑中灵光一闪，大声吼道：“淳羽崇是被你抓走的？”

“没错，他已经死了。”罗峰笑道。

“死了？”石风战脸色难看。

淳羽崇已经死了，眼前这人很可能也会杀了他。

怎么办？

他的丹田被毁，根本没有原能，灵魂也被对方可怕的念力完全压制住了。想要反抗，想要传音，没有一丝可能，怎么办呢？

想到这里，石风战面如土色。

“怎么才能不杀我？”石风战看着罗峰，“你说，我一定做到！”

“送我十颗血洛晶，我就不杀你。”罗峰站在那里，“你能做到吗？”

石风战瞪大眼睛：“十颗血洛晶？我大哥都不可能拿出十颗血洛晶，不过，我有一颗血洛晶，我可以给你，只求你饶我一命！”

他的丹田虽然被毁，但是不会死，因为人最重要的是灵魂，只要灵魂没事，身体可以恢复，失去的原能也可以修炼回来。

“不，一颗不够，必须十颗血洛晶。”罗峰摇头。

“你耍我！”石风战又急又怒。

“对，就是要你！”罗峰冷冷地道。

石风战大喊起来：“救命！！！”

他的吼声仿佛轰隆雷声，声波朝四周冲击而去，可是那强烈的声波被无形的念力隔膜阻挡住了，一丝声音都传不出去。

“再挣扎，又有什么用。”罗峰一巴掌拍在石风战的脑袋上。

石风战当场丧命！

淳羽崇和石风战行事毒辣、残害无辜是出了名的，罗峰早就想杀了他们，为民除害了，如今逮着机会杀了这两个恶人，也算是做了一件好事。

“血洛晶到底是什么样的？”罗峰目光一扫石风战的尸身，瞬间找到了他身上的空间储物器。

血洛大陆没有银行，修炼者几乎将绝大多数珍宝放进空间储物器中，贴身带着。

因为自己身上最安全，只要不死，宝物就不会丢。如果死了，宝物就算还在也没意义。

“挺不错的空间戒指。”罗峰拿出一枚空间戒指，念力瞬间冲进空间戒指内，渗透其中，开始探察起来。

“石风战比那十三斧富有得多。”

罗峰刚开始还面带笑容，越找，眉头皱得越紧。

空间戒指中有大量的刀币、珍贵的兵器，还有一箱又一箱的珍宝，却没有罗峰要的血洛晶。

他仅仅在书上看过血洛晶的模样，真实模样到底是不是那样的，他也不清楚。

“不可能没有。难道不在他的身上？不可能。”

罗峰再次仔细搜索其中一个箱子，那个箱子内有很多晶石。他的念力分成数千股，分别探察每一颗晶石内部，随即脸上浮现出了一丝笑容。

他一翻手，掌心出现了一颗圆球状的黑色晶石。

看着圆球状的黑色晶石，罗峰笑道：“石风战竟然将血洛晶伪装起来了，而且将其藏在存有大量晶石的箱子内，念力操控不够精细的人，真的发现不了。”

“哧哧——”掌心的黑色晶石受到宛如尖针般的念力攻击，不断开裂，很快，黑色晶石破碎，露出了里面的血洛晶。

这是一颗三棱柱形状的长条晶体，通体血红，隐隐有着一股无形的波动，有点类似心脏的跳动频率。

“血洛晶！”罗峰看着手中的透明晶石，忍不住赞叹道，“真美啊！”

罗峰一挥手，倒在地上的石风战尸身直接消失不见了，地上的血迹，乃至空气中的血腥气都消散了。

“很好，短时间内，没人知道石风战已经死了。”罗峰微微一笑，“他们估计还以为石风战去了某个地方吧！”

修炼者突然闭关，消失一两年后再回来，是非常正常的一件事。即便石风战是将军，消失三五天，也不会有人怀疑。

“嗖！”罗峰直接从窗口跃出，瞬间到了数百公里外。

整个宫殿一片寂静。

将军府内的士兵、丫鬟、护卫根本不知道，他们的将军已经死了。

当罗峰杀了石风战，得到血洛晶时。

燕岗岭，城主府。

“来，喝！”

“哈哈！石风师弟，多年不见，你都成为一方领主了，师兄真是为你开心啊！喝！喝！”

大厅中央，一群娇媚的舞女正在跳舞，而三个男子在喝酒，其中一人正是燕岗岭的最高掌权人，也就是城主石风雄，另外两人则穿着银灰色的制式铠甲。

“师兄，我也就当个领主，哪能和师兄比啊？师兄进入了不朽神殿，当了特使，不管在大陆什么地方，谁敢不给师兄面子啊？”石风雄朗声笑道。

“唉！也就是一个跑腿的。”那个长相俊美的中年男子笑道。

“师兄，你和莫特使从神殿赶回来，是为了什么事啊？”石风雄问道。

中年男子和旁边的莫特使相视一眼。

莫特使道：“石风兄弟，并非我们不愿告诉你，只是神殿有规矩，我们不敢违背。其实我们这次赶回来，主要是为了你的师父，也就是世界主大人，其他就不能再说了。”

“因为是师父的事，所以我就被安排和老莫一起过来了。路过你这里，当然得见见你。”中年男子笑道。

“我也很想师兄啊！”石风雄感慨，“说起来……”

石风雄和他们高谈阔论，根本不知道自己的弟弟已经丧命。

罗峰坐在燕岗岭30万公里外的荒野杂草丛中。

“一颗血洛晶！”罗峰紧紧地盯着手中那颗无比神奇的晶石，“危险级的第一任务是得到一颗血洛晶，奖励1万积分。我可以用它来换取积分，也可以将其融入身体。”

“怎么使用呢？毫无疑问是……”罗峰想着，咧嘴一笑。

他手指如刀，直接掠过左手掌，左手被划出一道伤口，殷红的鲜血流了出来。

他深吸一口气，将血洛晶放在伤口上。

这是书中描述的融合血洛晶的方法。而且，在燕岗城的这段时间，他听到别人说过，这在血洛大陆上几乎是无人不晓的。

方法很简单，要做到却很难。

“很难吗？”罗峰看着左手掌。

炫目的血洛晶碰到伤口，特别是碰到鲜血，顿时一股无形的奇异能量从血洛晶中猛地迸发，仿佛一头被压制许久的绝世凶兽，猛地冲入罗峰的身体。

罗峰突然面色一变，面目变得狰狞。

“啊！”罗峰一咬牙。

“轰！”一股无比凶悍的意志降临，直接融入他的识海。

"杀！"漫山遍野的喊杀声在他的识海中响起。

那股无比凶悍的意志和他的意志一次次碰撞，这纯粹是对意志的考验。

意志和意识不同，意识取决于精神念力的浑厚程度，意志则单纯是由个人信念决定的。

学徒级武者的意志有可能比界主级强者的意志还可怕。

"就这种意志，也想战胜我？"识海中回响起罗峰的声音，"全部化为飞灰吧！"

罗峰强悍的意志仿佛化为一座巨大的山，直接将那些咆哮而来的意志碾得粉碎。

与此同时，罗峰很疑惑："意志威压，意志威压……都是意志攻击。为何单纯的意志能冲进我的体内？好奇怪！啊！不好！"

"轰隆隆——"当那股无比凶悍的意志被罗峰的意志碾碎时，血洛晶中真正的奇异之力爆发了。

只见血洛晶中的一丝丝红色丝线疯狂蹿入罗峰的体内。

罗峰的身体不由得震颤起来。

他脸部的肌肉不由自主地抽搐起来，皮肤表层时而凝结出甲壳，时而破裂，渗出鲜血，两只手臂更是膨胀起来，青筋时而变得透明，好似透明的晶体管道，时而呈现金色，肌肉更是不断变化。

罗峰感受到了超越极致的疼痛。

"怎么回事？这血洛晶到底是怎么回事？"罗峰心中咆哮。

他感觉到体温高到不可思议，身体仿佛要被焚烧成灰烬，可转眼又低到惊人的程度，身体被冻得麻木了。

"哧哧！"

他的十指指甲缓缓延伸，犹如金属战刀，而后又迅速收缩，同时十根手指发生变异，连内部的骨骼都发生了变化，整个手掌好似蹄爪，缓缓长出了黑色毛发。

不单单是手指，连手臂、腿部、脚部、脸部都长出了黑色毛发。

仅仅片刻，他就变成了一个"毛人"。

数分钟后，这些毛发又迅速收缩，消失不见。

一块块黑色鳞片从他的手臂、手指、腿部、脚部，乃至脸部冒出，同时，他的身体变得强壮、高大。

“天哪！怎么会这样？血洛晶到底是什么玩意儿？”

罗峰就算想象力再强，也没想到会遇到这种事，而血洛晶还在继续和他的身体融合。

第499章

血洛晶的神奇

夜。

狂风呼啸，吹过无尽的荒野，杂草低伏，隐约露出一道人影。

他身上的衣袍已经碎裂成破布，破布下隐现强壮的身体，皮肤周围隐隐有白气环绕。

“吸！”罗峰盘膝坐在那里，深吸一口气。

他的胸腔凹陷，腹部猛地凸起，仿佛有一个大气球在腹中，而后，那“气球”缓缓上移。腹部凹陷，胸部猛地凸起，随后，巨大的胸部凸起分成四个部分，朝其双臂和双腿移过去。

“呼！”罗峰长舒一口气，缓缓睁开眼睛。

“我总算熬过来了。”他长叹一声。

身体遭遇极致的痛苦，他能承受，只是刚才融合血洛晶的感觉很诡异，他非常不喜欢，因为除了各种极致的痛苦之外，他竟然无法控制自己的身体。

也就是说，他失去了对身体的控制，这种失控的感觉是从来没有过的。

“还好，那种让人不爽的感觉总算消失了。”罗峰将身上的破烂衣服扯掉，仔细打量自己的身体。

和融合血洛晶之前相比，他的身体从外表看没有丝毫变化。之前融合血洛晶时，身体突变的一幕似乎从未发生过。

“不应该啊。”罗峰皱眉。

“测试一下！”他的目光投向远处，“念力！”

“轰隆——”

远处荒野的大片土地翻覆，一座土山直接悬浮起来，所有的土壤和泥沙完全被念力包裹住了，丝毫不外泄。

在罗峰的操控下，土山直接在半空中飞了起来，而后按照圆形轨迹不断地飞行。

“渗透性、虚化、柔性、韧性，我的念力和之前没有任何区别，意识和意志也没发生变化。”罗峰摇摇头。

半空中，不断旋转的土山直接降落，砸在之前被挖出的巨大深坑中。

“灵魂没有受到影响，难道是身体受到了影响？”罗峰皱着眉头，随意击出一拳。

“轰！”一拳砸出，拳面形成的高压冲击波直接令空气震荡起来。

可怕的气浪将荒野中的草皮直接掀掉，露出了光秃秃的土壤层。

“没有变化？”罗峰眼睛眯起。

他的整个身体的皮肤如波浪一般微微颤动，全身筋骨和肌肉的力量瞬间传递至右拳，他顺势将全身力量爆发出来，轰的一声，空气中产生了刺耳的炸响。

“感觉到了，感觉到了，我的细胞深处发生了变化。”罗峰的眼眸中有一丝惊喜，“这，这是生命的跃迁？”

血肉类生命每突破一个关卡，都会有一次生命的跃迁。突破到行星级、恒星级、宇宙级……其他时候仅仅是量的积累。

“我这身体现在还处于宇宙级九阶，并没有突破关卡，可是，我全身的筋骨、肌肉、脏腑的每一个细胞深处都发生了变化。”

罗峰既激动又忐忑。

因为突破关卡之外的生命层次跃迁绝对不会一般。书中说这个过程很神奇，并不夸张。

可是，细胞最深处发生的一些变化，就算是罗峰的念力，也辨别不清。

“没有其他办法，只能逐渐适应，逐渐感知，逐渐明白它的奥秘。”罗峰心中暗道。

随即，他抬头看向夜空。

“嗖！”他直接冲天而起，瞬间便冲至第十二云层。

“我就在云层中研究身体变化的奥秘吧！”

罗峰拿出血影战刀，在云雾中进行练习。

燕岗城，飞云阁，罗峰的住处。

虽然连续杀了燕岗城的两位大人物，罗峰却依旧悠闲地在住处修炼着。因为担心会毁坏楼阁，所以他专门施展念力，形成隔膜护罩。

他在护罩内练习，拳头产生的冲击波全部被念力护罩给阻挡了。这样修炼既能锻炼念力，又能肆意练习。

“神奇！果真是神奇！”已经初步感受到血洛晶神奇之处的罗峰，很是激动。

忽然，他停止修炼，透过窗户看向外面。

只见两人走了过来，正是纳布、纳可父子。

“刚好休息一下。”

心情愉悦的罗峰走到一楼。

纳布和纳可刚好走到庭院外，看到罗峰，当即打招呼：“峰大人。”

“你们都进来吧。”罗峰笑笑，而后坐下。

他给自己倒了一杯血洛世界的果酒，喝了一口，冰凉感渗透全身。

“怎么一早就赶过来了？”罗峰问道。

“得知峰大人被石风将军抓进了牢里，可可这孩子急得跳脚，后来我陪着他去牢狱探望峰大人，才知道峰大人已经出来了，所以，今天一早我们就来拜访峰大人。”纳布无奈地笑道，“峰大人，如果你有什么事情，尽管吩咐，虽然一些大事我没能力解决，但是燕岗城中的一般事情我都能帮忙摆平。”

“谢了。”罗峰微微一笑，“不过现在也没什么事情。咦？纳可……”

“嗯。”纳可应了一声，脸色却不太好。

“怎么回事？”罗峰笑着问道。

纳布看得出罗峰今天心情很好，连忙笑着解释道：“可可这孩子在男女感情问题上遭受了挫折，现在正跟自己怄气呢。”

“男女感情问题？纳可，你失恋了？”

“什么叫失恋？”纳可抬头看向罗峰。

“就是你对人家有意思，人家对你没意思。”罗峰端着酒杯，自得其乐地饮了一口。

旁边的纳布笑了笑，摸了摸纳可的脑袋。

纳可躲开了。

纳布笑道：“人家没看上他。说起来，纳可对那女孩有再造大恩。想起俩孩子的事情，我就想笑。”

“再造大恩？”罗峰很是惊讶。

“爹！”纳可不满。

纳布却笑笑，又道：“我这儿子从小心肠好，喜欢带着护卫去酒楼玩，经常听别人提到一些厉害的人物。他很崇拜那些英豪，有些豪杰劫富济贫，他就用家里的钱去悄悄救济穷人。其中有一个穷困的家庭，只有一对母女，可可一直在暗中帮助她们。后来女孩长大了，可可也长成了少年，不知道怎么的，竟然喜欢上了那个穷困人家的女儿。”

“啊？”罗峰瞪大了眼睛。

纳可的脸都红了。

“还不只这些呢！可可一直都是悄悄将钱给女孩的娘……”纳布缓缓地道，“那女孩想要修炼，而后进入我们城内的一个门派，可可又拿了一大笔钱，悄悄给女孩的娘。就这样，那个小女孩得到了栽培，成了一个门派内的天才武者。可可悄悄资助了她十二年呢！”

“然后呢……”罗峰很是好奇。

“可可喜欢上了这个女孩，所以也加入了那个门派。”纳布摇摇头，“可惜，就在昨天，他去告白，被人家拒绝了。”

"哦？"罗峰忍不住笑了。

纳可恼怒地看着自己的父亲。

"我和峰大人说几句，还不行吗？"纳布瞪了纳可一眼。

纳可垂下脑袋，耳根都红了。

纳布继续说道："事情如果只是这样，那还算不上有趣。就在可可遭到拒绝，失魂落魄朝门外走的时候，女孩的娘来门派见她，见到了可可。女孩她娘一把抓住可可，激动得很，连声喊着恩人。"

"咦？"罗峰眼睛一亮。

"女孩疑惑得很，就问她娘是怎么回事。她娘就老实说了，说一直帮助她们家的就是可可。"纳布说着，忍不住笑起来，"女孩傻眼了，而且还不敢相信，她说纳可看起来不足20岁，可是资助是从十几年前就开始了。"

"女孩的娘说，当初就是一个富家少爷在护卫的保护下，悄悄给穷人家发钱的，她是亲眼看着这个富家少爷长大的。"纳布感慨不已，"想不到，当初一个小孩子的儿戏心态，竟然弄出这样一幕来。"

"之后怎么样？"罗峰好奇地问道，"那女孩怎么对纳可的？"

"那女孩很有骨气，也很感恩。她直接对可可说，可可对她们家有大恩，她愿为奴为仆，如果可可很想娶她，她愿意嫁。"

"哦？这岂不是皆大欢喜？"罗峰饶有兴趣地道。

"事情还没结束呢。可可当时很有风范地问女孩，喜不喜欢自己，女孩说她的心思都在武道上，并没有心上人。不过，可可对她家有大恩，她无以为报……

"女孩说完，可可直接说自己从来不会强迫别人，她不喜欢自己，自己也不会强迫她，而后直接掉头，带着护卫离开了。哈哈……"

纳布说完，忍不住大笑起来。

"有趣，有趣。"罗峰也笑了起来。

"爹！"纳可满脸通红，又羞又怒。

"纳可，不错啊！"罗峰笑着夸赞道。

纳可紧紧地握着拳头，道："我不会强迫别人的，不过，总有一天，我会让她喜欢上我的！"话落，他昂着头，似乎充满了斗志。

"有志气！"罗峰笑着点点头。

第500章

对血洛晶的渴望

罗峰钻研了半个月，对于身体融合了血洛晶的益处总算有所了解了。实则，血洛大陆仅仅过去两天。

血洛晶蕴含的神奇力量融入身体的细胞深处，从根本上让身体的基因发生特殊的跃迁，令每一个细胞都蕴含一种神奇的力量，这种力量不是原能，不是念力，是某种未知的力量。只要驱动这种力量……

二楼的罗峰赤裸着上半身，冷哼一声，通过对身体细胞的操控，以及之前无数次的联系，直接驱动那股未知的力量。

顿时，罗峰胸膛上出现了看似简单却无比玄妙的血红色秘纹，他感觉世界都不一样了。

“这种感觉真美妙！”罗峰闭上眼睛。

金、木、水、火、土、风、雷电、光线、时间、空间……一种种宇宙本源法则变得清晰。在融合血洛晶之前，就算是有所成就的空间和金这两种本源法则，他的感觉都是模模糊糊的，根本没办法和金角巨兽、魔杀族分身相比。然而，当其胸膛的皮肤出现血红色秘纹时，那种感觉变得清晰了，他对本源法则的操控也更加容易了。

残梦！罗峰挥刀，那萧瑟的刀光让人心碎。

天涯路！飘渺无尽的刀光，能阻挡千万敌人。

恨难休！凶悍无匹的刀光，能破除一切阻碍。

弄影！仿佛醉汉在胡乱挥刀，无数刀影在闪烁。

悠悠！模糊的人影伴随着模糊的刀光出现。

葬身！最后一记绝杀，刀光让人心悸！

昙花！生死间的舞蹈，只求临死前的昙花一现。

罗峰没有使用原能，就在楼阁的大厅内施展着刀法，念力形成护罩，至少可以保证他的刀法不会破坏周围的建筑。

“这种感觉真美妙。”罗峰睁开眼睛，“血洛晶太神奇了。”

血洛晶的作用有点类似于魔杀族分身。魔杀族分身即使感悟程度低，依旧能发挥出惊人的威力，感悟空间本源法则也更加容易。

融合了血洛晶的身体，不单单对空间法则，对金、木、水、火、土、风、雷电、光线、时间这些本源法则的感觉都明显清晰不少。可以这么说，融合血洛晶后，身体和宇宙本源的联系更加紧密，感应宇宙本源法则更加容易了。

感应更清晰，地球人本尊日后参悟本源法则的速度便会提升，因为和宇宙本源的联系更加紧密，施展本源法则攻击时的威力更大。就拿魔杀族分身来说，明明地球人本尊只能施展百线流，同样的感悟程度，魔杀族分身却能施展万线流。

“可惜，魔杀族分身施展空间类秘法，威力增大了十倍，而身体融合血洛晶，威力仅仅增大两三成。”罗峰无奈一笑，“不过，我也不能太贪心，魔杀族分身毕竟是宇宙最强暗杀族群的，其实力之强，岂是开玩笑的？”

血洛晶的神奇之处在于其令融合者对各个本源法则的感应程度都有提高，而且施展各个本源法则时，威力都有提升。

融合一颗血洛晶，攻击力能增强两三成。

“血武者？黑武者？”罗峰心中暗自思忖，“既然有血武者和黑武者的传说，融合三颗血洛晶后，身体估计会发生特殊的变化，融合十颗后，会有更惊人的变化。”

“嗯！现在就得夺血洛晶，越多越好！”罗峰双眸发亮。

魔杀族分身是天生的，然而融合血洛晶后，可以制造出一个能与魔杀族分身相媲美的存在。当然，越往后，融合血洛晶就越难，否则也不至于出现黑武者的传说了。

“今夜就去解决城主。”罗峰目光冷厉，“他才是燕岗城中拥有最多血洛晶的人。”

燕岗城，将军府。

石风雄沉着脸站在廊台上，后面恭敬地站着八名军队将领。

“将军现在在哪里？”石风雄沉声问道，“我传令叫他过去，他却不过去，我亲自来找他，他又不在，到底去哪里鬼混了？他那酒肉朋友淳羽崇都死了，他还去外面鬼混？”

当初，石风战和淳羽崇的确是玩得最疯的。各种混账事，不胜枚举。两人一个是燕岗城将军，一个是淳羽家族的家主，整个燕岗岭有谁敢惹他们啊？

“城主，我们也不知道啊。”

“将军消失了，我们几人都不知情。”

“对啊，估计是将军想自己偷偷出去玩，所以没告诉我们。”

八名军队将领连声说道。

“这个浑蛋！”石风雄气得心里直冒火，“传令下去，一旦发现将军，叫他马上滚来见我！”

“是！”八名军队将领恭敬地应道。

随即，石风雄直接一闪身，消失不见了。

这时候，八名军队将领才松了一口气。

“怎么回事？将军经常出去闲逛，以前也没见城主这么生气，将军这才消失了两三天，过去消失十天乃至半月都是很常见的。”

“不知道。不过，看城主一肚子气的样子，这次将军惨了。”

深夜时分。

罗峰站在所居楼阁的静室内，换上了黑色战甲，穿上战靴，戴着战盔，用面罩将脸盖住，背上则背着盾牌和血影战刀。

“石风雄达到了域主级二阶，融合过血洛晶。”罗峰心中暗道，“虽然我在领域和本源法则方面的成就远远超过他，但是，他毕竟是域主级强者，我不能大意。”

对付淳羽崇那次，罗峰穿的黑袍，对付石风战，他仅仅穿着普通的衣袍，都很随意。

唯有这次，罗峰全副武装，还戴上了面罩。他心里很清楚，除非让分身现身，否则单单靠地球人本尊，这一战恐怕会比较艰难。

“不过，不难就没意思了，越阶战斗才有意思。”罗峰微微一笑。

随即，他一闪身，无声无息地消失在楼阁中。

燕岗城城主府戒备森严。

一道如鬼魅一般的人影在黑夜中穿行，让人难以察觉。人影迅速朝城主石风雄所在的位置靠近。

石风雄身为城主府中的最强者，当然不屑用云霄级（宇宙级）、天空级（恒星级）的强者当保镖。

“《幽影秘典》中的身法适合用来暗杀，而且我毕竟只是宇宙级九阶强者，硬碰硬的话，恐怕会吃亏，如果能暗杀石风雄，那就好了。”

罗峰看着远处的那座宫殿，他能够通过对宇宙空间的感应，隐约感觉到强大的气息，那是石风雄的气息。

“嗖！”

罗峰手持血影战刀，瞬间消失不见。

宫殿中。

石风雄正坐在书桌旁，书桌上堆着不少情报资料。

“哼！”他一拍桌子，站了起来，在书房中来回走着，“师兄和莫特使难得来我这里，本来想将弟弟介绍给师兄和莫特使认识的，没想到，那个浑蛋竟然消失了，怎么找都找不到。师兄他们在这里待了三天了，就要走了，弟弟想再见到师兄和莫特使，可能要很久以后了。”

“浑蛋！”石风雄越想越气。

这几天，他招待师兄和莫特使容易吗？那可是最顶级的服务啊！

“嗯？”石风雄对天地灵敏的感应，令他感觉到一丝陌生的气息，当即怒喝一声，“谁？”

“轰隆——”

以石风雄为中心，无数雷电朝四周弥漫开去，雷电诡异地穿过宫殿，却没有毁坏宫殿，瞬间就将周围一公里都笼罩住了。

士兵、仆人、丫鬟们都惊恐万分，却发现这些雷电根本没有伤害他们。

他们还是惊恐地朝外面跑去。

“嗖！”一道刀光瞬间在宫殿内亮起，而后直接劈向石风雄。

石风雄隐约看到一个全身笼罩在黑色战甲中的武者挥舞着战刀。

“滚！”石风雄暴喝一声，手中瞬间出现一柄紫色大锤。

轰隆一声，紫色大锤猛地砸去。

蕴含着可怕能量的雷电直接轰击过去，将那道身穿黑色战甲的人影直接轰飞，而狂暴的能量仿佛无数箭矢朝四面八方射去，整个宫殿顿时爆炸开来。

石风雄双眸射出光芒，一手持一柄紫色大锤，在宫殿崩塌之际，直接冲了出去。

“他果真是域主级二阶强者，达到领域九重，跨入了雷电法则的大门。”罗峰被轰出去的同时，喷出一口鲜血，身体却在瞬间完全恢复，眼神依旧平静，“靠速度取胜，杀了他！”

刚刚冲出来的石风雄张口怒喝：“你……”

瞬间，金色领域弥漫开来，空间、金这两种本源法则相互结合，而且沟通宇宙空间，形成可怕的金色领域，金色领域和宇宙空间宛若一体，不断地压迫并摧毁那雷电领域。

与此同时，石风雄的周围瞬间出现了100名身穿黑色战甲的武者，每一名武者都手持六棱盾牌和血影战刀。

“绝对领域，《时空随笔》第2891种秘法——乱空杀！”罗峰心中默念。

“空间本源法则！”石风雄大吃一惊。

第501章

胜之不武

石风雄的师父是掌控方圆10亿公里的世界主（界主）司雍。

在强者如云的血洛世界中，界主是很可怕的存在。石风雄拜在司雍的门下，眼界极高，一眼就看出罗峰是在空间本源法则方面很有成就的天才，因为其能施展出上百个幻身。

“仅仅达到宇宙级九阶，就这么厉害，实在是太……”

石风雄心里明白，这样的天才，如果被不朽神殿的人发现，一定会被当成精英培养。

“可惜他是敌人，敌人越是可怕，就越要尽早消灭。”石风雄站在原地，手持双锤，一动不动。

罗峰不由得惊疑起来：“他毕竟是域主级二阶强者，单凭强大原能爆发的速度，面对我这招，完全能保住小命，怎么一动不动？”

罗峰在疑惑的同时，心底也生出一丝警惕。

“嗖——”上百个幻身施展的刀法都很诡异，配合弥漫开来的金色领域，令整个空间都随着刀法起舞。

瞬间，一道道刀光仿佛是构成整个空间的架子，托着空间，直接压迫石风雄，与此同时，空间在不断缩小，刀光也在缩小。

石风雄仿佛被困在一间小房子里，遭到大量刀光的袭击。

《时空随笔》上面的秘法没有名字，“乱空杀”是罗峰自己取的名字。

“哈哈哈……”大笑声响起。

石风雄站在原地，仿佛在欣赏罗峰的表演。

“起！”

石风雄的嘴角勾起一抹笑容，他身体周围悬浮起密密麻麻的弧形暗器，这数千件暗器将他团团包裹住了。

每一件暗器在雷电的照射下，都闪烁着金属光泽，那弧形刀锋让人心颤。

“什么？！”罗峰脸色大变。

他本想靠着速度优势击杀对手，可是，和念力兵器比速度，那简直是找死。

“去！”石风雄一挥手，无数弧形暗器朝四面八方射了出去。

虽然罗峰的百线流身法很惊人，让人无法辨别其真身的准确位置，但是当无数暗器肆意地迸射时，身法就失去了效果。

暗器数量多，导致威力小。可使用暗器的石风雄是域主级二阶强者，他使出的任何一件暗器都能击杀普通的宇宙级九阶强者。

“呼！呼！”罗峰身影飘忽，极为诡异。

奈何暗器实在太多，他虽手持六棱盾牌连续抵挡住数十件暗器，卸掉了大部分力道，身法却受到了影响。

“哈哈……”石风雄依旧大笑着。

正在飞舞的其他暗器立即转弯，同时朝罗峰呼啸而去。数千件念力暗器同时朝罗峰射去，四周都震荡起来。

罗峰脸色一沉，冷冷地看了石风雄一眼。一股无形的意识威压猛地撞击石风雄的意识。

“嗯？”石风雄感觉脑袋一疼。

原本被意识操控的数千件暗器顿时乱了，没有念力的帮助，那些暗器的威力在强大的空气阻力和惊人的引力下迅速衰弱。而且，这些暗器依旧顺着惯性往前射去，令罗峰得以轻易躲开。

随时可以改变方向的暗器和一股脑往前的暗器，当然是后者更容易躲开。

“唰！”罗峰躲开暗器，而后疾速冲向石风雄。

他冲到了石风雄的面前，手中的血影战刀化为一道无比璀璨的刀芒，直接击向石风雄的胸膛。

杀宇宙级强者和杀域主级强者是两个概念。

从学徒级到宇宙级，灵魂都是在识海中的，所以植入芯片，最高可以控制宇宙级强者。

域主级强者的灵魂则存在于奇点中，奇点又称“命核”。就拿罗峰来说，他的奇点和原核融为一体，导致他的原核无比坚固，将来要突破原核的桎梏非常难。

杀域主级强者，就必须毁掉其命核，可是其命核可以存在于身体的任何一个部位，可以在头部的识海中，可以在丹田中，甚至可以在手臂、胸口等部位，所以杀域主级强者并不容易，首先得确认其命核在哪里。

之前罗峰进行了意识轰击，确认了石风雄命核所在的位置。

“铛！”一道金色流光撞击在罗峰的刀光上。

“糟糕！”罗峰脸色一变。

罗峰的意识已达到域主级巅峰，而石风雄也拥有域主级意识，虽然比罗峰的弱很多，但是毕竟也是域主级，一次意识威压撞击，只能影响他片刻。

只有意识级别相差极大时，意识威压的效果才明显。

“哼！”石风雄怒视罗峰。

同时，其身体周围环绕着的三道金色流光袭向罗峰。

罗峰心里明白，此次自己取胜不了。

再强的本源法则感悟，再厉害的身法，在漫天盖地的各种念力暗器的攻击下，或许还有取胜的希望。可是，对方比自己高几阶，这怎么斗？

即便是金角巨兽，在没有修炼《本尊天地》上面的诸多秘法时，单凭极高的天赋，也就只能和高三阶的强者拼一拼，或者横扫高二阶的人类武者而已。

“嗖！嗖！嗖！”三道金色流光快如闪电。

罗峰的速度再快，也躲不开。

一道金色流光瞬间从罗峰的喉咙穿过，凌厉的气劲同时袭向他的脑袋。

罗峰轰然倒下。

“好可怕的意识！他，他到底是谁？他的意识竟然比我的还要强大，而且对本源法则的感悟也那么深。”石风雄走到罗峰的尸身前，惊叹不已，“可惜，只是一个宇宙级九阶强者。你竟然敢来杀我，真是找死。我倒要看看，你到底是谁，竟然这么不自量力。”

随即，他心念一动，揭开战盔和面罩，露出了青年的面容。

“你好！”青年突然睁开眼睛，眼眸中有着一丝歉意。

“怎么会！”石风雄瞪大眼睛。

他低下头，看见自己的胸膛插入了一把战刀。战刀直接刺在他的命核上，他的命核只是普通人类的命核，根本没有金角巨兽的那般坚韧。人类的命核都是很脆弱的，根本不可能跟天生就有体内世界的金角巨兽的命核相比。

金角巨兽达到域主级时，体内世界的长宽都超过10万公里，比地球都大得多。而人类的普通域主级强者要孕育体内世界、真正诞生体内世界，要达到界主级。

承载那么庞大的体内世界，原核怎能不坚韧？

域主级六阶的金角巨兽的原核极其坚韧，就算是域主级六阶强者都很难破开。当初，洪和雷神进入金角巨兽体内，燃烧灵魂，用长枪和战刀攻击，都没破开金角巨兽的原核。

“你……”石风雄瞪大眼睛，身体一软，直接跪倒在地，胸口的鲜血汩汩往外流。

“你站到我的面前，没有丝毫戒心，我瞬间出手，你连反应都来不及。”罗峰站起身来，其喉咙已经没有丝毫伤痕。

而后，他戴上面罩和头盔，唯恐泄露身份，影响到纳布和纳可父子。

他看着石风雄的尸身，道：“不怪你，恐怕没几个人能够想到，我只是一个宇宙级强者，但我的识海即使被完全毁掉了，我还是不会死。”

他本来不想利用一些特殊能力来杀石风雄的，还想靠自己宇宙级九阶的实力来斗一斗。没想到，石风雄竟然是精神念师，他根本斗不过，只能实行暗杀。

“可惜，我没带衍神兵来，如果衍神兵在手，我的实力能够飙升数倍，完全有把握击杀他。”罗峰摇摇头，“看来，我这个地球人本尊的确不适合搞近身战。”

随即，他蹲下，迅速探察石风雄尸身，寻找空间储物器。

“就是它了！”

他很快就发现了石风雄腰带上镶嵌的一块装饰挂牌，直接将那挂牌取下，正是空间储物器。

“希望里面有血洛晶，越多越好！”罗峰的念力瞬间进入其中，开始搜索起来。

此刻……

宫殿周围一公里范围内一片狼藉，宫殿崩塌了，周围的廊台断裂了，一座座楼阁化为废墟，中央的地面上有石风雄的尸身，还有从其尸身上拿下挂牌，冷漠地站在旁边的罗峰。

“不错。”罗峰的脸上露出一丝笑容，“有两颗血洛晶！”

石风雄融合过一颗血洛晶，他想方设法弄到了另外两颗血洛晶，就是希望有一天能成为血武者。后来，他偶然多得到一颗血洛晶，这才给了他的弟弟石风战。

“杀人越货，够狠的！”一道冰冷的声音回荡在天地间。

罗峰转身，抬头看去，只见半空中站着两个穿着银灰色制式战甲的人。

两人的脸色都极其难看。

第502章

神殿使者

深夜时分，淳羽家族那座紫炎沉木建造的三层楼阁中。

淳羽陶盘膝静坐，眼皮耷拉着，心中却暗自思忖：“我的消息不会错，不朽神殿的两位特使就在燕岗城中，不过石风雄那个浑蛋根本不可能给我引荐。嗯，真是麻烦，到底怎么才能跟神殿使者联系上呢？”

“轰！”一股狂暴的气息猛地从东北方传来。

淳羽陶猛地抬头，直接朝东北方看去，眼中射出两根光柱，将楼阁东边关闭的窗户给轰得粉碎，露出了美丽的景色。

雷电光球屹立在城主府中，雷电霹雳，电蛇舞动，这一幕令淳羽陶大吃一惊。

不单单是淳羽陶，燕岗城中的很多人都惊呆了。

因为燕岗城内并没有很高的建筑，雷电光球骤然出现，在黑夜中，格外显眼，周围上百公里范围内的人只要是视线内没有遮挡物的，几乎都看到了。

“怎么回事？石风雄那个浑蛋怎么释放领域了？遇到什么高手了？”淳羽陶一惊，猛地从屋内冲了出去。

站在半空中，遥看东北方，淳羽陶的脸色不断变化。

“到底是谁，竟然能够让石风雄这么拼命？燕岗城中应该没有其他领域级强者了，而且，还有两位神殿使者在，谁的脑子抽了，竟然在这时候去杀石风雄。难道是石风雄跟神殿使者斗上了？”

神殿使者的实力到底如何，淳羽陶不知道。但是，他听说，想当上神殿使者，必须达到领域级，至于是领域级初期、中期、后期，还是巅峰，他就不清楚了。

“小心点，我可别陷进去了。”淳羽陶小心翼翼地飞过去，却不敢释放一丝气息，唯恐对方将他当成敌人。

他必须小心行事，因为他没有背景，没有后台，他一死，淳羽家族就完蛋了，他很清楚保住小命的重要性。

其实罗峰和石风雄的战斗持续时间并不长，他们这种层次的强者，瞬间就能交手数十次。

整个过程中，耗费时间最长的反而是罗峰最后一刀的刺杀，因为要等到石风雄朝他走过去……

而整场战斗也就持续了数十秒钟而已。

……

空气震荡，雷电四射，气劲狂暴，金色气浪耀眼。

豪奢的楼阁、花圃，直接被炸裂，整个城主府的人都陷入恐慌之中。

淳羽陶悄悄潜伏过来，极为谨慎，当他躲到破烂的宫殿后，朝远处看时，罗峰正好去取石风雄的空间储物器。

“空间储物器？”淳羽陶眼睛一亮，“石风雄的无数宝物都在里面呢！他可是世界主宠爱的徒弟，而且当了多年城主，肯定捞到不少宝物。那个黑甲人的气息似乎并不是很强。”

“要不要杀了他？”淳羽陶咬牙切齿，死死地盯着远处的罗峰。

迟疑了一会儿——

“干！”淳羽陶心一横。

这个时候不冲，什么时候冲？

“嗯？”

刚要往外面冲，他感应到两股庞大的气息迅速降临，不由得转头看去。

只见空中悬浮着两道银灰色的人影。两人身上穿的银灰色战衣正是不朽神殿特使身份的象征，那散发开来的可怕气息，更是让人心悸。

“好强！这两人的实力比我强得多！”淳羽陶脸色大变，“他们估计都是领域级巅峰强者！”

他顿时打消了偷袭罗峰的念头。

“我先看有没有得到好处的机会。”淳羽陶收敛气息，躲在那里。

实力达到领域级（域主级），体内的核心就是命核（奇点），气息可以完全收入其中，外界根本无法探测到。就好像一些仪器测试武者的实力，最多能够精确地探测出学徒级到宇宙级，至于域主级和界主级别的实力，是无法准确探测出来的，除非对方主动释放气息。

“好强！”淳羽陶嘴角抽搐。

“这两个人……”罗峰抬头看着空中悬空而立的两人。

这两人显然很是愤怒，主动散发出来的气息让人心颤。

“这两人很可能是域主级七八阶强者，甚至有可能是域主级九阶强者，有点麻烦。”

如果只是有点麻烦，罗峰不会想用魔杀族分身，这样可以磨炼自己。可是，一旦生命受到威胁，谁还会傻乎乎地去送死呢？以魔杀族分身的实力，特别是其施展出极强的空间法则能力时，想逃命的话，这两人根本不可能拦得住。

“两位，一定要动手吗？”罗峰看着天空中的两人。

“你杀了我师弟，难不成还要让我放了你吗？”那长相俊美的中年男子怒喝道。

半空中。

“没想到会这样。”旁边的男子传音道，“游兄，很抱歉，我也没想到会发生这种事情。”

“老莫，不怪你，我也大意了。”中年男子道。

这两天来，他们受到了石风雄非常好的招待，特别是今晚还见到了传说中恶魔海中的鱼美人，这是石风雄专门邀请来给他们唱歌的。

鱼美人是血洛大陆中最神奇的生命，可以隐藏鱼尾，变成美人，碰水后又能恢复鱼尾，而且个个唱歌无比动听。

然而，只有恶魔海才有鱼美人，恶魔海是血洛大陆上一个非常可怕的地方，想要活捉鱼美人很难，所以鱼美人在血洛大陆上受到很多有权势的人的追捧。

他们是神殿特使，平常都待在神殿中，哪有这么逍遥，这次看到鱼美人，当然很开心。

两人正在享受表演，忽然感觉到远处爆发出强大的气息，当时他们根本懒得动，而且也很相信石风雄。在这一方世界内，恐怕还没有谁敢招惹世界主司雍的徒弟石风雄。

可是，后来他们感觉远处的气息太过强烈，轰鸣声和爆炸声接连响起，不得不出去探个究竟。

待得他们赶到，石风雄已经被杀了。

周遭的气氛一下子变得紧张。

"你们不是我的目标，我不想再杀人，别逼我出手！"罗峰看了半空中的两人一眼，直接冲天而起。

"想逃？"中年男子怒喝一声，同时，他传音给旁边的特使，"老莫，他杀了我师弟，报仇的事情就交给我。你帮我看着点，我担心这小子会用什么特别的方法逃掉。你注意一点，别让他逃掉就成。"

"游兄，交给我，你放心。"莫特使点点头。

吃人嘴软，拿人手短，这几天被招待得很好，石风雄死了，他当然也想出出力气。

罗峰冲天而起时，发现中年男子一脸煞气，朝自己疾速而来，不由得眉头一皱："你这真是要逼我出手啊！既然你找死，那我就不手下留情了！"

魔杀族分身变得和罗峰一模一样，也拿着血影战刀，穿着黑色战甲。

在虚拟宇宙公司，战甲、血影战刀、盾牌都算不上什么高等兵器，都是罗峰为了来到血洛世界闯荡而临时定制的。因为很廉价，所以他当时一次性定了十套，万一坏掉，还可以补上。

“切换！”罗峰心念一动。

“唰！”外界的地球人本尊和体内世界的魔杀族分身瞬间切换，地球人本尊进入了体内世界，魔杀族分身则来到外界。

瞬间切换，加上罗峰在疾速飞行，外人根本看不清罗峰有什么变化。

“嗯？他的气息收敛了？”迅速追来的游特使感觉不到罗峰身上的气息。

“我是领域级巅峰强者，除非他是世界级强者，否则他必死无疑。”游特使手中突然出现了一把战刀。

他瞬间就追上罗峰，传音喝道：“你的胆子够肥的！在这一方世界，只有我们师兄弟杀别人，还从来没有被别人欺负到头上的，更别说被杀害！”

罗峰的魔杀族分身嘴角泛起一丝笑容，那种和宇宙空间几乎完全融为一体的感觉很美妙，令他清晰地感应到后面一股无比狂暴、强大的气息袭来。

“估计真是域主级九阶强者！”魔杀族分身咧嘴，冷冷一笑，“宇宙中的最强暗杀族群，配合我钻研九宇混沌碑的成就，就让你见识见识吧。”

魔杀族分身闭着眼睛。

那股凶猛的气息呼啸而来。

游特使双眸中满是杀气，手中的战刀迅猛无比，直接劈向眼前的罗峰。

下一瞬，游特使脸色大变：“不对！”

只见被他的战刀劈中的罗峰根本没有流血，甚至没有实体感，其身影此刻正在缓缓消散。

“在哪儿？怎么快到我都没感觉到？”游特使惊恐万分。

“游兄，他在你后面！”一道焦急的声音传入游特使的脑海中。

游特使猛地掉头，后面正站着罗峰。

罗峰看着他，一道刀光同时亮了起来。

第503章

魔杀族分身发飙

近距离瞬间出刀，以魔杀族分身的出刀速度，游特使根本来不及阻挡。

“不！”游特使的面目变得无比狰狞。

同时，他体内达到域主级九阶的原力猛地灌入身上的银灰色制服，那快得惊人的血影战刀劈在他的身上时，银灰色制服微微震荡，将冲击力分散到游特使全身，那制服的表层仅仅留下了一道刀痕，紧接着又恢复了。

“嗖！”游特使暴退开去，额头直冒冷汗，心里一阵后怕。

“幸好有神殿给我们的制服。”游特使感觉自己在生死线上走了一遭，而后惊讶地看着远处夜空中的罗峰，“怎么那么快？他，他的速度怎么快到那般地步，我根本感觉不到！”

魔杀族分身的速度的确很快。若是按照《绝对空间》描述的层次来分，应该算是第二层“千变万化”大成了。按照《万线流》的描述来分，就是最高层万线流境界。

魔杀族分身全力施展，能够在空中留下一万个幻身，而罗峰地球人本尊全力施展只能留下数百个幻身（因为百线流身法有特殊效果，所以平常只是使用一百个幻身）。

战斗时，幻身并非越多越好。比如瞬移，到了这个程度，根本就没有幻身。而绝对空间秘法的第一层是“弧光”，第二层是“千变万化”，虽然表现形式是出现多个幻身，但是真正追求的是瞬间爆发的速度。

现在魔杀族分身瞬间能爆发的速度已经达到极为可怕的地步了。再提升一步，就是瞬移了。

别说游特使追不上，即便是界主级强者，或许其最快的飞行速度远超魔杀族分身，可是，静止状态下，瞬间爆发的速度远远不如魔杀族分身。除非那个界主级强者快要达到“千变万化”这一层了，或者对于风、光线这两大本源法则的感悟达到极高的境界。

“有趣！”魔杀族分身悬浮在半空中，盯着游特使身上的银灰色制服，“那是……原力战衣？宇宙中的原力战衣？”

没错！那就是原力战衣！

“他竟然能够将我的攻击力削弱，分散到全身。战衣明明被我劈出一道缝隙，却又恢复了。而且，他将原力灌入其中，令战衣的防御力明显提升了。”

罗峰就是从天外而来，也很清楚原力战衣的特性。他还有比原力战衣更好的摩云战衣呢！只是，他没敢穿，怕身份暴露，遭到群攻。

“纳可他父亲说的没错，那古神废墟还真有可能是虚拟宇宙公司当初的一些高手和血洛大陆土著高手大战，在此留下的遗迹。而且血洛大陆的不朽级强者应该还研究出了制作原力战衣的方法，只是，他们制作的量很少。”罗峰脑海中瞬间浮现诸多想法。

紧接着，魔杀族分身一步迈出，再次出现时，已经到了正在逃跑的游特使面前。

“他的速度太快了。”游特使连忙传音喊道，“老莫，赶紧帮我！”

“明白！”远处的莫特使迅速飞过来。

而魔杀族分身再次施展了刀法，这一次不像上一次那般随意，而是真正引动周围宇宙空间的刀法。

游特使妄图抵挡，却来不及挡下，只能靠原力战衣硬扛。

“愚蠢！”罗峰心中暗道。

“哧！”血影战刀锋利无匹，直接刺入游特使的胸口。

转瞬，血影战刀迸发的气劲四射，令罗峰瞬间发现了游特使体内的命核。血影战刀的刀尖直接刺在惊恐万分、想要躲避的命核上。

砰的一声，命核直接碎裂。

游特使眼睛瞪得滚圆，眼中满是惊恐和难以置信。

他无法相信，眼前的人的战刀竟然真的能够穿透制服杀了他，更无法相信这人竟然敢杀神殿使者。

“我这一刀有空间切割的味道了。”魔杀族分身满意地点点头。

罗峰的地球人本尊靠着衍神兵都无法闯过通天桥第六层。假设是魔杀族分身，能够轻易施展出万线流身法，沟通宇宙空间，一刀斩出，足以起到相当于衍神兵第五重“空间切割”的效果，甚至威力要大得多。闯通天桥第六层乃至第七层，都有一定的把握，魔杀族可是宇宙最强暗杀种群。

“什么？！”正飞过来准备帮助好友的莫特使脸色大变，“怎么可能？！对方怎么可能一刀就斩破游特使的原力战衣？！”

“逃！”莫特使没有丝毫犹豫。

“那个黑甲武者怎么那么强？”远处下方城池内，淳羽陶潜伏在那里，眼中有着一丝惊恐，“死在他手上的特使应该拥有领域级巅峰的实力吧，而且有特使战衣，竟然被其一刀给杀了。咦！那黑甲武者去追另外一位特使了。”

夜空中，莫特使刚要逃窜，而罗峰的魔杀族分身杀了游特使后，随手就将游特使的尸身收进自己的空间戒指，同时速度瞬间爆发。

“想逃？做梦！”一声冷哼传入莫特使的耳中。

“不，你不能杀我，我是不朽神殿的特使，我可是不朽神殿的特使！”莫特使连忙传音喊道。

“神殿特使？！”魔杀族分身很是惊讶。

“是的，我是神殿特使，你……”莫特使说着，眼睛瞪得滚圆。

只见魔杀族分身再次施展出了可怕的刀法，刀锋边缘的空间扭曲。在这一刀面前，空间似乎都要被摧毁。

莫特使瞬间被劈中，其命核被斩碎了。

魔杀族分身一挥手，将莫特使的尸身收进空间戒指，随即低头看向下方。

下方一直偷偷观战的淳羽陶发现黑甲武者正盯着自己，吓得脸色大变。

“他怎么可能发现我？怎么可能呢？”淳羽陶震惊。

一般来说，血肉类生命是靠念力感应气息，根据气息判断对方的强弱和所在的位置，而魔杀族的人是空间的宠儿，直接将感应力融入宇宙空间，他们仿佛蜘蛛，而宇宙空间仿佛超大的蜘蛛网，任何一个目标触到蜘蛛网，引起的震动都会传递给蜘蛛，令蜘蛛在第一时间得知消息。

罗峰的魔杀族分身就是如此。

淳羽陶是域主级强者，而且收敛了气息，按理说其他人应该发现不了。可罗峰通过对方飞行时引起的空间震动能够感应到有一个目标在疾速飞行，而后潜伏在某处。

“我，我没有恶意。”淳羽陶脸色煞白。

“你应该是淳羽家族的老祖吧？”罗峰的魔杀族分身在空中一笑，“很不巧，我现在需要血洛晶。”

“不！”

淳羽陶脸色一变，立即爆发出了惊人的速度，飞奔而逃。

魔杀族分身摇摇头，瞬间穿过数十公里范围，留下几个模糊的幻身。

同时，一道刀光亮起。

淳羽陶很是惊恐，想要反击，可那道刀光已经刺入他的体内，将他灭了。

魔杀族分身随手将淳羽陶的尸身收进空间戒指，而后一步迈出，瞬间便到了上千公里之外了。

在血洛世界中，罗峰的地球人本尊的速度达到300公里/秒，而魔杀族分身的速度快了数倍。

燕岗城内一片喧哗，深夜竟然比白天还热闹。

城主府外的街道上都是人，人们都在看着城主府，城主府周围有大量军队集结。

“到底是怎么回事？”

“谁知道啊，之前我看到一个很高的雷电大光球呢！”

“我也看到了。”

“快看，那座最高的城主宫殿已经化为废墟了。”

人们议论纷纷。

他们完全不知道，就在今夜，不朽神殿的两位特使、燕岗城城主、淳羽家族的老祖全部身死。可以说，整个燕岗城现在没有一个领域级的强者了。

罗峰的魔杀族分身破空而去，穿梭于云雾之间。

“这种和宇宙空间合二为一的感觉太美妙了，我的地球人本尊什么时候能达到这种状态啊！”罗峰兴奋地道。

在这种状态下，感应力无比清晰，能够透过宇宙空间的波动感应到远处的一些生物。

“唰！”魔杀族分身骤然停下。

一会儿工夫，他就到了距离燕岗城近百万公里的地方。

“切换！”

虽然不舍得脱离魔杀族分身，但是使用魔杀族分身是很危险的。因为血洛世界中有许多界主级强者，甚至不朽级强者，一旦被那些强者盯上，那可就完蛋了。

“还是低调一点比较好。”

他当即恢复成地球人本尊。

忽然，他露出了一丝笑容：“我现在就看看，两位神殿特使和淳羽陶到底能给我什么惊喜。”

第504章

意外之喜

“淳羽陶和石风雄可是燕岗城的高层。”罗峰分别将这二人的空间储物器拿出来，进行仔细的搜索。

不像石风战故意隐藏血洛晶，淳羽陶和石风雄的空间储物器内都有明显的血洛晶，其实石风雄的空间储物器罗峰之前已经探察过了。

“一颗、两颗……”

罗峰一翻手，手中便有了三颗三棱柱形状的血红色晶体。

正是血洛晶。

“一下子就得到三颗血洛晶！”罗峰露出一丝笑容，“如果能融合成功的话，我再融合两颗，就能成为血武者。而且，还剩下一颗血洛晶，刚好完成第一个任务。”

危险级任务一共两个，完成一个任务后，能得到1万积分，完成另外一个任务能得到10万积分。现在看来，只要一切顺利，将两颗都成功融合，自己能一下子得到11万积分。

“前提是得融合成功。”罗峰回忆起第一次融合血洛晶的感觉，也没十足的把握了。

他得到这一切似乎很容易，可是虚拟宇宙公司把这个定为危险级任务。当然，这是针对宇宙级核心成员的危险级任务。如果罗峰真的只是宇宙级九阶强者，并没有魔杀族分身的话，那么想要得到血洛晶，还真是危险得很。

“对了，还有两位神殿特使的尸身。”罗峰眼睛一亮，“也不知道这两位神殿特使的身上有没有血洛晶。”

淳羽陶和石风雄身上有血洛晶，这是罗峰早就知道的事情。至于神殿特使的身上有没有血洛晶，他还真不确定。

“游特使的空间护腕里面的储物空间真大！”罗峰仔细搜索起来，心里有些期待。

忽然，他的脸上露出惊讶的表情：“不，不会吧，难道，难道我真的走狗屎运了？”

他一翻手，手中出现了一个特殊的木制黑色盒子。

“啪！”他小心翼翼地打开盒盖。

盒子中整齐地摆放着一颗又一颗血洛晶，这一小堆血洛晶几乎将整个盒子都装满了。

罗峰欣喜不已，仔细地数了起来。

“十颗血洛晶？若是这位特使想要成为传说中的黑武者，只需要融合这十颗血洛晶就够了。而且，有这般野心的人，不可能一颗血洛晶都没融合成功，他都是域主级九阶的强者了。”

游特使的确融合过血洛晶。

“他竟然随身带着十颗血洛晶，还真是便宜我了。”罗峰想着，忽然心中一动，“我刚才用意念探察过这个盒子，那些血洛晶的下面似乎放着一张纸。”

盒子内，整齐摆放好的血洛晶下方的确垫着一张纸，纸张的颜色呈暗金色。上面有复杂的文字，内容却非常简单：司雍，这是你需要的十颗血洛晶，够你短时间内安排使用。记住你答应我的事，相信你是聪明人，不会耍我。

看到这一段话，罗峰恍然大悟，不由得笑了起来：“原来，这十颗血洛晶并不是这位特使的，而是司雍的。司雍不就是这一方世界的世界主吗？他弄到十颗血洛晶的确是轻而易举的事。”

那些域主级强者都能弄到数颗血洛晶，一个世界主弄到十颗血洛晶自然是轻而易举的。

"司雍啊司雍，你这些血洛晶就归我了。"

罗峰心念一动，将十颗血洛晶收进储物戒指。

"我现在已经有十三颗血洛晶了，不知道另外一位神殿特使能给我带来什么惊喜。"

他一翻手，手中出现了一枚半透明的空间戒指，正是莫特使的空间储物器。

当即，他的念力冲入其中，开始搜索起来。

"我的天！"罗峰瞪大了眼睛，"不可能！"

"巴巴塔！巴巴塔！"他的意念进入空间戒指，当即联系巴巴塔。

巴巴塔懒洋洋地道："怎么了？罗峰，在这个没什么科技的血洛世界，你有什么要找我的吗？"

"等一下！"

罗峰心念一动，顿时将莫特使空间戒指中那个不可思议的玩意儿召唤出来了。

"呼！"云雾中出现了一个直径达100米的庞然大物。

正是一艘通体呈深灰色的宇宙飞船！

"巴巴塔，你把这艘宇宙飞船收进你的储物空间，给我好好研究一下这宇宙飞船到底存在了多久。"罗峰连忙说道。

"宇宙飞船？"巴巴塔大惊，连忙将旁边的宇宙飞船收进去，"你等会儿，我好好研究研究。"

夜。

罗峰独自一人站在云雾中，依旧感觉很震撼。

虚拟宇宙公司的资料写得很明确，千万不能在这里使用一些科技类的玩意儿，一旦被发现，必死无疑。可是，现在他竟然从一位神殿使者的空间戒指中发现了一艘宇宙飞船，这未免太……

所谓的古神废墟，那是多少万亿年前的事了，当初的宇宙飞船不可能到现在还完好无损。除非是E级乃至F级的宇宙飞船，可那等宇宙飞船不至于落到一位神殿特使的手里，而且罗峰感觉那艘宇宙飞船很一般。

“罗峰，检测过了。”巴巴塔道。

罗峰的意念一直和巴巴塔保持着联系，一听，连忙问道：“什么结果？”

“可以确定，血洛大陆在科技方面还是有一些成果的。这艘宇宙飞船存在了差不多50万年，属于比较差的那种宇宙飞船，放到宇宙中，算是A级宇宙飞船，加速到光速都要很久。”巴巴塔解释道。

“哦？”罗峰眉头一皱。

“你在哪里发现这艘宇宙飞船的？”巴巴塔追问。

“神殿特使的空间戒指内。”罗峰说道，“对了，神殿特使穿的是原力战衣。”

“神殿特使？也对。罗峰，你应该知道，从界主级突破到不朽级，灵魂发生一次跃迁后，不朽级的灵魂运算速度丝毫不比光脑慢。假设血洛大陆的土著不朽级强者得到一些虚拟宇宙公司高手留下来的物品残骸，比如智能光脑、宇宙飞船等等，的确很可能研究出来不少科技产品。”巴巴塔再次解释道。

罗峰闻言一怔。

他的意识运算能力已经够可怕了，不朽级强者的灵魂运算起来，其速度绝对不亚于智能光脑。血洛世界中，很多材料欠缺，无法制造出一些特殊的机器，否则以不朽级强者们的研究能力，打造出先进的科技产品并不难。

或许，不朽神殿的人不想血洛大陆拥有高科技产品。

又或许，虚拟宇宙公司的人暗中插手。

不过，罗峰懒得想太多。

“这次赚大了。”罗峰直接将四具尸身交给巴巴塔处理，还将那四人的空间储物器交给巴巴塔，“巴巴塔，这四人的空间戒指中有各种宝物，我对血洛大陆中的宝物完全不懂，你来帮我分分类，再看一看，说不定还有一些意外的收获。”

“行，交给我。”

巴巴塔是智能生命，运算速度比智能光脑要快，那些不朽级强者处理问题的速度都不一定有巴巴塔快。

“谢了，等会儿我就联系你。大概多久能整理好宝物？”罗峰问道。

“五分钟即可。”巴巴塔回道。

“很好。”罗峰直接从半空降落，朝下方而去。

黑夜下，无尽的荒野。

罗峰正在练习，同时努力感应血洛晶的效果。

罗峰之前融合了第一颗血洛晶，它的神奇效果令人惊喜，特别是在提升与宇宙本源法则的契合度上，施展宇宙本源法则攻击时的威力增大了。而且，一旦施展宇宙本源法则，胸口会出现血红色秘纹，和金角巨兽鳞甲上的秘纹很像，只是更加简略，效果没那么明显。

“我怎么感觉，血洛晶除了能令我和宇宙本源法则更加契合，还有一些特殊之处？”罗峰眉头微皱。

在他看来，血洛晶应该还有一点神奇之处，那就是带来的身体的变化。

“当初融合血洛晶时，我好似时而变成了猿人，时而变成了鳞甲兽人，时而变成了机器人。那种变异很凶猛，可是等到结束后，就再也做不到了。”罗峰皱着眉，“不过，我能感觉到血洛晶应该有这一奇效。”

“嗯，融合第二颗，乃至第三颗，估计就知道了。”罗峰的意念当即连接巴巴塔，准备和巴巴塔交流后，就开始融合血洛晶。

“巴巴塔，那四人的空间储物器中的宝物整理得怎么样？有什么珍宝？”罗峰用意念问道。

“珍宝没有，可是，有一件物品你要好好看看。”巴巴塔郑重地道。

“什么物品？”罗峰疑惑。

“啪！”一个物品被巴巴塔扔了出来，这是一个看似宝石的物品。

“这是蕴含简单光脑智能的通信工具。”巴巴塔说道，“就跟你在地球上使用的通信手表是一个道理。”

“通信工具？这么大的血洛大陆，信号以光速传播，速度可以达到30万公里/秒，可是，一方世界的直径达数亿公里，怎么即时通信？”罗峰连连摇头，

“他们也没有虚拟宇宙网络。”

“这通信工具并非即时通信的，是远距离传信，毕竟信号传播速度总比人的飞行速度要快。”巴巴塔说道，“而且，你杀那位长相俊美的神殿特使时，被另外一位神殿特使拍摄下来了，并且传信给了那个叫司雍的人。”

罗峰顿时脸色大变。

科技工具就是这点不好。

第505章

抉择

司雍是这一方世界的世界主，按照宇宙中的等级来分，那就是界主级。

金角巨兽、魔杀族分身仅仅达到域主级六阶，而界主级强者和域主级强者最大的区别就是能够施展世界之力，操控世界之力，令他们的实力达到惊人的地步，从而使得域主级九阶和界主级一阶的差距极大。

“若是遇到司雍，简直是找死。”罗峰连忙用意念询问巴巴塔，“巴巴塔，司雍是这一方世界的世界主，我接下来该怎么办？”

虽然他的心中有想法，但是问问巴巴塔是最好的。毕竟巴巴塔考虑问题更全面，而且经验更丰富。

“逃，赶紧逃，逃得远远的。”巴巴塔大声说道，“他既然是这一方世界的世界主，那么燕岗城距离他的世界城估计有数亿公里，以30万公里/秒的速度，通信器的讯号估计只要半个小时，他就能收到，然后，他会以最快速度赶来。”

“最快速度？”罗峰眉头微皱。

数亿公里的距离，界主级强者也得很长时间吧。

“连两个域主级强者都有宇宙飞船，那界主级强者十有八九也有宇宙飞船。宇宙飞船在血洛大陆的云层间以亚光速飞行，在三个小时内，绝对能抵达这里。”巴巴塔道。

“可是，我杀神殿特使时，都是戴着战盔和面罩的。”罗峰又道。

“别抱有侥幸心理，燕岗城毕竟只有这么点大，你怎么知道，这段时间，你没有被有心人盯上？记住，即便只有一丝危险，你也不能去冒险，而且，别小瞧任何一个界主级强者。”巴巴塔连忙说道，“你决定吧。”

“你觉得我可能会暴露？”罗峰眉头微皱。

走？

得知莫特使用通信工具拍下了自己杀游特使的一幕，并且发给了司雍，罗峰瞬间就决定要走。

他直接飞出第十八云层，乘坐机械族宇宙飞船，谁能找得到他？只是，他是没有危险了，可是纳布和纳可父子怎么办呢？一旦他的身份暴露，这父子二人恐怕会受牵连。

世界主一怒之下，恐怕小小的纳家瞬间就会被夷为平地。

“纳家怎么办？”罗峰问道。

“什么纳家？”巴巴塔疑惑。

罗峰快速将大概情况告诉了巴巴塔。

“嗯，是挺麻烦的。纳家跟你的关系很好，虽然知道的人极少，也不显眼，但是，这可是司雍的地盘，要查到并不难。这样吧，罗峰，你现在赶紧去燕岗城见纳家父子，你让他们自己决定，是跟你走，还是留在燕岗城。如果跟你走，你可以带着他们去血洛大陆的另一方世界。血洛大陆中的一方方世界就跟一个个国家一样，彼此争斗，纳家父子逃到其他世界，就算是司雍，也不可能在无尽的人海中找到他们。”

“嗯。”罗峰点点头，“只能这么办了。”

他顾不得去融合血洛晶了，等此事办完，再融合血洛晶也不迟。

“嗖！”罗峰直接破空而去。

在云雾中，他以惊人的速度朝燕岗城飞去。

今夜，燕岗城无比热闹。

纳府。

“这几天是怎么回事，先是淳羽家族的族长死了，现在连城主府都成了战场。”纳布站在自家三楼的栏杆旁，眺望远方的城主府。

“纳布，进来。”一个声音突然响起。

“嗯？”纳布一怔，随即一惊，连忙朝屋内走去。

只见一个身穿黑色战甲的黑发青年坐在屋中。

纳布心中疑惑：“深夜，峰大人直接赶到我们纳家，到底是因为什么事？”

“峰大人。”纳布行礼。

“等一下。”罗峰默默地坐在那里。

“吱呀！”楼下的门被推开了，随即楼梯那边响起了脚步声。

很快，纳可出现了，冲进屋子，看到罗峰，连忙激动地道：“峰大哥，你来了。你传音让我过来，到底是为了什么事啊？”

“嗯？”纳布更加疑惑了。

峰大人召集他们父子俩到底要干什么？

“现在时间紧迫，我也不和你们客套，我直接向你们讲述一下情况。”罗峰郑重地道。

纳布一惊，道：“峰大人请说。”

罗峰当即将最近发生的一些事情说了一遍。

纳布听了，脸色越来越白。

天哪！淳羽家族的家主、老祖，石风家族的将军、城主，乃至两位神殿特使，竟然全部被眼前的峰大人给杀了。

纳可则完全傻了。

这些可都是传说中的人物啊。

“事情就是这样。纳可、纳布，你们选择吧！”罗峰郑重地道，“是选择留在燕岗城，还是选择跟我走？如果留在这里，是有一定危险的。”

纳布眉头紧皱，心中思忖。

纳可心中也乱得很。

罗峰坐在椅子上，默默地看着这对父子，心中有些内疚。

如果不是自己，这对父子估计能一直过着正常的生活。然而，就是因为自己的到来，纳家受到牵连，陷入了危机中。

“嗯。”纳布一咬牙。

“做好决定了？”罗峰看着纳布。

“对。”纳布点点头，“我准备继续留在燕岗城，就和平常一样生活。不过，我想请峰大人带着我的儿子离开燕岗城。”

“爹！”纳可顿时眼睛红了，“我不要离开爹！”

“别闹！”纳布低声喝道。

“爹！”纳可都快哭了。

罗峰看着这一幕，沉默了。

“峰大人，就这样吧！我相信，我不会有事的，一来，大家都知道我和峰大人认识的时间极短。二来，就算我们认识又怎么样，不过是见过两三次面，也算不上多么深厚的交情。而且，那世界主都不一定能够查到凶手是谁。最重要的是……我舍不得……”纳布的眼眸中有着泪水，“我舍不得自己打下的家业！”

“嗯。”罗峰微微点头，“纳布，为了你的安全，走之前，我会用灵魂秘法将你今晚这段记忆给抹掉，到时候别人就算用灵魂类秘法探察你，也探察不出什么。”

“这样好，这样好。”纳布连连点头，随即脸上露出不舍，“峰大人，能让我和可可单独待一段时间吗？”

“当然可以。”罗峰走出屋子，到了旁边的静室中，默默等待。

他的心中颇不是滋味。

屋内，纳布和纳可正在告别。

“别哭了。”纳布笑着看着纳可。

“爹，爹。”纳可哭了。

过去他一直活在父亲的宠爱中，可是，此次真的要和父亲分开了，他很舍不得。

“任何事情都要看两面。”纳布定定地看着纳可，“可可，任何事情都有好的一面和坏的一面。我们遇到峰大人，之前是好事，现在看起来似乎很糟糕，让你和我不得不分开。不过你要明白，峰大人完全可以自己走，可是他却专门过来找我们，这说明他对我们还是很重视的，而且心里怀有一丝歉疚。”

“福祸相依，这既是我们纳家的祸，也是纳家崛起的大机遇！”纳布双眸发亮，“血洛大陆中，哪天不死去千万人？无数人为了拜强者为师，不顾九死一生的危险。峰大人是一个真正的超级高手，你也听到了，连淳羽家族的老祖、我们的城主，乃至神殿特使，全部被峰大人杀了。这是何等可怕的实力啊！”

“在这片大陆上，钱财都是假的，实力才是真的！”纳布看着纳可，“可可，你现在有希望成为这片大陆上的超级强者，将来你甚至有可能成为一方领地的领主。”

纳可愣住了。

“记住！这是一次大机遇，抓住它！我死后，也有颜面面对我们纳家的先辈！明白吗？”

“嗯。”纳可一边流泪一边点头。

“很好。”纳布的脸上露出欣慰的笑容。

他摸了摸纳可的脑袋，轻轻将纳可拥在怀里，低叹一声：“我这辈子最牵挂的就是你，我们纳家没有足够强的武力，就好像酉家，没有足够强的武力，一夜间就被灭了。我很担心你，你的性格和我不同，我能撑住这份家业，可你……现在好了，你跟着峰大人，我就放心了。”

纳可伏在父亲怀里，大声痛哭。

片刻后。

罗峰走到纳布的面前，郑重地道：“我会抹掉你的这段记忆，事后，你也不会知道你的儿子去哪里了。”

“来吧，这样才能让别人无法从我口中知道此事。”纳布笑道。

“嗯。”罗峰微微点头。

顿时，一道念力直接侵入纳布的灵魂。想要解析并吞噬记忆很难，一般搜魂类的秘法都比较麻烦，毁掉却很容易，单单抹掉一小段记忆是非常容易的事情，甚至仅仅靠催眠，就能令对方自我封印记忆。

作为灵魂大师呼延博的弟子，这些手段对罗峰而言没有难度。

不一会儿后。

“怎么回事？”纳布看看周围，屋内空荡荡的，自己趴在书桌上，“难道是我犯困睡着了？”

纳布完全忘记了之前发生的事，更不知道他的儿子已经和罗峰离开了燕岗城。

第506章

离开

夜。

罗峰带着纳可直接冲天而起。

纳可不舍地看向下方的燕岗城，忍不住又流下了眼泪。

“纳可，睡吧，睡吧，一觉醒来就好了。”罗峰轻轻说道，声音具有不可思议的魔力。

纳可感觉整个人昏昏欲睡，眼睛一闭，便睡着了。

“睡着了，麻烦少一点。”罗峰一飞冲天，不断地冲破云层。

他带着纳可直接冲到第十八层云层，再往上，便离开血洛世界了。

罗峰心念一动，顿时旁边出现了一艘银色的宇宙飞船，他抱着纳可直接飞进宇宙飞船中。

控制室。

罗峰将纳可放进休息舱，而后来到控制室。

“这是血洛大陆的地图，巴巴塔，你推算一下，古神废墟对应的宇宙坐标是多少。”罗峰的意识连接巴巴塔，对巴巴塔说道。

巴巴塔推算得极快，很快便给了罗峰一个宇宙坐标的范围，那里属于古神废墟的范围。即便有误差，也没有多大。

“出发！朝古神废墟的方向前进，前行160亿公里后停下！”罗峰对机械族宇宙飞船的智能下令。

其实操控机械族宇宙飞船的智能也是巴巴塔制造的一个附属智能，平常情况下，附属智能完全可以操控机械族宇宙飞船。紧急时刻，巴巴塔可以接过管理权，真正发挥机械族宇宙飞船的最强操控性。

“是，主人。”机械族宇宙飞船的智能应道。

“嗖！”机械族宇宙飞船破开云层，迅速飞行。

“外景虚拟100%。”罗峰吩咐道。

眼前顿时出现了梦幻般的虚空景象，一边是虚空，一边是血洛世界最外层的云雾。

“茫茫血洛大陆……”罗峰从虚空中看向血洛大陆，“却硬是不敢出云层，虚拟宇宙公司的威慑力真强！”

“巴巴塔，帮我准备一个培养纳可的方案，我不可能时刻陪着他，只能尽量帮他做点事。”罗峰感叹道。

控制室内响起巴巴塔的声音：“这是小事。你本身的宝物就有不少，而且死去的那几个域主级强者也贡献了不少宝物，培养一个小家伙很轻松。”

片刻后，罗峰就得到了培养纳可所需的详细宝物清单。

当罗峰乘坐机械族宇宙飞船在血洛世界之外的虚空中疾速飞行时，一艘银色和黑色相间，飞碟形状，直径达180米的宇宙飞船出现在燕岗城上空的第十六云层。

为首者穿着黑色战衣，一头蓝色长发飘荡，双眸间隐隐有无限天地。而他的身后有四个穿着紫色制服的青年，个个气息收敛，都是域主级强者。

“我很想知道，到底是谁，胆敢在我的地盘杀我的徒弟。”

黑衣人目光如雷电，直射下方，一层层云雾直接避让开来，令他一眼就看到下方渺小的燕岗城。

“走，下去！”黑衣人冷冷地道。

“是。”四个身穿紫色制服的域主级强者恭敬地跟在后面。

这五人直接从高空中闪电般往下冲去，而那悬浮着的宇宙飞船直接消失不见了。

片刻后。

虽然城主府有部分区域被毁，可其占地面积比淳羽家还要大一些，还有很多地方完好无损。家族、门派、军队、情报系统等的首脑全部聚集到了一座宫殿的大殿中。

大殿内一片寂静，无形的威压令燕岗城的这些大人物额头都渗出了冷汗。他们跪伏在地，无比恭敬，因为眼前的人正是世界主。

“你们的城主石风雄死了！”端坐在上方的黑衣男子冷冷地道。

下方的人身体一颤。

“路过燕岗城，来自不朽神殿的两位特使也死了！”

下方的人震惊起来。

他们完全不知道此事。

“凶手是他！”

黑衣男子一挥手，顿时一沓纸飘落在地，每一张纸上面都画着一个穿着黑甲、戴着战盔、脚踏战靴，使用六棱盾牌和血影战刀的男子。

一群人当即捡起纸。

“这人的脸被挡住了！穿着黑色战甲的人满大街都是，怎么找？”这群人心中很是无奈。

凶手杀了人之后，完全可以改头换面，这让他们怎么找？

“可以确定的是，他是达到领域级巅峰的高手。”黑衣男子冷冷地道，“发动你们所有的力量，给我去查，查一下这段时间燕岗城中是不是有疑似领域级的高手出现。”

“是！”一群人恭敬应道。

“我要在明天天亮前听到你们的汇报。”

“是。”一群人应下来，随即都离开了。

黑衣男子站起来，透过正门遥看外面：“敢杀我司雍的徒弟，夺我的血洛晶，找死！”

机械族宇宙飞船在血洛世界外的虚空中疾速飞行，约22小时后，减速，而后停下。

“主人，已经到了160亿公里处。”控制室中响起了一道声音。

“嗯。”罗峰点点头。

他去休息舱将一直处于昏睡状态的纳可抱起来，沿着机械族宇宙飞船的舱门飞出，再度将机械族宇宙飞船收起，便直接朝下方血洛世界的云层飞过去。

“嗖！”

机械族宇宙飞船冲进第十八云层、第十七云层、第十六云层……

“纳可。”罗峰大声喊道。

“嗯。”纳可这才醒过来。

他发现自己正悬浮在半空中，被无形的力量给托住了，眼前的人正是罗峰。

“峰大哥。”纳可清醒过来。

“跟我下去。”罗峰带着纳可迅速冲破最后一层云雾。

纳可震惊地看着下方，此时正值黑夜，血洛大陆的黑夜比地球的黑夜持续时间长得多，而仅仅160亿公里的距离，令燕岗城和眼前这片区域依旧处于相近的时区。

罗峰带着纳可进入最近的一座城，这座城名叫“孟那城”，方圆数千万公里为孟那岭，孟那岭所在的这一方世界名为“欲融世界”。

“孟那城竟然处于欲融世界，据说和司雍世界相隔数十个世界。”纳可震惊得很，“峰大哥，我睡了多久？”

“放心，不到30天。”罗峰说道。

血洛世界的30天相当于地球上的大半年时间。实际上，纳可仅仅睡了20多个小时。不过，纳可恐怕发现不了了。血洛大陆实在太过浩大，根本无法统一时间历表。

“不足30天？还好。”纳可点点头，“据说很多武者穿梭数十个世界需要耗费漫长岁月。”

一天后。

罗峰带着纳可去了孟那城中的“雨刀门”门派，雨刀门的门主亲自接待了他们。

“这就是我跟你说的小家伙，我现在将他留在你的门派，我这次修炼结束后，会回来带走他的。到时候，自然会好好感谢你。”罗峰对雨刀门门主说道。

雨刀门门主连连点头：“放心，这点小事绝对没问题的！”

雨刀门门主是一名精瘦、彪悍的老者。作为云霄级（宇宙级）高手，在孟那城也算是大人物。

可昨天深夜看到罗峰，他完全被吓到了。

“这个黑发青年的实力深不可测，我在他面前毫无反抗之力。他应该是领域级强者，而且出手大方，能够和这样的超级强者交好，那是可遇而不可求的事。”

自此，纳可就留在欲融世界孟那城的雨刀门中了。

“纳可，你过去修炼弓箭之术，说明你的念力很强，这是我给你准备的精神念师修炼方法。”罗峰拿出厚厚的一本书。

这是巴巴塔早就打印好的，是用当地的纸张和文字写好的精神念师修炼秘籍，从基础到深入。

其实，这是当初陨墨星一脉内的精英弟子才能修习的。

“这是精神念师修炼秘法，只要你有能耐，可以凭借它一直修炼成为不朽神灵。”罗峰说道。

“峰大哥！”纳可又惊又喜。

天哪！血洛大陆中，一方方世界相互攻伐，这种能够从行星级修炼到不朽级的整套秘法是何等的珍贵。

“这是我给你在修炼一途上的建议。”罗峰递上一张薄薄的书籍清单，“上面写着如何利用宝物更有效地促进修炼。”

“这里面是一些奇珍。”罗峰又递过一枚空间戒指。

“有了这些奇珍异宝，你只要认真修炼，成为云霄级（宇宙级）强者，绝对没有任何问题。只要你努力修炼，成为领域级（域主级）强者都有可能，至于成为更厉害的强者，这就看你自己的本事了。”罗峰笑着看向眼前的纳可。

纳可惊呆了。

“谢谢！谢谢！”纳可很是激动。

罗峰淡然一笑。

这算得了什么?

当初他的老师陨墨星主人给他准备了一些珍宝，有把握让他冲到域主级，乃至界主级。

只要不惜代价，完全能批量培养宇宙级、域主级、界主级的强者，当然，性价比实在太低了，比如培养一个宇宙级强者耗费的金钱可以购买一支宇宙级军队了。

纳可是血洛世界土著，天生就是行星级强者，加上血洛世界的环境适合修炼，其天赋可比罗峰当初要高多了。

罗峰只是准备一点宝物，就能将其培养成云霄级强者。

“我知道你很想回去。但是，你记住，不达到云霄级，绝对不准回去。”罗峰郑重地道，“穿越数十个世界实在是太危险了，没有云霄级的实力，你回去也是找死。”

“嗯！”纳可连连点头。

罗峰满意地对纳可点点头，笑着说道：“好了，别告诉别人，我给了你这些东西。”

“我懂。”纳可点点头。

他出身于商人家族，当然知道一旦这些宝物暴露，会是什么后果。

“哈哈，我走了。”

罗峰一闪身，便消失不见了。

屋内顿时只剩下纳可一人。

纳可轻轻翻开手中厚厚的书，每一页上面的文字都很小，而整本书的信息量大得惊人。

“爹，你说得没错，这是很大的机遇！”纳可将书收进空间戒指，眼中有着坚定，“我一定会修炼有成！一定会！”

第507章

融合

罗峰一飞冲天，穿过一层层云雾，直至冲破第十八云层，来到血洛世界外面的虚空中。

“纳可……”罗峰低头看着下方茫茫云雾，“我能做的都已经做了，至于你以后能达到什么境界，就要看你自己的造化了。真正的强者，终究是要自己去经历磨炼，我现在也在经历磨炼，只是比你早一步而已。”

罗峰直接飞进旁边的机械族宇宙飞船，同时下令：“前往古神废墟！”

机械族宇宙飞船伪装成了一块小型陨石，在虚空中疾速前行。

至于纳家父子的命运如何，罗峰也只能默默祝福，毕竟他还有自己的路要走。

“一群废物！”身穿黑袍的司雍站在宫殿之上，对着下面跪伏着的手下咆哮，“整整三天了，这就是你们给我的答复？一点有用的信息都没有！”

燕岗城的高层们身体颤抖不已。

“这能怪我们吗？凶手穿着战甲、戴着面罩，而且是最常见的款式。我们倒是得到了不少陌生高手的消息，可一经探察，发现都是假的。”

高层们心中无奈，在世界主面前又不敢回嘴。

“笑话！这是一个大笑话！”司雍脸色阴沉，怒道，“周边的其他几方世界的浑蛋都在看我的笑话，你们真的是一点用都没有！”

一群属下跪伏在地，瑟瑟发抖。

“去！在整个燕岗城张贴悬赏通告，就说凶手拥有领域级巅峰的实力，穿黑甲，使用的是战刀和盾牌，记得将战刀和盾牌的图画全部给我贴出去。只要是提供有用信息的，奖励百万宝钱，如果能提供凶手所在的位置，只要是真的，奖励一亿宝钱，并且赐予燕岗城内的豪奢府邸一座，奴仆八千，护卫八千。”司雍道。

“是！”一群人彼此相视一眼，震惊于悬赏力度，随即都恭敬应命。

“还不快滚！”司雍咆哮。

一群人吓得当即退下。

大殿内顿时只剩下司雍和四名属下。

“师父，这种事情交给我们就成了，让师父操心……”一个中年壮汉说道。

司雍瞥了他一眼，冷冷地道：“单单周边的几个世界主看笑话，还不至于让我这么生气。你可知道，不朽神殿的人质问我，两位使者死在我的地盘到底是怎么回事。那群老家伙……哼！死了两位使者而已，如此小事，根本不可能让高高在上的不朽神灵亲自出面，那些老家伙仗着不朽神灵的权威向我叫嚣，真是让我一肚子火，恨不得一拳将这群老家伙给灭了。”

四名属下恍然大悟。

原来是不朽神殿的人施加了压力。

燕岗城内。

“让开，让开！”一群骑着荒兽的士兵呼啸而来，将路上的行人赶到一边去了。

“这边，贴！”为首者指着街道旁的一大片光秃秃的墙壁下令。

顿时，其他士兵纷纷跳下荒兽的背，迅速将上面发下来的纸张和图画全部贴到墙上，很快，街道上的人都来围观。

此处属于要道，往来的人极多。

“只要提供有点用的信息，就奖励百万宝钱！百万宝钱啊！”

“是啊！我还没见过那么多宝钱呢！”

“一宝钱是一千个大钱，是十亿个小钱。我一天才赚十个小钱，那么多宝钱，那得赚到什么时候啊？！”

“快看！有奖励一亿宝钱的，而且奖励豪奢府邸一座，奴仆八千，护卫八千。”

“天哪！能安排这么多奴仆和护卫的府邸，在我们燕岗城是顶尖的。大概也就将军府、淳羽府等少数府邸能够比这还大吧。”

“悬赏缉拿凶手，凶手达到了领域级巅峰。”

“这人我好像见过，跟我们飞云阁中的一位客人长得挺像的。”

“你就做梦吧！你们飞云阁有数十万客人，长得像的未免太多了。”

这可是巨额悬赏，就算是云霄级（宇宙级）强者，估计也忍不住会心动，更别提普通大众了。高高在上的世界主随意给出的一点悬赏，便令燕岗城的人在一天内陷入疯狂。

查找凶手的进度立即加快。

当燕岗城大肆张贴悬赏通告时，乘坐机械族宇宙飞船朝古神废墟前进的罗峰，拿出了血洛晶。

他躺在修炼室中，盯着手中的血洛晶发呆。

“离古神废墟还有一万亿公里，以机械族宇宙飞船的速度，估计得飞行两个多月的时间。”不管是什么类型的宇宙飞船，飞行速度越接近光速，就越难加速。只要阻力稍微大一点，就无法达到光速。

说是虚空，太空秘境中的那些尘埃、碎片就不说了，单单已经实质化的宇宙本源能量形成的雾气，在惊人的速度下，也是一种阻力。

“如果能进行宇宙穿梭，只需加速穿越，而后减速回到原宇宙，就能抵达了。可惜，无法进行宇宙穿梭。”

“那就……融合血洛晶吧！”

罗峰略微调整一下，随即右手手指直接划过左手手掌，仿佛被刀刃划过，左手手掌上出现了一道伤口，鲜血直往外流。

他用血洛晶盖在伤口上，那股无形之力立即冲入其体内，同时勾动了原本就潜伏于其身体每一个细胞中的神奇之力。

而后，他的胸膛上浮现出简单的秘纹。

“杀！”充满杀气的意志强悍无匹，袭向罗峰的意志。

然而，单单论意志之坚韧，很多界主级强者都远远不及罗峰。即便是那些高高在上的不朽级强者，不懂得心灵修炼的，其意志也不一定比罗峰强。

意志跟修为没关系。

心冰冷如镜，能够从容面对这些好像很可怕、很混乱的意志。

心凝结如刀，劈开一切阻碍！

“这股凶悍的意志似乎有上次的两倍。”罗峰疑惑，“同样的血洛晶，蕴含的意志应该是一样的。为何融合第二颗血洛晶遭受的意志冲击是第一次的两倍？难道第一次的那股狂乱的意志还潜伏在我的体内？”

没等罗峰想明白，一股让罗峰灵魂都震颤的力量传遍全身。

血洛晶流出一股股血色之力，迅速灌入罗峰体内，使得罗峰的身体发生剧烈的变化。

下一瞬，罗峰的身体竟然膨胀起来，筋骨和肌肉不断变粗，在极短时间内发生突变，那种疼痛可想而知。

他的身体发生着各种匪夷所思的变化。

“好难受，怎么比第一次还要难受得多？”

罗峰目光冷厉，面部肌肉不受控制地抽搐，口中长出锋利的獠牙，这次疼痛感已经从身体传到了灵魂。

他的意志和意识强大得很，硬是承受住了这一切，不受任何影响，依旧很清醒。

“噗！”罗峰的胸口忽然裂开。

“咔！”正在变异的腿骨断裂。

顿时，大量的血色之力从他的体内迅速倒流回手心的血洛晶，仅仅片刻，接近透明的血洛晶又变回了血红色。

“停止了？怎么回事？”

罗峰发现，自己恢复成了正常人的模样，唯一的变化是胸口有一道伤口，腿骨断裂了。

他心念一动，顿时体内世界的精纯能量涌入，迅速将身体修复。很快，伤口愈合，断骨完全恢复正常。

……

罗峰静静地坐在沙发上，一手端着果酒，一手掂量着血洛晶。

“这血洛晶根本没有丝毫变化。”罗峰眉头微皱，“而且，我也感觉到身体没有丝毫变化，即便驱动体内的那股神奇之力，对宇宙本源法则的感悟依旧和以前一样，这次的融合完全失败。”

是的，这次他完全失败了。

“怎么会这样呢？我的意识和意志很强，闯幻境海都闯到第十座岛屿才失败，我的地球人本尊也很正常。”想到这里，罗峰眼睛一亮。

他的脑海中浮现出了自己在书中看到的一段话，内容是：血洛晶极为稀少、珍贵，要融合血洛晶是非常难的。融合一颗血洛晶极难，融合两颗血洛晶，对身体的要求提升十倍，融合三颗血洛晶，对身体的要求提升百倍，融合的血洛晶越多，对身体的要求越苛刻。

回想起这段话，罗峰恍然大悟。

“我这地球人本尊的身体算是正常的。成功融合了一颗血洛晶，融合两颗血洛晶却失败了。对身体的要求提升十倍，那是对身体哪方面的要求呢？”罗峰皱眉，“身体强度？韧性？细胞活性？”

第508章

命运

“有人说，去过古神废墟的，受到煞气的侵袭，有助于融合血洛晶；又有人说，融合血洛晶，对身体有很苛刻的要求。”罗峰心中完全明白了，“显然，在古神废墟受到煞气侵袭，都会对身体产生特殊的影响。这提高了身体某一方面的能力，使得身体能够承受血洛晶的力量。”

“哈哈！我去古神废墟，是想要成为血武者，乃至黑武者。可是，没想到，第二颗血洛晶就没有融合成功。”

罗峰摇头一叹，当即闭上眼睛，意识连接虚拟宇宙网络，进入太初区，认真修炼去了。

街道上。

“手气真差，又输了。”余春阳心中暗骂。

“哥，哥。”一道声音响起。

“嗯？”余春阳转头看去，只见后面跑过来一个穿着战甲的青年，不由得笑道，“阿想，你怎么这么高兴，难道是我们的纳可少爷找到了？”

“没有。老爷满天下找少爷，可少爷消失了这么久，不知道去哪儿了。”余想摇摇头，“燕岗城这么大，又乱，少爷傻乎乎的，说不定不知道什么时候就惹到了人，可能被人杀了也难说。”

“浑蛋，你竟敢诅咒少爷！”余春阳瞪了他一眼。

余想拉着余春阳走到旁边，同时以原力传音：“不说这个了。哥，外面张贴了悬赏通告，你看到了吗？”

“什么悬赏通告？我刚刚从赌坊出来，没看到。”余春阳摇摇头。

“你跟我来。”

“去哪儿？”

“你跟我走就是了。”

兄弟二人很快就来到张贴悬赏通告的地方。

悬赏的赏金很高，极具诱惑力，此刻依旧有许多人在街道上看，一些人还做着举报凶手，获得巨额奖励的春秋大梦呢。

“百万宝钱？一亿宝钱？”余春阳瞪大眼睛。

“你看清楚悬赏的内容，那里面有凶手的画像和其使用的战甲、兵器的图画。”旁边的余想传音道。

余春阳一看，顿时眼睛瞪得滚圆。

他回头看看自己的兄弟，传音道：“阿想，我们陪少爷去荒野森林的时候，遇到的那个超级高手不就是用的这种盾牌和战刀吗？而且，那个超级高手瞬间就击杀了十三斧的所有人，那些人都没来得及还手。十三斧势力中可是有三个云霄级强者，那个超级高手估计达到了领域级。”

“对。”余想点点头，“我们燕岗城难得来一个领域级强者，用的盾牌和兵器和凶手的一样，怎么会那么巧？这位峰大人真够厉害的，一刀就将神殿使者都杀了。”

余春阳眼睛一亮。

“哥，我们去不去……”余想看向自己的哥哥。

“这……”余春阳有些犹豫。

“你不去，我去。”余想传音，“你可别后悔。老爷对我们确实不错，可是，我们进纳家，还不是为了钱吗？”

余春阳一咬牙，道：“好，我们走！”

于是，这二人迅速朝城主府赶去。

城主府。

司雍坐在王座之上，俯瞰下面恭敬站着的三人。

“你们查到了？”司雍的声音充满无形的威压，“贴了悬赏通告，线索的确多了很多。不过，之前你们说的三个人，最后鉴定有两个都是假的，还有一个暂时无法确定。你们现在说的可有把握？”

“禀世界主，”其中一名军队将领显得很是激动，“这一次比前几次的把握更大。先后有三人来告密，说的都是同一个人。”

“嗯？”司雍惊讶，当即抬头。

“他叫峰！据告密的三人所说，不久之前，峰和燕岗城纳家少爷纳可所在护卫队在城外的一座荒兽森林遇到，途中曾经遭遇十三斧势力的攻击，峰瞬间出刀，同时变出十三道人影，击杀了十三斧势力的所有人，那些人至死都没来得及还手。”

“十三斧是什么组织？”司雍眉头微皱。

“禀世界主，这是我们燕岗岭范围内颇有名气的一个组织，十三斧势力中有十三个高手，其中有三个是云霄级强者，还有十个是天空级巅峰强者。而且，我们完全确定，十三斧势力就是被峰灭掉的。”

“哦？”司雍猛地站起身来。

这个消息够劲爆的！

那人能瞬间显现十三道幻身，击杀十三人，而且击杀的人中有三个是云霄级强者。

“那人应该感悟了空间本源法则。”想到这里，司雍眼睛一亮，“没错，莫特使发送给我的视频中的黑甲武者就精通空间本源法则，速度快得惊人。”

“武器呢？”司雍追问。

“那人使用的盾牌和战刀的样式和图画上的一模一样。”将领道。

“很好！去，给我查出这个峰的所有信息！”

“是！”

当初，纳布舍不得家业，选择留在燕岗城，还同意罗峰抹去他当晚的记忆。

他发现儿子纳可失踪后，焦急万分，发动一切力量去找纳可。

悬赏通告出来后，他都没有出去看。等他去看的时候，已经晚了。他也怀疑凶手很可能是峰大人，立即想将当初在场的护卫队给控制住。可是，只控制住了四个人，其他人都不在。

“带走！”

“全部带走。”

“赶紧去找，这是当初那个护卫队的成员名单，找到其他几个人，还有，赶紧找到纳家的纳可少爷。”

一群士兵冲进纳家，直接将纳布和雷叔都抓走了。

刑房外。

一个身穿紫色制服的妖媚女子挺身站着。

“哐当！”刑房的门打开了。

军队将领走了出来。

“拜见大人。”将领看到女子，吓了一跳，连忙恭敬行礼。

这妖媚女子可是世界主司雍带来的四大属下之一，乃领域级强者。

“你负责审问这个纳家家主，审问出峰的信息了吗？”妖媚女子问道。

“没有，他说他不知道。”将领摇摇头，“我仔细审问过他，却发现他和峰只是偶然间相识的，交情并不深。”

“废物！”妖媚女子怒喝。

将领脸色涨红，想说什么，却又不敢说。

“滚出去，把你的人全部带走。里面的人交给我审问。”妖媚女子说道。

“是！”将领顿时将刑房内的人全部带走，只剩下纳布和雷叔两个犯人。

刑房中，纳布和雷叔都脸色苍白，遍体鳞伤，受尽皮肉之苦。

“老爷，我们遇到了那位峰大人，本来以为是一件大好事，没想到竟然沦落到这个地步，真是……”雷叔长叹一声。

旁边的纳布叹了一口气，道：“雷冬，这次是我们纳家连累你了。”

“老爷……”雷叔刚要开口。

紫衣女子走了进来，其身上散发出妖媚的气息。看到她，纳布和雷叔的眼神渐渐变得涣散。

“那群家伙竟然用刑具，真是白痴。”紫衣女子脸色阴沉，随即开始询问，“你先说，将你和峰相遇的过程，从头到尾给我说一遍，另外将你们的一些推测都告诉我。”

雷叔说了一遍。

纳布又说了一遍。

雷叔和纳布受到灵魂秘法的控制，都推测凶手很可能是峰。

一番审问后，紫衣女子的脸色有些难看。

寒风刺骨，一头蓝色长发的司雍站在廊道上。

“师父。”紫衣女子走过去，恭敬行礼。

“听你的步伐，审问的结果似乎不太理想。”司雍看着远处，背对着紫衣女子。

紫衣女子回道：“是的。我施展了灵魂类秘法，确定那二人没有撒谎，他们和峰的确只是普通交情，不过，峰对纳家的少爷纳可似乎很好。”

“纳可在哪里？”司雍问道。

“纳可消失了，而且是在两位神殿特使丧命的那一夜消失的。我们查不到关于峰的任何信息，纳可突然失踪了，连他父亲都不知道他的下落，一直在找他，甚至连悬赏通告都没注意，这才被那几个护卫钻了空子，告了密。

“纳可的失踪太巧了，我认定和那凶手有关。现在有两个可能：一是纳可知道了峰的一些详细信息，峰担心自己身份泄露，所以杀人灭口。二是峰自知杀了神殿特使很麻烦，不朽神殿的人顺藤摸瓜会查到纳家，因为他和纳可有些交情，所以带走了纳可。”

“峰呢？”司雍的声音蕴含一丝怒气，“我现在不想知道其他的事，我只想知道凶手在哪儿，我要抓到他！”

“不知道，我们查不到关于他的任何信息。”紫衣女子摇头。

“轰！”司雍恼怒，一拳砸在旁边的廊道柱子上。

顿时，一股狂暴的力量爆发，可怕的冲击波从拳头和柱子的撞击点迸发出来，呈扇形散发出去，顿时令旁边的建筑崩塌。

很多仆人、士兵、护卫瞬间丧命。

城主府周围数公里范围内的许多建筑化为废墟。

惨叫声接连响起。

“浑蛋！”司雍猛地掉头，表情狰狞，狂暴的气息令天地都震颤起来。

“师父，我们怎么处置纳家？”紫衣女子恭敬问道。

第509章

司雍

“纳家？”司雍身上的煞气极重，“灭了纳家是没有任何用处的。我们不妨以纳可的父亲做饵。”

“师父，你的意思是……”紫衣女子眼睛一亮。

“不要杀纳可的父亲，纳家的其他人全部杀了。”司雍冷冷地道，“监视纳可的父亲，说不定，将来纳可或者是那个凶手会出现。”

“是！”紫衣女子恭敬应命，而后退下。

司雍环顾四周，只见周围数公里范围内成了一片废墟，惨叫声和痛哭声此起彼伏。

可是，他依旧面无表情。

这次他脸丢大了。死了两个徒弟，而且都死在他的地盘。

“哼！”想到这里，司雍的脸色更加阴沉，“峰，你的实力这么强，不可能永远默默无闻，一旦你出现在血洛大陆的任何一个地方，我一定会让你明白杀我徒弟的后果。”

血洛大陆外面的虚空中，机械族宇宙飞船以惊人的速度朝古神废墟的方向前进。

赶路的两个多月中，罗峰或是在太初区中听一些不朽级强者讲课，或是埋头参悟九字混沌碑和《飘血秘法》《时空随笔》上面的秘法，或是回到黑龙山岛屿见妻儿、兄弟，过得充实又自在。

“主人，现在已经抵达目标区域！”机械族宇宙飞船的修炼室中响起了智能的声音。

“哈哈，总算到了！”罗峰猛地睁眼，不由得笑了起来。

而后，他化作一道人影，直接冲了出去。

“我早就等着这一天了，不进入古神废墟，我什么时候才能融合第二颗血洛晶啊！”罗峰心中暗道。

他穿着一身银白色战甲，脚踏银白色的战靴，直接从舱门口飞了出去。之所以换上银白色战甲和战靴，是出于谨慎。燕岗城一役，恐怕有人已经盯上他这个黑甲武士了。

当然，古神废墟离燕岗城极远，而且古神废墟是个废墟，倒也不必太担心。

“嗖！”罗峰从虚空中直接飞进云层，再一次进入血洛大陆。

天蚀宫。

这是悬浮在虚空中的一座巨大宫殿，是专门为了监视血洛大陆而设置的，第一层的偏殿中有一面巨大的屏幕，屏幕上正播放着罗峰飞进血洛大陆的场景。

“哈哈！罗峰殿下也去古神废墟了！”

“他还真是够有胆色啊！”

负责监视血洛大陆动静的十数个界主级强者正在谈笑。

“大家都认真点！罗峰殿下若是遇到强敌，乘坐那艘机械族宇宙飞船逃出云层，那些土著胆敢追出来，我们必须将其第一时间击杀。”

“明白。”

“我们当然知道要这样做，不过，古神废墟是血洛大陆最重要，也是最危险的地方。据说当年我们虚拟宇宙公司的很多不朽级强者就死在那里，那个地方非常怪。罗峰殿下竟然去了那里，实在是太危险了，他选择的是危险级任务，可是也没必要非去古神废墟啊！”

“路，是自己选的！我们虚拟宇宙公司不会强迫别人去做什么，不过，既然他选择去古神废墟，那我们就暂且看着吧！富贵险中求，虽然很冒险，但是如果在古神废墟中有所收获，成就也不会小！”

“嗯！你说得很对！”

“古神废墟很神奇，血洛晶也很神奇。”

一群界主级强者交谈着。

整个血洛世界的云层外虚空都在他们的监视之中。

云气弥漫，宛如仙境。

穿着银白色战甲，脚踏银白色战靴，罗峰穿越云雾朝下方飞行……

“嗯？”罗峰脸色一变，“下面应该是第十五云层，怎么会是血红色的云雾？”

下方无边无际的云雾竟然全部是血红色的，仿佛血海在翻滚，可怕的煞气让人心悸。罗峰顾不得那么多，直接往下冲，当冲进血红色云雾中时，顿时感觉到一股特殊的气息。

他的心在躁动，仿佛有一种杀戮的欲望。

“这血红色云雾竟然让人充满杀戮的欲望，不过，和金角巨兽天生的杀戮本性相比，还差得远！”

罗峰的心志坚定，根本不为所动，继续朝下面俯冲。

一层又一层血红色的云雾被冲开，他终于冲破了最后一层云雾。

他俯瞰下方，下方是巍峨的山脉、荒原、沼泽等，只是这些景物显得很诡异。就拿山脉来说，仿佛被削掉了一层，那些荒原上有一个个有规律的大坑，每个大坑的直径都有数百公里，仿佛巨兽的脚印。最重要的是，下方所有区域都弥漫着淡淡的红色薄雾，因为这种红色薄雾的关系，距离太远的话，根本看不清。

“这就是古神废墟？如此恶劣的环境，的确像是废墟。”罗峰迅速俯冲。

古神废墟的直径有数千亿公里，一个大得匪夷所思的地方，光秃秃的地面上，隐隐能看到一些白骨。

罗峰从天而降，银白色战靴踩在一把残缺的剑上，眉头皱得很紧。

“这就是煞气？”

他感觉到一股无形的力量不停地蛊惑自己的心，同时另外一种奇异之力钻入自己的身体。

这种奇异之力很强，不管是用原能还是念力都无法阻拦，它会钻进身体，然后又钻出身体，它将人的身体当成空气，肆意穿梭。

在这个过程中，罗峰的身体发生了一些变化。

“煞气？不对啊，宇宙中所谓的煞气，是纯粹精神层面上的，一个人凶悍、嗜血，因而眼中充满煞气。可是，这里的煞气不单单是精神层面上的蛊惑，还会影响身体。”罗峰无比确定。

他的身体在缓缓地发生着一些自己根本不懂的变化。这就是血洛大陆上的土著们认为受到煞气侵袭，更能融合血洛晶的原因。

“至少我可以确认这种变化是有好处的，否则虚拟宇宙公司给我们的危险级任务中，不会将成为血武者定成第二任务，还给予10万积分的高额奖励，显然是希望我们成为血武者。”

罗峰确信这变化是有益的。

他一步迈出，已经到了数十公里外。在这茫茫古神废墟中，他以这种惊人的速度前行，感受着古神废墟带给自己的变化。

“这里的煞气浓一点，那里的煞气淡一点。煞气浓，对精神的蛊惑更强，同时身体提升速度似乎更快。”罗峰察觉到煞气应该是改善了人体细胞的某一种特质，“煞气淡，对精神的蛊惑变弱了，身体提升速度也变慢了。”

“我要节约时间，所以得寻找一个煞气浓的地方。”罗峰迅速腾空而起，俯瞰下方。

辨别煞气的强弱很容易，只要观看某个区域的红雾是浓还是淡即可。大多数区域仅仅有着薄雾，有些区域的红雾浓一点，罗峰四处观察了一下后，去了一座超大的古老山脉中寻找。

“那里！”罗峰眼睛一亮，远处一片森林上方的红雾浓得惊人。

“嗖！”他小心翼翼地飞过去，察看四周有无其他人。

书中描述，进入古神废墟的强者很多，他却一个强者都没看到，估计大家都是一样的想法，进入煞气浓郁的地方，进步更大。

“没人？”罗峰蹿进红雾浓郁的区域。

“哇！感觉好爽！”

罗峰感到浓郁的煞气从自己体内飘过，身体出现了明显的变化。这是细胞最深处，甚至可以说是构成身体最本源的基因的变化，仿佛破茧成蝶般的蜕变。

“杀！”

无尽的杀戮意志冲入罗峰的灵魂中，并且因为其身体缓缓蜕变，大量的杀戮意志潜伏到他的身体深处。随着时间渐渐推移，这些都和罗峰的灵魂融为一体，意志薄弱的人甚至可能会疯掉，即便是意志强的人，也会成为嗜杀之人。

“好惊人的杀戮意志！”罗峰站在一棵粗壮的大树旁，默默地道。

无尽的杀戮不断涌入他的识海，比融合第一颗血洛晶时还要强，显然煞气浓郁的地方并不是所有人都能待的。

“大哥和二哥说过，越是各种欲望强烈之地，越是磨炼内心的好地方。这里的杀戮意志强烈，能蛊惑精神，自然更能磨砺我的心。”罗峰当即盘膝坐下。

“唰！”一道鬼魅般的幻影在远处浓郁的煞气中一闪而逝，下一瞬就到了罗峰的面前。

一道刺眼的剑光直接刺向罗峰的头颅。

“嗖——”周围瞬间出现上百个罗峰的幻身。

“轰——”他身后的粗壮大树瞬间爆炸，裂成无数碎片，朝四周迸射开去。

“你竟敢偷袭我，找死！”罗峰双眸怒睁，咆哮一声。

他的手中出现一把血影战刀，直接杀向突然出现的鬼魅幻影。

第510章

巨坑

“嗖！”那道鬼魅幻影见暗杀没有成功，立即飞逃。

“想逃？”罗峰目光冷厉，迅速追过去。

达到宇宙级九阶这一层次，速度实在是太快了，超过300公里/秒。罗峰仅仅一闪身，就已经到了数百公里之外的大峡谷的上方。

“他的速度不如我，可是，他竟然跨过了风之本源法则门槛，身法诡异得很，可惜，他对风之本源法则的感悟还很低。”罗峰的眼眸中掠过一丝杀意。

飞过大峡谷上方的瞬间，他的念力连接虚拟宇宙空间，忽然感觉到了一股波动。

“不好！”罗峰脸色一变。

峡谷之中，一名高约三米，穿着战甲的武者，手持两柄巨斧，猛地冲出。

他的双眸瞪得犹如铜铃，怒喝一声：“去死吧！”

“轰！轰！”两柄巨斧疾速劈下。

“哈哈，谁怕谁啊！”罗峰手持血影战刀，完全没有闪躲。

原本在半空中的他斜着朝下方坠落，同时顺着下坠之力，将全身的力道瞬间传递到右臂，战刀初动，便已经沟通宇宙本源的空间法则、金之法则。

战刀带着决绝的疯狂，朝下方劈去！

而下方的武者挥舞着巨斧，迎了上去！

“哧！”犹如尖锥般的精神念力瞬间钻入罗峰的识海，轰击在那坚固无比的虚空之塔上，令虚空之塔微微一震。显然，这极强的攻击力影响到了罗峰的意识。

“轰！”战刀和巨斧瞬间撞击在一起。

那武者天生神力，击出的这一斧威力大得很，而罗峰这一招乃幽影七绝刀刀法之葬身，也是一记重击，而且勾动了两大本源法则，只可惜，关键时刻其意识受到了一点影响。

“噗！”那武者身体一颤，脸色涨红，直接喷出一口血。

他手中的巨斧不受控制，直接脱手飞出，犹如流星，砸在旁边的山壁上，山壁顿时发出一阵轰隆声，无数山石滚落。他的身体不由得下坠，右手虎口完全撕裂了。

“想逃？”罗峰手持血影战刀疾速追去。

“怎么可能？”那武者在往下坠的同时，惊恐地看着从上空疾速飞扑而下的罗峰，“他也是云霄级巅峰强者，速度竟比‘影子’还要快。而且，他遭到我的突然袭击，竟然能和我硬碰硬，在‘鬼魔’的精神攻击的影响下，竟然还重伤了我，他到底是人还是鬼？”

罗峰飞扑而下，盯着下方的武者，想要趁势将其击杀。

“嗖——”

峡谷之中顿时射出大量的金光，直接和武者擦身而过，刺向罗峰。

“念力兵器？”

罗峰心念一动，身前顿时出现了数千枚刀片。这是他和石风雄一战吃亏后，专门让巴巴塔制造出的一些简单的锋利刀片，虽然这些刀片并非多么昂贵的念力兵器，只是很锋利，但是已经窥探到一点宇宙空间本质的他，即使没有念力兵器上的法则秘纹辅助，照样能够勾动宇宙空间法则。

念力兵器上的那些秘纹只是辅助，让人更加容易施展出某一种攻击，而真正的超级高手根本不需要辅助。一念，即可令宇宙空间破碎；一念，即可令时光倒流。

这些，罗峰做不到，可是他毕竟窥探到了一点宇宙空间的本质，即使没有辅助，依旧能够施展出蕴含法则之力的攻击。当然，施展起来会较为吃力，威力也稍弱。

“绝对领域！”罗峰盯着朝自己射来的大量金光。

他身前无数的刀片竟然组成了十一条黑色刀片长龙，并且隐隐勾动了宇宙空间。这十一条长龙仿佛十一根绳子，拉动了整个空间，令空间压迫而下。

金光速度锐减，受到黑色刀片长龙的撞击，当即溃散，而那十一条黑色刀片长龙呼啸着继续朝下方袭去。

“手下留情，我们来自不朽神殿！”一道惊慌的声音传到罗峰的耳边。

……

峡谷之中，一个有着血红色长发的冷酷青年悬空而立。

此刻，他的脸上露出惊慌之色：“怎，怎么可能？他，他竟然击溃了我的念力兵器，我的念力兵器可都是不朽神灵亲自制造的。他，他，他的速度还比影子要快，连鬼魔的精神攻击都能扛住，还敢跟那个野蛮家伙硬碰硬……”

“他，他到底是谁？”青年完全惊呆了。

一会儿，他才回过神来，连忙传音请对方放过己方人马。

……

“我们来自不朽神殿。”

“放过巫奇！”

峡谷上方有两道人影飞下，一个是之前刺杀罗峰的鬼魅幻影，另外一个则身穿黑色制服，脸上戴着面具。

“你们想杀我，凭什么让我放过你们？”罗峰冷冷地道。

话落，由他念力操控的十一条黑色刀片长龙瞬间就袭向意欲抵挡，却被无形的宇宙空间给压制住的武者。

那武者当场丧命。

“呼！”那十一条黑色刀片长龙继续朝下方飞扑而去，袭向冷酷青年。

“唰！”青年大吃一惊，脚下出现了一个圆盘，瞬间化为一道流光，远远逃遁开去。

两人距离本来就较远，而念力兵器控制距离是有限的，虽然这十一条黑色刀片长龙的威力惊人，但毕竟没有任何法则秘纹辅助，罗峰操控起来有些吃力。

“快逃！”峡谷上空的鬼魅幻影和青年的身前出现一艘宇宙飞船，他们迅速钻入其中，随即宇宙飞船加速。

“这几个人到底是什么来头？”罗峰悬浮在峡谷的半空中，心中震惊不已，“其中一个家伙有攻击类的念力兵器，还有飞行类的念力兵器，这些就算在我们宇宙中也是厉害的念力兵器。而且，他们竟然随身带着宇宙飞船，明显比那些神殿特使的宇宙飞船要好，至少加速要快得多。”

罗峰一招手，十一条黑色刀片长龙迅速消失不见了。

“嗖！”他迅速降落，只见峡谷的地面上散落着死去的武者的遗骸。

“空间储物器！”罗峰发现了雄壮武者的空间护腕，立即拿在手中。

“总感觉不对，这四个宇宙级九阶强者个个都很强，一个速度快如鬼魅，甚至跨过了风之本源法则门槛。他只是宇宙级强者，就跨入了本源法则的大门，在宇宙中都算是绝顶天才了。另外一个施展精神攻击，竟能撼动我的虚空之塔。而那大汉能硬扛我一刀而不死。还有下面那个掌控者，操控的念力兵器威力也不小。”

“太诡异了！血洛大陆这种地方竟然一下子冒出了这么多天才！我还是先离开，再慢慢计划吧。”

罗峰不敢大意，瞬间化为一道幻影，飞速朝古神废墟深处而去。

反正古神废墟辽阔无边，任凭闯荡。

半空，云雾缭绕。

三道人影聚集在一起，正是之前的鬼魅幻影、黑色制服男子、血红色长发青年。此刻，这三人却再无之前的傲气，个个震惊得很。

“他，他怎么那么厉害？”鬼魅幻影的音调比较高，显然是一个女声。

“我们都是不朽神殿从血洛大陆各地选出来的顶级天才，现在来古神废墟进行生死历练，四人联手，对付一个同样达到云霄级巅峰的年轻人，我们竟然毫无还手之力。”血红色长发青年连连摇头，“太强了！他跨入了金之本源法则大门，又精通空间本源法则，而且他的念力兵器上面显然没有法则秘纹，威力竟然比我的还大。”

“强！他的确很强！”穿黑色制服的青年沉声说道，“我施展的精神攻击竟然没有影响到他，他一刀就劈得巫奇重伤，毫无还手之力。”

三人惊讶不已。

他们都是天之骄子，是血洛大陆顶尖的天才，得到不朽神殿的重点培养，甚至地位比那些神殿特使还要高一些。不过，他们也是要进行生死历练的。

“天外有天，人外有人。我们不能骄傲，血洛大陆上面的很多天才都没被发现，今天这个神秘高手就很强。”

“嗯！继续进行生死历练吧！”

不朽神殿对于这些天才生死历练的要求是：必须融合三颗血洛晶，才能回归神殿，否则，就死在古神废墟中吧。

……

对付罗峰的四人都是血洛大陆本土的绝顶天才，血洛大陆因为没有虚拟宇宙网络，所以传递讯息、搜集人才都有很大难度，很多超级天才被埋没了，等真正成为一方强者才被发现，那已经过了最好的培养时期。

和那四人相比，罗峰却是宇宙的人类族群通过虚拟宇宙网络撒网选出来的。通过一次次比拼，和数以亿万计的天才进行预选战斗，靠一次次战斗来证明自己。

最终，他冲到了宇宙总排名前十，而现在，更是被认定为本届中仅次于伯兰的超级天才，又在初始宇宙混沌城中参悟了30年，哪里是那四个家伙能比的。

第511章

远古图影

在无边无际的古神废墟中，罗峰漫无目的地一路前行，一路修炼。

煞气浓郁的地方很多，没必要待在一个地方。

半个月后。

“嗯？”罗峰站在一座数十万米高的山上，遥看远处，那里有一个巨大的深坑，“好大的坑啊！之前我看到很多巨大的深坑，直径有数百公里，大小都是有规律的。这个深坑怎么大得这么离谱？其直径估摸着得有近万公里。”

“过去瞧瞧。”

罗峰本来一边修炼，一边探察这个神秘的古神废墟，此刻，他不由得飞向那超大的深坑。

他站在超大深坑的边缘，隐隐感到一股莫名的气息扑面而来。

“好浓郁的煞气！”罗峰一眼看去。

这个大坑深不见底，之前罗峰站在数十万米的高山上还能勉强辨别这巨大深坑的边缘，可是当他站在边缘时，遥遥看去，根本看不到尽头。

“这个深坑倒是个好地方，深不可测，煞气浓郁。”罗峰眼睛一亮，露出一丝笑容，“我倒是可以在这个深坑中给自己建造一个住处，长期住下，潜心修炼。”

这半个月来，他之所以居无定所，一直在赶路，最主要的原因是遇到了那四个宇宙级九阶强者。他杀了其中一个，得到了对方的空间储物器，查探一下才发现，死去的雄壮武者也有宇宙飞船，还有通信工具。

他让巴巴塔侵入通信工具，发现了一些记录下来的通信内容，从那些通信内容判断，死去的雄壮武者名为“巫奇”，是不朽神殿培养的顶级天才之一。

“不朽神殿培养的天才？说不定会有什么超级高手来找我麻烦。”

血洛大陆可不是他的地盘，在这里招惹了超级高手可就麻烦了。

他直接冲破第十八云层，乘坐机械族宇宙飞船，疾速飞了数百亿公里才停下。

……

“我也需要有个长时间能待的安稳的居所，好好参悟我的九宇混沌碑。”罗峰直接从巨坑边缘一跃而下。

“煞气果然很重！好地方啊！”

罗峰满脸喜色，任凭引力将自己往下拽，下降到深度近千公里的深处才停下。

看着旁边的山壁，罗峰微微点头：“就在巨坑的岩壁上挖出一个居所来吧。”

至于坑底，谁知道这巨坑到底有多深，等自己有时间再去看看吧。

他算是在这个超大的深坑中安家落户了，以他的能耐，轻易就在岩壁深处挖掘出了长宽足有百米，高十米的巨大空间。而且，还专门布置了一番，将一些岩石雕刻成了雕塑，墙壁也装饰了一番，弄得像个正常的住处了。

罗峰很是得意，将其命名为“巨坑之府”。

巨坑之府中有一条通道，通往岩壁的边缘。

罗峰和魔杀族分身都盘膝坐在岩石床上。

是的！他本尊和魔杀族分身可以同时出现在外界，毕竟魔杀族分身对宇宙空间的感觉非常灵敏，但凡有高手靠近就能发现。而且，在关键时刻，魔杀族分身可以充当保镖。

“这古神废墟特有的煞气对身体的影响真的很明显啊！”罗峰忽然起身，旁边的魔杀族分身当即进入体内世界，“我的地球人本尊和魔杀族分身修炼路线都很明确，可是，我的金角巨兽该修炼什么呢？”

《本尊天地》《绝对空间》上面的秘法当然很重要，可是金角巨兽缺少一门战斗秘法。它传承记忆中的秘法多的是，早在来到血洛世界之前，罗峰就在考虑这个问题，就算是巴巴塔，也只是帮忙筛选出了十二门战斗秘法，让罗峰自己挑选。可是，做出抉择实在太难了，罗峰从中选出了三门战斗秘法，分别是猎影八重、撕天裂地、金角。

这三门战斗秘法的威力都很大。罗峰的想法是让金角巨兽尝试修炼这三门战斗秘法，看看效果，看它更精通哪一门战斗秘法，就研究哪一门。

这三门秘法都属于近身的战斗秘法。

猎影八重战斗秘法，侧重于身法。

撕天裂地战斗秘法，侧重于厮杀。

金角战斗秘法，侧重于一击致命。

虽然三门战斗秘法各有侧重，但都兼有身法、一击致命、厮杀等各个方面。

“真烦啊！有时候，很多的选择摆在面前，也是一件让人苦恼的事情。”罗峰感叹道。

他说出这番话后，自己不由得笑了。

这番话实在是太让人气愤了。要知道，就算是虚拟宇宙公司的超级天才，也必须用积分才能兑换秘法。哪像金角巨兽，可以在传承记忆中随便选择秘法。

“我不能得意，要谦虚。”心情极好的罗峰哼着小调，沿着府外的通道一直走到靠近崖壁的位置。

他一屁股坐在洞口，看看巨坑中的无尽深渊，又看看眼前浓郁的煞气，什么都没想，完全放松自己。

“咦？”罗峰忽然眉头一皱，看向远处。

深坑大得惊人，其中浓郁的煞气自然流动，形成各种各样的图形，有时候会形成一些逼真的图案。

此刻，就在罗峰的视线范围内，出现了一道巨大的模糊的图影。

那是一个类似于巨型蜥蜴的怪兽的影子，和真正蜥蜴的区别是，它隐隐有着一根冲天的尖角，更加壮硕，蹄爪更粗大。

那模糊的图影中，一只巨大的手掌从天而降，而图影中的怪兽仰头，同时飞扑，那条长长的尾巴迅速甩动，狠狠地抽在那巨大的手掌上。

“轰！”图影消散，那些煞气缓缓流动，再也没有形成那般逼真的图案。

“这，这，这……”罗峰瞪大眼睛，脑海中浮现出之前一道道模糊的图影。

那图影中怪兽的动作主要就是飞扑，还有甩动长长的尾巴，那尾巴好似要将天地般的手掌给抽得完全崩溃。

飞扑!

甩尾!

这怪兽的图影一直在罗峰的脑海中徘徊，让这段时间一直在修炼猎影八重、撕天裂地、金角秘法的罗峰瞬间有了不少感悟。

意识是共通的，任何一个分身懂的，其他两个分身一样也懂。看似是金角巨兽在修炼，其实也是罗峰本人在修炼。

“这，这绝对不是自然现象，简单的图影不可能蕴含这么深奥的法则。”

是的，这怪兽图影蕴含的法则深不可测。简单的飞扑、甩尾动作，在罗峰脑海的演练中，威力大得不可思议。

“这不是自然现象。”

罗峰忽然想起自己在高空中看到古神废墟中的一个个巨大的深坑，仿佛绝世凶兽的脚印。

他脑海中灵光一闪，眼睛一亮：“那巨大的深坑应该是很多年前留下的，很可能就是传说中虚拟宇宙公司和血洛世界土著进行惊天一战时，某头凶兽留下来的。”

“那么，刚才形成的模糊图影会不会是那个时代的某个战斗场景？”罗峰心中暗忖。

如今，罗峰的眼界够开阔了。

他感觉之前那图影中战斗的场景超过不朽级强者们战斗的场景。在混沌城中，罗峰亲眼看到过两个不朽级强者大战，也看过自己的老师真衍王演练，只是，感觉上似乎还不如那凶兽和巨大手掌。

“巨大手掌？！”罗峰的眼睛陡然瞪得滚圆。

当年在混沌城，那两个不朽级强者交战，而后瞬间宇宙空间静止，宇宙本源法则停止运转，一只巨大的手掌直接将那两个不朽级强者拍得化为飞灰，虽然那二人再度凝结出了肉身，却都处于重伤状态。

“混沌城城主的手掌？对，它给我的就是这种感觉。”罗峰连连点头，“不过，又似乎没有混沌城城主的手掌那么可怕。”

混沌城城主出手，仿佛控制了宇宙空间中的一切。

而罗峰只能窥探到那模糊图影的一部分。

“飞扑！甩尾！精彩！”

罗峰不再多想，而是抓紧时间继续感悟，越是感悟越是惊喜。一飞扑一甩尾，令他对撕天裂地秘法的感悟瞬间飙升了一大截。撕天裂地秘法适合近身厮杀，其中“撕天”指的是利爪攻击，“裂地”则是指甩尾抽击，当然这是最简单、最随意的一种描述。

不过，看到这远古的图影，罗峰对修炼撕天裂地秘法充满信心。

“就它了，金角巨兽的战斗秘法就选撕天裂地。”罗峰做了决定，期待地看着远处流动的无尽煞气，“不知道还能不能再看到一些图影。”

自此，罗峰虽然在府邸中潜修，但是魔杀族分身变成一块石头，挡住洞口并仔细地观察深坑中的煞气流动。

一天，两天……

一个月，两个月……

一年……

魔杀族分身蹲守两个月后，发现了包括第一幅图影在内的三幅图影，而后又蹲守了很长时间，偶尔发现图影，却依旧是那三幅图影，再也没有看到新的图影。

第一幅图影，那只巨大手掌从天而降，一头怪兽飞扑、甩尾，用尾巴抽散了那巨大手掌。

第二幅图影，怪兽低着头，金角正对着前方，正在飞速冲刺，就是一个飞奔的简单场景。

第三幅图影，怪兽猛地挥起蹄爪，直接一个拍击。

第512章

两年

“哈哈，成功了，成功了。”

虚拟宇宙，太初区，1136号庄园，罗峰的修炼场中，他正在借鉴《飘血》《时空随笔》上面的秘法来参悟九宇混沌碑的细雨图，终于悟透了第12种玄妙。

第1种到第9种，属于浅显的，他在混沌城中就已感悟成功。

第10种、第11种是观看《时空随笔》时，借助在混沌城中积累的一些感悟，厚积薄发，一举悟透。然而，之后他一直没能悟透第12种玄妙，在深坑中潜修两年后，总算悟透了。

“还真是够难的，我的意识计算速度都可以媲美初等光脑了。而且，悟性也算高，竟然直到今天才悟透第12种玄妙。”罗峰慨叹，“前9种，中27种，后72种，我仅仅感悟出中间27种里的3种，什么时候能够全部悟透呢？”

他嘴上嘀咕，心里却是美滋滋的。

窥探宇宙空间法则的本质岂是这么容易的？非得拥有绝顶的悟性、心性和天赋不可，就算是那个绝顶天才练落，也在混沌城中待了三千年才悟透。当然，最耗费时间的是后面的72种玄妙。

“嗯！两年了，我在这个古老的深坑中潜修两年了，我的地球人本尊每天都受到煞气的改造，和当初相比，进步应该很大了。三个月前，我尝试融合第二颗血洛晶依旧失败了，现在过去三个月了，说不定能成功呢！”心情极好的罗峰当即做了决定。

今天他再次尝试融合第二颗血洛晶。

血洛大陆，古神废墟，巨坑之府。

魔杀族分身盘膝坐在那里，地球人本尊则待在体内世界中，融合血洛晶时根本无法控制身体，还是在体内世界中进行比较好。

体内世界。

罗峰躺在一座金属高山的山脚下，右手握着一颗血洛晶。

“哧！”右手食指划破左手的手掌，掌心出现一道伤口，鲜血流出。

“开始吧！”

罗峰将血洛晶放在掌心的伤口上，这已经是他第五次尝试融合第二颗血洛晶了，之前的四次都失败了。

随着疯狂的杀戮意志冲击灵魂，那种熟悉的感觉再次出现，罗峰全身的筋骨、肌肉、细胞都在迅速发生变化。

“承受住！一定要承受住，千万别崩溃。”罗峰心中默默期待。

虽然那种可怕的疼痛感已传递到了灵魂中，但是这些都能忍。血洛晶中的血色丝线不断传到罗峰体内，渐渐地，血洛晶变得透明。

他身体的变异逐渐变得更加剧烈。

“哧！”

整颗血洛晶，包括已经变得透明的晶体都融化为奇异之力，直接融入罗峰身体中，顿时，罗峰胸口那看似无比简单的血红色秘纹又多了整整一倍，并且不那么单调了。

“呼！”

罗峰的身体恢复正常，血红色秘纹也消失不见了，那股神奇之力完全潜伏在他身体的细胞深处。

而后，罗峰迅速起身。

“成功了，真的成功了。”罗峰眼中有着一丝狂喜。

之前他尝试了四次，每次都无比痛苦，而且都失败了。没想到，今天终于成功了。

“融合两颗血洛晶的感觉……”

罗峰心念一动，驱动身体深处的那股奇异之力，胸膛顿时浮现出血红色秘纹。

“感觉明显不一样了，我对宇宙九大本源法则的感应都清晰不少。”罗峰的脸上露出惊喜之色。

“呼！”罗峰手掌呈刀，施展出了幽影七绝刀。

“和宇宙本源的契合，令刀法的威力明显提升不少。”罗峰心中暗喜，“融合第一颗血洛晶，就使得刀法的威力增加了两三成，现在又增加了两三成。也就是说，就因为融合两颗血洛晶，同样的感悟，我的攻击力却增加了约五成。”

生死之战，飙升的五成实力，完全可以决定生死了，毕竟越接近极限，越难以提升。

金角巨兽修炼天赋秘法“强化”，也仅仅使得实力翻倍，已经堪称逆天。本尊天地秘法的修炼那般苛刻，就是因为效果太逆天了。

“我试试看，看能不能融合第三颗血洛晶。”罗峰眼睛一亮。

明知希望不大，可他还是想试试。当尝试融合第三颗血洛晶时，那杀戮意志结合这两年侵入罗峰体内隐藏的一些杀戮意志，形成了无比可怕的杀戮意志。

不过，单纯意志的较量，罗峰照样扛得住。这两年，他一直在煞气浓度高的地方生活，一直承受杀戮意志的影响，心志更加坚定了。

罗峰轻易挡下了意志冲击，第三颗血洛晶的血色丝线沿着其手掌伤口朝体内传去。

他全身的皮肤瞬间有十二处同时裂开，仿佛被压迫到极限的竹子，再被压一下，瞬间就会开始崩裂。同一个道理，他融合两颗血洛晶已经达到了极限，现在再尝试融合第三颗，刚开始身体就扛不住了。须知，越往后，对身体的要求就越高。

看着手掌中已经恢复原样的血洛晶，罗峰只能无奈地迅速修复好身体。

“还行，能融合第二颗血洛晶，我已经很满意了，继续努力。在这个地方，能融合血洛晶，又能磨炼我的意志，当然得继续住下去。”罗峰满意地笑了。

一般来说，完成一个危险级任务，得到的积分也就1万分到2万分，完成好几个危险级任务，也就得到几万积分。

只要成为血武者，再领取血洛勋章，就能得到10万积分。更何况，融合三颗血洛晶，对自身也是大有好处的。

太初区，乌卡的庄园。

罗峰、戎钧、乌卡三人见面，一般都是到蛮卡星王子乌卡的住处集合。

“罗峰，你这个平常只顾修炼的疯子，我今天一喊你，你就来了，还真是让人惊讶啊！”乌卡惬意地躺在沙发上。

“如果不让你感到惊讶，那我就不要叫疯子了。”罗峰淡淡一笑，也躺在沙发上，“乌卡，还不把你的好酒拿出来？我难得来你这里一趟，既然来了，你就得显示显示主人的风范嘛。”

“虚拟宇宙中的酒也要钱的啊！”乌卡无奈地站起身来。

正因为虚拟宇宙就跟现实世界中一样，平海公司的餐饮才能赚大钱。

旁边的戎钧笑眯眯地道：“要钱？乌卡，你可是了不起的蛮卡星王子，这点钱对于你来说，算得了什么啊！”

“你们就知道欺负我。一个是疯子，一个是野蛮人，就只有我是纯朴的少年，时间一长，我才看透你们的内心，都是这么阴险、狡猾。”乌卡没好气地说道。

他从旁边的酒柜中拿出一个彩玉瓶，彩玉瓶内散发出让人身体发颤的淡淡香味。

“啧啧！”罗峰眼睛一亮。

“哇，乌卡，够兄弟。”戎钧也笑了。

“哼，这可是神灵醉。虽然是虚拟宇宙中的神灵醉，但是和现实世界中的味道一模一样。不过，现实世界中的一瓶神灵醉就得8000混元单位，而我这瓶仅仅花了8混元单位。”乌卡得意地说道。

罗峰白了他一眼，道：“买一颗生命果实，2混元单位就够了。这酒够贵的了，别显摆了。”

“赶紧拿来，口水都快流下来了。”戎钧直接站起来，作势要抢。

“别急，我来倒。”乌卡连忙坐下，然后为三人倒酒。

这酒名为“神灵醉”，并非让喝的人真正醉昏过去，而是令人的意识产生无比美妙的感觉，那是完全作用在心灵上的感觉。

“好酒！”罗峰陶醉地闭上眼睛。

“爽！”戎钧品味一番后，睁开眼睛，直接去拿酒瓶，“我来倒。”

“什么时候能在现实世界中买一瓶啊！”乌卡嘀咕道。

“王子殿下你够豪气的。”罗峰笑道。

“我们可没钱。”戎钧说道。

乌卡看着戎钧，道：“戎钧，这两年多来，你连续做了好几个任务，单单得到的奖励积分都有好几万了吧！在现实世界中，用这些积分兑换一瓶神灵醉，绝对没有任何问题。你如果愿意，会有一些不朽级强者跟你做这个交易。”

“对了，罗峰……”乌卡转而又看着罗峰，“你还在做那个修炼任务吗？不是我说你，你这不是浪费时间吗？现在谁不是抓紧时间磨炼自己，实在无法完成，干脆放弃，再接一个新的修炼任务。”

“怎么能放弃呢？每100年最多接10个修炼任务，每个修炼任务都不能随便放弃。”戎钧郑重地道。

“每100年最多接10个修炼任务？”罗峰看着戎钧，“哪来的消息？”

“嗯，我刚刚接了第5个修炼任务，就收到提示，每100年最多接10个任务。这是为了防止一些核心成员为了拼命赚积分，浪费太多时间去接修炼任务，毕竟修炼、学习、参悟都很重要。”戎钧解释道。

罗峰微微点头。

“不管怎样，你现在还坚持完成这一个任务，对你并不好。”乌卡说道。

“嗯，乌卡说得对。”戎钧点点头。

罗峰哑然失笑：“你们这两个家伙是看不起我吗？你们以为我浪费时间在这

上面，实力提升不够快？哈哈！我今天就去闯一闯通天桥，让你们见识见识我的实力。”

“闯通天桥？”戎钧和乌卡惊讶地看着罗峰，“你是想闯第六层吗？”

第513章

通天桥第六层

虚拟宇宙，通天桥位面。

美丽的岛屿中央，监守者巴芬正履行他的职责，他忽然看到三道人影同时出现在岛屿上。

“罗峰、戎钧、乌卡，你们三个一起来了。嗯，九宇通天桥上面现在没人，正好不用排队。不过，戎钧、乌卡，你们二人都是巨斧一脉的，巨斧通天桥只有一条，谁先去闯，你们自己决定吧！”巴芬笑着看向罗峰等三人。

戎钧、乌卡二人连连摇头。

“不是我们，我们现在不想闯通天桥，是罗峰这个疯子。”乌卡说道。

“对，是罗峰，他要闯通天桥第六层。”戎钧笑着说道，“巴芬大人，我们要看直播，没问题吧？”

“罗峰，你说呢？”巴芬看向罗峰。

“可以！”罗峰笑着点点头。

戎钧和乌卡是这一届天才中和罗峰关系最好的二人，观看直播算得了什么。

“戎钧、乌卡，你们看着吧。”

罗峰笑笑，直接化作一道人影，飞入了九宇通天桥。

九宇通天桥第六层。

罗峰站在桥面上，看着眼前的龙卷风，微微闭眼，将状态调整到最好。

“选择你的对手，武者、掌控者、幻术师，选择其一，击败对方，就可以进入第七层。”龙卷风中传出一道声音。

“掌控者。”罗峰没有丝毫犹豫。

龙卷风中迅速飞出一道人影，依旧身穿银衣，脚踏暗云梭，背着暗金色长棍，戴着面具。

他看着罗峰，冷冷地道：“宇宙级九阶强者就想闯过通天桥第六层？上次你被我一招击败，这么短的时间，你又来挑战，似乎挺有信心。”

“当然！”罗峰点点头。

他背上的暗金色长棍迸射出金光，密密麻麻的，那是近3000把金色小剑，瞬间就在半空中组合成36把一尺多长的金剑。这36把金剑悬浮在其身前的同时，迅速合为一体。

无数金色丝线缠绕，无比完美的结合。

刹那间，一把看似古朴的暗金色长剑悬浮在罗峰身前。

衍神兵第五重——空间切割！

实际上，罗峰在悟透第10种、第11种玄妙时施展衍神兵，之所以不能达到第五重，主要就是在感悟金之本源法则方面拖了后腿。这两年，金角巨兽开始研究战斗秘法撕天裂地，而且结合那三幅远古的图影，进步速度很是惊人，施展出衍神兵第五重已经没有难度。

“很好，你也能施展衍神兵第五重了。不过，同样是第五重，威力却不一定一样。”银衣人朗声一笑。

与此同时，罗峰身后的暗金色长棍迸射出大量金光，迅速组合成一把悬浮在身侧的暗金色长剑。

二人遥遥相对，四目相对。

“绝对领域！空间切割！”罗峰目光冷厉，瞬间就施展出了现如今掌握的最强绝招。

“去！”银衣人遥指罗峰。

“嗖！嗖！”两道暗金色流光同时朝罗峰袭来。

那银衣人发出的暗金色流光速度快得惊人，即使是现在，单纯论速度，罗峰的暗金色长剑也比对方慢一些。对方的暗金色流光不但速度快，而且飞行轨迹诡异莫测。

衍神兵第五重空间切割，即速度和威力并重，银衣人施展的是具有超强威力的标准版的衍神兵第五重，而罗峰施展的就明显很特别。

罗峰的暗金色长剑完全以12种玄妙为基础，引得整个宇宙空间进行压迫，同时也将这两年参悟远古图影和撕天裂地秘法得出的对金之本源法则的感悟融入其中，令暗金色长剑蕴含了更加锐不可当的威力。

一个是速度和威力。

一个是空间压迫和威力。

“哧哧——”当两把暗金色长剑迸射而出，即将撞击的瞬间，银衣人的暗金色长剑明显速度锐减，仿佛受到了无形的压迫。

罗峰的暗金色长剑却在宇宙空间的辅助下，直接压迫过去。

暗金色长剑化为一道流光，撞飞对方兵器的同时，直接掠过对手的脑袋。

通天桥第六层通过！

“死板，不懂变通。”罗峰淡淡一笑，“这两年来，我通过参悟《时空随笔》来领悟九宇混沌碑，对于九宇混沌碑上面的细雨图的感悟只能达到80分。你施展出来的，应该算是完全掌握了细雨图的感悟，因而能够发挥出衍神兵第五重的威力。可惜，你还是输给了我。”

“混沌城那次我就领悟出来了，参悟雨滴图、细雨图，要悟透其本质，以其本质为架构，沟通整个宇宙空间，这才是大道！从利用空间到影响空间，这是本质的进步。”罗峰笑道。

而后，他直接朝上方飞去，冲向通天桥的第七层。

通天桥位面，岛屿中央。

戎钧、乌卡二人震惊地看着面前屏幕上的画面。

“成功了？”戎钧眼中满是震惊。

“怎么，怎么可能？”乌卡不敢相信，“这，这才两年多的时间，而且是在外界，修炼速度是赶不上混沌城的。”

按理说，闯通天桥并不容易，越往后，闯过每一层耗费的时间会越长。而且，在外界的感悟速度是不如混沌城的，他们估计罗峰要在外界待数十年，才能闯过通天桥第六层。

这是他们想象中比较合理的情况。

可是，罗峰是天才，又是出了名的疯子，岂会只走寻常路？

对《时空随笔》《撕天裂地》上面的秘法、三幅远古图影，以及九宇混沌碑的顿悟，使得罗峰在短短两年多的时间内就再次突破了。

通天桥第七层。

“星空！”罗峰在通天桥的第七层上面飞行，感觉很是梦幻，因为眼前不再是狂风，而是无垠的星空。

第七层竟然是一片星空。

他终于飞到通天桥第七层的尽头，那里悬浮着一颗小型陨石，陨石中传来了声音：“选择你的对手，武者、掌控者、幻术师，选择其一，击败他即可进入第八层。”

“掌控者。”罗峰大声说道，心中充满期待。

第七层的对手会发出什么样的攻击呢？

对手的武器会依旧是暗金色长剑，还是会是更高级别的？

……

眼前悬浮的陨石突然碎裂，碎石在通天桥桥面上一滚，便化为一名穿着蓝色战衣，戴着面具，脚踏暗云梭，背着暗金色长棍的掌控者。

“宇宙级九阶的年轻人，你能走到这一步，恭喜你！希望你能闯过我这一关。”蓝衣人声音略显苍老。

“嗯。”罗峰毫不犹豫，直接操控衍神兵凝结成一把暗金色长剑，使其悬浮在面前。

“表现不错。”蓝衣人从暗云梭上下来，走在桥面上，同时他背上的暗金色长棍瞬间迸射出数道金光。

一瞬间，天地变色，通天桥、星空等都消失不见了，只有无数剑气在萦绕。

罗峰脸色一变：“这就是剑之世界？”

衍神兵第六重——剑之世界！

衍神兵每一重的威力都是不同的，而从第五重跃升到第六重，难度非常大。可以说，第五重到第六重和第八重到第九重，是极难的两个关卡。从使用的金色小剑数目上也能看出来。

第五重“空间切割”，使用2916把金色小剑。

第六重“剑之世界”，使用5832把金色小剑，整整翻了一倍。

须知，整根暗金色长棍一共才10081把金色小剑，后面每重增加的金色小剑的数量都不如这一次夸张。

同样地，剑之世界的威力非常可怕！

界主才能操控一方世界，创造一方世界，使用世界之力。但是，剑之世界这一招就凭借着对法则的运用，让人能够提前使用世界之力。不过，这属于剑之世界之力，比真正的世界之力要差一点，但是威力也很大了。

第六重完全领悟，一个域主级强者仗着衍神兵第六重几乎可以纵横宇宙。

“你还要好好修炼。”蓝衣人笑道。

“唰！”

整个世界压迫而来，远远超过罗峰所能引动的宇宙空间的威力，瞬间，一道凌厉的剑气掠过罗峰的脑袋。

罗峰，失败！

……

“败得不冤，对方的实力太强了。他仅仅出了一招，就完全构成一方世界。”罗峰心中暗叹，“我什么时候才能施展衍神兵的第六重啊？”

罗峰心里很清楚，第五重到第六重这一阶段是整个衍神兵九重最难的，丝毫不比突破最后一重容易。

戎钧为人低调，不会满世界嚷嚷，乌卡却是那种藏不住话的人，很快就将此事传开了。

原始区。

伯兰一身白衣，正在原始区的上空飞行。

忽然，远处飞来一道人影。

“伯兰。”

“嗯？”伯兰转头看去，来人是陇云。

伯兰沉默地看着陇云，等待陇云说话。

“你知道吗，就在今天，罗峰闯过了通天桥第六层。”陇云说道。

伯兰脸色微变，轻声说道：“知道了。”

随即，他直接朝自己的住处飞去。

片刻后，通天桥位面的岛屿中央。

一身白衣的伯兰突然出现了。

“伯兰？”巴芬笑着看向他，“你真来了。”

“我要闯第七层！”伯兰直接说道。

“关卡是每三层一个级别，第一层到第三层，第四层到第六层，第七层到第九层。第七层可比第六层难多了。”巴芬看着伯兰，“你闯过第六层才两年多的时间，如今就想尝试突破第七层？”

“我想试试。”伯兰郑重地道。

“好，去吧，宇宙通天桥上面现在没人。”巴芬笑道。

“唰！”伯兰直接飞上宇宙通天桥。

第514章

罗峰和伯兰

宇宙通天桥第七层。

蓝衣人背着一把血剑，戴着面具，冷冷地看着眼前的伯兰：“年轻人，宇宙混沌碑是52尊混沌碑中最深奥、最难研究的，同时对时间、空间这两方面的参悟进行考验，你在感悟空间本源法则方面的成就不小，甚至可以去冲刺第九层。可是，你对时间本源法则的参悟尚浅，仅仅是闯第三层和第四层的水准，我劝你还是回去继续参悟吧，等你对于时间本源法则的参悟提高了一些，再来闯通天桥。”

伯兰面无表情，目光冷厉。

他缓缓拔出背上的血色长剑。

“唉！”蓝衣人摇摇头。

周围的一块区域瞬间变得模糊，空间、时间同时被调动，伯兰瞬间幻化出上万个幻身，但依旧被一剑刺穿了脑袋。

伯兰，失败！

岛屿中央唯一能观看这一幕的巴芬摇头，叹息不已。

“太骄傲，伯兰就是太骄傲了！他从小到大实力远超同龄人，所以恃才傲物。他对空间本源法则的参悟程度的确很高，当初天才战时，他对空间本源法则的参悟程度就超越很多界主级强者了，甚至可以媲美一些不朽级强者。按理说，他应该专精于感悟空间本源法则，除了拿出所有的精力和时间，还要将资源全部耗费在感悟空间本源法则上。发挥自己的优势，强者更强，这样一来，他或许还有一丝机会冲刺空间尊者。

“可惜！他太骄傲了！他在参加天才战之前，就已经开始钻研风之空间本源法则，以此为跳板，来研究时间本源法则。混沌城中，最重要的抉择是选择52尊混沌碑中的一尊进行修炼，按理说，我们虚拟宇宙公司一直尊重每个天才的选择，可那时，还是破例和他进行了交谈，劝说他将时间和精力都耗费在感悟空间本源法则上，选择一门可以钻研空间本源法则的混沌碑，比如罗峰选择的九宇混沌碑就非常适合伯兰，可是，他极度自信，根本听不进去，依旧选择了最难的宇宙混沌碑。”

很多人都为伯兰感到遗憾。

经过在混沌城的修炼，罗峰的地球人本尊最多施展出数百个幻身，可伯兰在天才战时就能施展出数千个幻身了，假使伯兰钻研九宇混沌碑，估计可以在极短的时间内完全悟透雨滴图、细雨图，而后直接研究暴雨图。

单单论空间天赋，他比练落更高。可惜，天赋太高的人都有一颗高傲的心。

“他得知罗峰闯过了通天桥第六层，追上他了，他就急了。”巴芬看向远处的宇宙通天桥，“他从小到大恐怕就没尝过这种滋味，上次在混沌城的最后时刻，罗峰闯过通天桥的第五层，他就急着去闯第六层，幸好，他成功了。他的虚荣心得到了满足。”

“可这次，短短两年多的时间，罗峰就闯过了通天桥的第六层，他再次急了，没有丝毫把握就急着来闯第七层，可惜……”巴芬摇摇头，“这次没有上次那么走运，他失败了。第七层比第六层难得多。一招之下他就败了。这次经历或许对他来说也是好事。现在就看他是就此沉沦，还是因为和罗峰较劲，看清自己，继续努力参悟。”

雨相山依旧那般宁静，乌卡、戎钧、罗峰等人根本就不知道伯兰闯通天桥第七层失败的事。

当伯兰遭受大挫折，默默承受时，罗峰心情却极好。

“成功融合第二颗血洛晶，悟透第12种玄妙，现在又闯过了通天桥第六层，我还真是鸿运当头。”

他刚刚和家人、朋友等在黑龙山岛屿九星湾吃了一顿团圆饭，而后便来到了幻境海位面。

海边。

罗峰心如镜，即使有一丝尘埃落于心镜上都清晰可见，此种境界可明心见性。

正因为明心见性，该笑则笑，该怒则怒，该下杀手时也没有丝毫犹豫。

心如刀，更是令罗峰做事果断，不会拖拖拉拉。

“我在巨坑中待了两年，常常受到越来越强的杀戮意志的侵扰，我的意志在这种环境的磨砺下，越加坚定，控制意识的能力也更强。现在我就试试看，闯幻境海第十座岛屿会是什么结果。”罗峰微微一笑，直接冲天而起，而后迅速飞入海域深处。

幻境海暂时算是罗峰得到积分最多的地方。之前他连闯九座岛屿成功，得到了很大一笔积分，也就是51100积分，其中单单闯过第九座岛屿所得的积分就有25600分，若闯过第十座岛屿，能得到51200积分。

而闯通天桥所得积分少得可怜，成功闯过第六层，仅仅得到3200积分，毕竟现在已经没有在混沌城时的10倍积分奖励了。

幻境海和通天桥其实都难闯，只是罗峰的意识很强，意志更是强得可怕，所以在闯幻境海时才有那般成就。

幻境海第十座岛屿。

“嗖！”罗峰从天而降，落在其中一座仅仅数百米高的山上。

“来了？”他凝神以待，抬头看天。

终于，那幻境伴随着更加让人心悸的威压直接降临，无尽的威压仿佛一座能将天地遮盖的大山直接砸下，而罗峰的意志操控意识瞬间凝结，不断压缩，凝结如一颗金刚石。意志和意识成为一体，也可称为心神。

“轰！”

威压大山砸在凝聚的心神上，心神仅仅坚持一瞬，便消散了。

“第十座岛屿上面的威压实在是太强了，我这两年虽然有不小的进步，可这也根本不算什么。在第十座岛屿的威压面前，依旧直接被碾压，我还得继续努力啊！看来，闯第十座岛屿的5万多积分不是这么容易得到的。”罗峰丝毫不气馁。

他和伯兰不同，伯兰一直是第一，可他从未得到过第一。在地球上，武馆学员中，他算不上第一。成了武者，那时候武者中最耀眼的是洪和雷神。之后进入精英训练营，他依旧不是第一。而天才战不管是预选淘汰赛、宇宙国决战，还是总巅峰对战，罗峰一次都没得到过第一。

因为从未获得第一，所以失败对罗峰而言不算什么，反而是反思的机会，让他反思为什么会失败，汲取教训，从而取得进步。

……

一个一直是第一，是宇宙天才战中最耀眼的天才。

一个从未获得第一，甚至熟悉他的巴巴塔都认为他闯进宇宙国决战前1000名很难。

现在，他们已经并驾齐驱。

血洛大陆，最为神秘，最为广阔的古神废墟。

巨坑之府。

“我在巨坑潜修已经超过两年了，心思都在修炼上，当初来到这里时，我就准备去巨坑坑底好好探索一番，可这两年多一直没行动。”罗峰站在通道的边缘，遥看前方无尽的煞气，而后俯瞰下方的无尽深渊。

这是一个可怕的巨坑。

直径有上万公里，而深度一直是未知的。

“我要好好看看，坑底到底有什么。”罗峰心念一动，洞口旁的一块普通的黑色石头瞬间消失，进入其体内世界。

这黑色石头其实是他的魔杀族分身变的。

魔杀族分身千变万化，天赋秘法“复制”更是令其气息可以千变万化。

“下去！”罗峰一跃而下，直接顺着下方惊人的引力，不断朝下方坠落。

无尽深渊。

“5000公里了。”耳旁狂风呼啸，罗峰不断往下坠，心中震惊不已，“我都下降5000公里了，这深坑还没有见底，煞气依旧这般浓郁。”

“呼！呼！”

罗峰下降的速度惊人，以至于受到的阻力和引力终于达到平衡。

他以稳定的速度继续下降。

“咦，煞气浓度变了？”降落中的罗峰震惊不已，“这里是9000公里左右的深度。”

“杀！！！”

无尽杀戮意志冲击罗峰的识海，冲击的强度竟然整整高了一倍，不单单是杀戮意志，就连那煞气浓度也高了一倍左右。

“呼！”罗峰依旧在下降。

“这巨坑到底有多深？”罗峰在深渊中不断地下坠。

“煞气的浓度逐渐增加。”越是下降，罗峰越是清楚地感觉到煞气浓度提升，“现在的煞气浓度已经接近巨坑之府的三倍左右了。”

他已经下降近一万五千公里了。

“不对！”罗峰脸色一变。

瞬间，他停了下来，表情凝重，眉头皱起：“低了，煞气浓度变低了。”

自从他下降以来，9000公里处的煞气浓度增加了一倍，而后不断变强，直至达到巨坑之府煞气浓度的三倍左右，算是一个巅峰。

罗峰继续下降，却发现煞气减弱了。

“嗯？煞气浓度最大的区域反而是巨坑的中央，而非底部？”罗峰很是疑惑。

随即，他缓缓朝上方飞行，去寻找煞气浓度最大的区域。

第515章

坑底的存在

“就是这儿！”罗峰悬浮在半空中，感受着周围煞气的浓度，“再往上，煞气浓度降低，再往下，煞气浓度也会降低。”

罗峰看着眼前红色的煞气缓缓流动。

他所在的这个深度的煞气是最浓的，可是，深渊太过广阔，而他不过是贴着山壁边缘而已。

“我现在是在深渊边缘，深渊中央的煞气浓度又如何呢？”

想到这里，罗峰小心翼翼地朝煞气笼罩的区域飞去，以100公里/秒的速度深入，随着不断朝深渊中央靠近，煞气浓度竟然又提升了。

3.5倍、4倍、4.5倍、5倍……

随着朝中央靠近，煞气浓度提升幅度越来越惊人，冲入罗峰识海中的杀戮意志也越发强大。仿佛有无数的杀戮魔神在号叫，魔神的号叫声或是强硬，或是无形渗透，不断地侵袭着罗峰的意志。

“太强了。”罗峰停在7倍煞气浓度的区域，脸色微微发白。

他眯着眼，额头隐隐渗出冷汗。

“这杀戮意志实在是太可怕了。”

无尽的杀戮意志充斥着罗峰识海中的天地。与之相比，罗峰的意志就弱得多，虽然很弱，但仍无比坚定。

“虽然这些杀戮意志依旧混乱不堪，但是无数的杀戮意志混合，每一股都极强。我倒是能够承受，不过还是需要无比认真地对待。”罗峰神色冷峻。

在巨坑之府中，他随时都会遭受杀戮意志的侵扰，可那种程度的侵扰对他的影响不大，他依旧能全身心地去研究本源法则。

可现在，在7倍煞气浓度的区域，他的大部分心神都要用来抵抗杀戮意志的侵袭。

“我全力以赴，看看到底能撑到哪里。”罗峰缓缓向前飞行。

飞行速度减慢，煞气浓度提升却更快，越靠近核心处，煞气浓度提升的幅度越惊人。

8倍煞气浓度的区域——

“嗯？”罗峰蓦地停在半空中。

“呼呼呼——”

眼前的煞气红得犹如鲜血，正在以缓慢的速度不断地旋转着，呈旋涡状。

“旋涡核心！”罗峰一眼看到数十公里外的旋涡核心，其中的煞气浓得让人心颤，仿佛一颗红色的太阳。

同时，那旋涡核心散发着一股古老的气息，有无形的诱惑渗透罗峰的心灵。

“来吧！

“到我这里来吧！”

那种无形的召唤渗透进罗峰的识海。

“给我滚出去！！！”罗峰的识海中发出一道咆哮声，瞬间将那侵入识海的诱惑给完全击溃，“竟然敢魅惑我！”

罗峰盯着旋涡核心，目光冷厉。

“我不能再靠近。再靠近的话，恐怕就扛不住了。”罗峰心中暗道。

虽然他瞬间就察觉出了那股诱惑，但是不得不承认，旋涡核心的诱惑比幻境海第九座岛屿的幻境要可怕得多，而且还有疯狂的杀戮意志冲击他承受能力的极限。

煞气为7倍浓度时，他就感到压力很大了。

煞气为8倍浓度时，的确已经接近他承受的极限了。

这纯粹是意志的较量。一边是罗峰单纯的意志，另一边则是无尽的杀戮意志，此刻接近极限，罗峰的确可以再拼，或许还能再深入一点，但是他不敢冒险。

一旦失败，他被对方的杀戮意志侵袭，那么他将会变成嗜血的疯子，没有理智，没有思维，那等于是死了。

在距离旋涡核心数十公里处，罗峰选择了退却。

“现在看来，我的意志还不够强。”他看着眼前犹如鲜血般的旋涡，“如果是大哥和二哥来这里，估计能继续深入。”

“对了，旋涡核心处的煞气最浓，越往外，煞气越淡，旋涡的旋臂最外围估计就是深度9000公里处。”

罗峰脑海中模拟出了一个半径有数千公里的煞气旋涡，那深度9000公里之地就是旋涡的最外围，所以那里的煞气浓度是巨坑之府煞气的2倍。

再往外，煞气浓度急剧下降，只有1倍浓度了。

“这深渊中煞气最浓的原来是旋涡核心，也不知道那凝聚犹如红色太阳的核心到底是什么。”罗峰一回想起和杀戮意志一道渗透自己识海的无形诱惑，就莫名心悸，“不能深入，至少现在不能深入。”

“嗖！”他飞到靠近深渊的岩壁前，而后贴着岩壁直接下降，继续朝巨坑底部而去。

“我倒要看看，这巨坑到底有多深，还要看看坑底有什么。”罗峰不断下降。

1.5万公里，2万公里……

巨坑的深度显然超越了其宽度，而底部的煞气浓度和巨坑之府相差无几。

……

深渊下的山壁边缘有一个凸起的岩石平台，那平台上有一个身穿青铜色战甲、盘膝坐着的高大身影。

忽然他睁开了眼睛，看向远处，同时一丝原力渗透到坑底。

“大人，有人来了，那人拥有云霄级巅峰的实力，怎么解决？”

巨坑底部，煞气弥漫，杂草随处可见。

一座通体呈血红色的宫殿屹立在巨坑底部。

“交给我！”一道声音迅速传回身穿青铜色战甲男子的耳边。

宫殿二层。

这里有一座座密封的囚牢，囚牢中隐隐传出各种怒吼声，时而还夹杂着金属撞击的声音。这些囚牢大约十米高、十米长宽，仿佛密封的正方体棺材。

此刻，其中一个囚牢自动开启，内部站着一名身高约三米，身体微微弓起，背着两把巨型砍刀的勇猛武者。

他头发乱糟糟的，双眸血红。

“杀！”他发出一声低吼，犹如野兽。

“去，将打扰主人的修炼者击杀！”一道声音响起。

“嗖！”勇猛武者化作一道流光，迅速冲了出去。

罗峰轻轻降落，靴底踩在坑底。

“苔藓类植物？”他看了看地面，随即环顾周围。

坑底一片死寂，时而能看到一些乱石，显然是从岩壁高处滚落下来的。

“难道坑底就没有生命？”

罗峰很好奇，当即开始探索起来，当然，他依旧很谨慎。

坑底有的地方凹陷，犹如峡谷；有的地方凸出，犹如高山。单单论面积，坑底比较接近地球的陆地。数千米的小山，数千米乃至上万米的峡谷，在坑底的确随处可见。

“看来这里真没什么特别的。”

罗峰转头便要走，忽然隐隐感觉到一股气息迅速靠近。

“嗯？”他猛地掉头，死死地盯着远处，“这气息丝毫不加掩饰，最起码离我上千公里，就让我察觉到了。据我判断，这气息不算太强，对方是云霄级九阶强者，或是领域级一、二阶强者？”

罗峰的手放在了背上的刀鞘上，同时感应着那道迅速靠近的气息。

"呼——"一道人影迅速出现。

一个躬着身体，头发乱糟糟的高大武者出现，血红色的眸子中尽是杀气，双手直接拔出了两把巨型砍刀。

"入魔了。"罗峰一看便瞬间作出了判断，"在充满煞气的环境下，受到杀戮意志的侵袭，终于没扛住，意识被杀戮意志侵入，整个人完全疯魔了。"

"杀！"武者发出怒吼声，同时猛地飞扑向罗峰。

"既然入魔了，也是可怜，我就做做好事，送你一程吧。"罗峰瞬间拔出血影战刀。

血影战刀出鞘，罗峰整个人瞬间犹如幻影般一飘，而那武者一刀就劈在罗峰的幻影上。

"轰隆隆——"

大地轰然龟裂开来，一道足有数千米深的峡谷直接出现。

然而，那幻影消散了，这一刀显然是劈空了。

"杀！"武者直接一个旋身，骤然挥刀。

"铛！"

这一刀刚好劈在罗峰劈来的血影战刀上，将罗峰整个人劈飞。

罗峰化为银色光点，消失在红色煞气中。

"好灵敏的感觉，而且他的刀法隐隐有土之本源法则。我瞬间靠近，他竟然能轻易地防住。在入魔之前，他也是个高手啊！"

罗峰顺势大退，随即消失不见。

而那武者咆哮着朝他而来。

"杀！杀！"

单单两把巨型砍刀迸发出来的气劲，便令周围的无数山石崩裂。

他朝四周看去，无形的念力同时辐射开来，去探寻罗峰。

一道刀光亮起！

空间在这一刻仿佛静止了，这一道刀光呈现银色，而刀光前端还有丝丝金色。

“噗！”刀光掠过武者的脖颈，而后一道凌厉的刀光延伸，刺入其体内，直接射在那颗命核的奇点上，令其命核直接爆掉。

“杀，杀，杀……”武者的嘴巴微微翕动，还无意识地念叨着，而他的脖颈在喷血，随后身体轰然倒地。

罗峰站在那里，看了看地上的尸体，沉默不语。

第516章

红色煞气

鲜血流淌在苔藓上，染红了苔藓。

“这煞气就好比玫瑰，美丽动人却又带刺。”罗峰摇摇头，“一旦抵挡不住杀戮意志，就会沦为真正的恶魔，再也没有理智，跟死尸没有区别。”

书上早就描述过，古神废墟吸引了血洛大陆上的无数强者，可是，时时刻刻都有很多抵抗不了杀戮意志的强者们失去理智，化为恶魔，只知道杀戮。然而，为了成为强者，还是有无数人冲进古神废墟。

“怪了。”罗峰眉头一皱，“这巨坑底部的空间应该不是太大，估摸着直径在一万公里左右，而那个武者是域主级一阶强者，飞行速度快得很。按理说，智力大大降低的他跟动物没区别，不可能一直待在这个坑底。”

对于拥有域主级一阶实力的恶魔而言，这个坑不算大。

“难道他刚进入坑底变成恶魔？真的有这么巧的事？我这两年都没进入坑底，一进入坑底，就碰到一个恶魔？”罗峰感觉事情不太对劲，皱着眉头，看着眼前的红色煞气。

巨坑深渊的岩壁某处凸起的平台上，身穿青铜战甲的人睁开双眸，俯瞰下方，同时传音道：“大人，血魔死掉一个，这个小家伙还是由我来解决吧！”

“不必！”一个浑厚的声音在其耳边响起。

坑底中的一座血红色的宫殿猛然爆发出可怕的气息，同时一抹妖异的血红色流光直接冲出宫殿。

……

红色煞气弥漫。

即使罗峰的视力惊人，也只能看清周围数十公里范围，再远只能看到一些模糊的影子了。

“的确很怪，不过，我有魔杀族分身，逃命很有把握，小心点就行。我倒要看看，坑底到底有什么。”罗峰略一迟疑，而后迅速做出决定。

然而，就在罗峰做出决定的一瞬间，又有一股可怕的气息降临。

“轰隆——”

威压强大，仿佛某个远古魔神出世似的。

“不好！”罗峰脸色一变，当即冲天而起。

“呼！”周围数千公里空间瞬间凝固，感觉就像深陷泥沼中，整个空间瞬间变成了无尽的泥沼。

罗峰拼命往上飞行，可是凝固的空间产生的压力很大，让他的飞行速度骤减，压力大得不可思议。

“在我面前，你逃不掉。”一道浑厚的声音在罗峰的耳边响起。

“嗯？”罗峰脸色一变，看向天空。

半空中悬浮着一道伟岸的人影。

他穿着血红色的长袍，血色长发披散开来，垂到腿部，那一双眼眸更是呈现出诡异的血红色，他身上散发出的血腥气息让人的灵魂都在战栗。

“好可怕的人物。”罗峰瞳孔一缩。

他的意志坚定无比，硬扛住了，不受对方的气息的影响。

“我乃血神‘霸戚’。”男子站在半空中，缓缓说道，其声音在整个巨坑深渊中不断回荡，“你很不错，有云霄级巅峰的实力，竟然能够击杀我豢养的刚达到领域级的血魔。看来，你已经踏入了本源法则大门，而且成就还不低。”

罗峰心中暗惊。

豢养的血魔？之前那个遭到意志侵袭、完全变成恶魔的武者，竟然是被豢养的。也对，成为恶魔后，已经没有什么理智了，有的只是本能的杀戮欲望，智力大大降低，犹如动物。如果实力极强，将其当成野兽驯养，的确有可能控制这种恶魔。不过，恶魔一般只能起到大肆杀戮的效果。

“具有云霄级巅峰的实力，就能在感悟法则方面取得这么高的成就。突破云霄级、领域级的巨大差距，击杀血魔，你非常优秀！”半空中的血神缓缓地道，“我很欣赏你！”

“你现在有两条路可以选择：一、臣服于我，成为我麾下的血神卫。自此，我纵横无尽世界，你将是我最忠诚的手下，我会成为整个血洛大陆最耀眼的存在，你也将获得永恒荣耀。二、违抗我。但你要知道，违抗我的下场，就是死。”

罗峰有些发蒙。

他刚刚击杀了一个恶魔，转眼就碰到一个更加强大、可怕的人物，看样子最起码是界主级一阶强者，否则不可能逼迫得自己无法反抗。现在这个超级高手直接逼迫他，让他臣服。

他可是虚拟宇宙公司的核心成员，真的要臣服于血洛世界中的一个高手？

“臣服或者死亡。”血神俯瞰着罗峰，“我给你十息时间考虑。”

“十！”

血神的眸子中隐藏着无尽杀气，那可怕的意志威压完全降临，镇压罗峰，而罗峰在无尽的意志威压下犹如磐石，硬是扛住了。

“九！”

“八！”

“七！”

……

周围煞气震荡，罗峰感觉到压力越来越惊人。

而血神眼中的杀意越来越重，这是一个杀戮无数的强者，而且极其孤傲，不容任何人违逆自己。

“三！”声音愈加冷漠，血神双眸隐隐迸发出光芒。

“现在我有两个选择，一是立即切换为魔杀族分身，魔杀族分身瞬间能迸发极快的速度，可以立即飞蹿出去，同时钻进机械族宇宙飞船，凭借机械族宇宙飞船的加速度，瞬间一飞冲天，冲出第十八云层。机械族宇宙飞船是E级宇宙飞船中最顶级的，是一个机械族不朽级强者的飞船。从我的判断来看，眼前这人应该不是不朽级强者，我有九成的信心能逃出去。二是暂时臣服，显然他认为我是个人才，至少我没有生命危险。

“第一种方法，一旦靠着机械族宇宙飞船逃掉，等于暴露我是天外族人，会惹得血洛大陆真正的统治阶层来追杀我，那么我将没办法再回来。古神废墟有助于我融合血洛晶，我也想得到更多的血洛晶，一旦离开，这个机会就丧失了。”

瞬间，罗峰的脑海中浮现出了诸多念头。

……

“二！”血神的气势隐隐在变化。

“大人！”罗峰单膝跪地，行了血洛大陆中最标准的麾下对上司的礼节。

顿时，半空中的血神脸上难得地露出一丝笑容，看了罗峰一眼，满意地道：“很好，你的天赋很高，应该算是我麾下的血神卫中排名前三的。我喜欢天赋高，而且懂得抉择的人。从现在起，你就是我麾下的第九十七名血神卫！”

“嗖——”

忽然，一道道人影迅速破空而来，或是从远处飞来，或是从上方疾速下坠，仅仅眨眼的工夫，足足九十六道身穿青铜战甲的人影站在地面上。

每个人的气息都很强大，最低的都是领域级的强者，还有个别的修为超越了领域级。

九十六人单膝跪地，恭敬地齐声道：“恭喜大人！贺喜大人！”

“哈哈……”血神朗声大笑。

“阿一，你负责教导九十七。”血神说完，随即化作一道血色流光，迅速消失不见。

罗峰看着周围突然出现的九十六人，有些惊愕。

他凭借强大的感知力，瞬间能够判断出，眼前的九十六人都是域主级强者，还有两名竟然拥有界主级的实力。

“九十七！”一名高大的武者走了过来，“欢迎你成为我们血神卫的一员！你是我们血神卫中唯一一个云霄级强者！”

“血神卫到底是什么，还有……大人又是谁？”罗峰疑惑地问道。

“哈哈……”

这名高大武者和其他的血神卫有一个明显的区别，那就是他的战甲上有一些血色的斑纹。所有血神卫中，只有两人的战甲上有血色斑纹。

这两人都是界主级强者！

眼前这人是血神卫中两大界主级强者之一。

“我们大人是不朽神殿亿万年来出现的最伟大的天才。”高大武者声音高亢，“在不朽神殿中，我们大人的地位丝毫不比不朽神灵们低。”

其他身穿青铜战甲的武者闻言，脸上大多浮现崇拜之色。

“如果大人愿意，可以在短时间内突破，成为不朽级强者。”高大武者自豪地道，“只是，大人不甘就取得这么一点成就。你可知道，我们大人现在已经融合了八颗血洛晶。”

“什么？！”罗峰瞪大了眼睛。

天哪！融合十颗血洛晶，便可成为传说中的黑武者，可那只是传说，没想到，现实生活中竟然有融合了八颗血洛晶的强者。

看到罗峰惊讶的表情，高大武者很满意，微微点头：“对！我们大人的目标就是成为传说中的黑武者！你能成为我们血神卫的一员，应该感到骄傲，因为血洛大陆还有很多人想加入血神卫，但是都得不到大人的认可。”

第517章

荒兽岐牛

“成为黑武者，很难吧？”罗峰一副好奇的模样，“我在书中看到，成为黑武者似乎只是传说。成为血武者倒是还有一点希望。”

“那是当然。”高大武者朗声笑道，“黑武者可是我们血洛大陆的骄傲，悠久的岁月中才能诞生一名黑武者，已经很久很久没有诞生过黑武者了。毕竟融合血洛晶很难，每多融合一颗，对身体的要求便提升十倍，而且每个人的身体都有极限，到了一定程度，就连古神废墟的煞气对人的身体都不会起作用，那时候就真没希望了。”

罗峰闻言一惊。

极限？

是了，自己现在仅仅融合两颗血洛晶，身体在煞气的侵袭下，还能有所改变、提高。可身体终究是有极限的，那时待在古神废墟中再久也没用。

“希望我的身体能承受得更久一点。”罗峰心中暗道。

“来，九十七，我来给你介绍一下……”高大武者走向其他人，“我是血神卫的队长阿一，你以后称呼我队长即可。这是阿二，副队长。”

“九十七。”

“九十七，你好。”

一名名身穿青铜战甲的武者走过来，和罗峰打招呼。

血神卫是血神霸戚麾下最重要的一支卫队，是其臂膀，将来他们这群人会同生共死，所以平时当然得相互结交、熟悉，将来都是生死兄弟。

“九十七，你是最小的啊！”

“小幺。”

“哈哈，七十三，你别瞧不起九十七。九十七可是我们当中唯一一个云霄级就被招纳进来的。”

“你们这群家伙，九十七还击杀了一个血魔。按照天外族人的等级区分，那可是域主级一阶的血魔。”阿一笑道，“能量相差十倍，那个血魔跨过了本源法则门槛，九十七却赢得干脆利落，在对本源法则的感悟方面，我们当中恐怕大半都不及九十七呢。”

顿时，一群血神卫惊讶地看向罗峰。

罗峰则是暗惊。

他惊讶的是，这个队长竟然知道血洛世界外的等级划分，还知道自己赢得干脆利落，也知道那个血魔跨过了本源法则门槛。

而之前那位大人根本没有提到详细情况。

“看来，我之前战斗的场景全部被他看到了。”罗峰心中暗道，“也对，他和副队长，还有血神霸戚都是界主级强者，界主级强者能够动用世界之力，世界之力玄妙莫测，我的地球人本尊发现不了，也很正常。”

“九十七，”阿一笑着看向罗峰，“以后我们都是生死兄弟，我们都是血神卫的一员！”

“嗯。”罗峰点点头。

“来，跟我来。”阿一又看向其他人，“你们各回各处，该修炼的修炼，该休息的休息。”

“是，队长。”

“明白，队长。”

“小幺，回头我再找你聊天。”

那些武者说完便化作一道道流光，朝四面八方飞去。

阿一带着罗峰行走在巨坑底部，边走边说：“古神废墟是血洛大陆最古老而神秘莫测的地方。当年血洛大陆的古老强者们就是在这里，抵御住了天外族群的进攻。天外族群的强大，你是无法想象的。”

“哦？”罗峰很是惊讶，“天外族群到底有多强大？”

“我也不知道。”阿一摇摇头，“总之，天外族群强得可怕。你想想，当初很多不朽神灵都在古神废墟陨落，可想而知那战况惨烈到什么地步。”

“不提天外族群了，我现在要提醒你的是，你可别独自在古神废墟中乱闯。”阿一郑重地道，“大人现在在这坑底宫殿中修炼，我们血神卫的责任就是保护大人，杀了打扰大人修炼的人。大人在修炼，我们自然也跟着在古神废墟中修炼。”

“嗯。”罗峰点点头。

在古神废墟中修炼是好事啊！

“我告诉你，古神废墟中危险的地方很多，这巨坑只是其中之一。”阿一指着天空，“这巨坑深渊的中间有一个煞气旋涡，旋涡核心的煞气强得可怕，那里的杀戮意志让人无法承受，太可怕了。”

“旋涡？”罗峰装作很是好奇。

实际上，之前他都探察过了。

“嗯。”阿一缓缓地道，“越是靠近旋涡核心，煞气浓度越惊人，据说核心位置的煞气浓度是坑底的近10倍。”

“近10倍？”罗峰震惊。

之前他闯到了煞气浓度达到8倍的区域，肉眼能看到旋涡核心了，却没敢继续闯。

“嗯。”阿一郑重地道，“那里非常危险，就连我也最多冲到煞气浓度达5倍的区域，据说我们大人能够闯到煞气浓度7倍的区域。”

“7倍？”罗峰心中暗道，“那不是比我还要差一点吗？”

不过，能够冲到煞气浓度7倍的区域，血神霸戚被称为血洛大陆亿万年来的天才也算是名副其实了。毕竟单单论意志，罗峰比很多界主级巅峰强者都要强很多。

“所以，你得小心。”阿一郑重地道，“一旦你冲进去，受到杀戮意志的侵袭，就会变得和之前你击杀的血魔一样。”

“嗯。”罗峰点点头。

“这巨坑是古神废墟中的危险地之一，这样的地方还有百万个，个个都无比危险，是煞气的聚集中心。”阿一感叹道，“还有一些危险之地，或许一直都没被发现。总之，乱闯那些地方的人下场会很惨。”

罗峰大吃一惊。

“跟我来。”阿一化作一道流光。

罗峰也连忙化作流光跟上。

罗峰看着前方被红色煞气笼罩的宫殿，宫殿长宽足足有两公里，高七层楼。

“进来。”阿一进入宫殿。

罗峰跟着进入。

很快他们来到二楼。

“咦？”罗峰耳朵一动，看向远处的一个房间，那房间的门开着，里面隐隐传出了微弱的嘶吼声。

阿一看到罗峰疑惑的模样，解释道：“那里是豢养血魔的地方。”

“哦。”罗峰微微点头。

血魔，也就是疯魔的武者。

“我们血神卫的居所在第三层。”阿一来到三楼后，沿着走廊前行，同时指向足足有十米宽的走廊两边，“旁边的每一个房间都有代号，从1号到200号，现在前96号都有主了，你的居所是第97号。”

第97号房间的门自动打开了。

“嘀！”一道绿光照在刚刚步入房间的罗峰身上。

“这是？”罗峰一惊。

“不用惊讶，这是管理整座宫殿的智能光脑。”阿一笑道，“这些智能光脑是当年古神废墟一战中，从天外族人那里得到的一些技术。不过，制造智能光脑非常难，就算是不朽神殿，也只有高层才懂相关技术。”

“哦。”罗峰点点头。

智能光脑？宇宙中多的是，要多少就可以买多少，自己更是拥有不知道高等多少倍的智能生命。

“这是你的一套原力战衣。”阿一指着地面上摆放整齐的一堆物品，“这种原力战衣穿在身上，能根据你本身原力的强弱调整防御力。同时它能按照你的心意变化，封死一切要害。即使破了，也能迅速修复，是非常先进的战衣。在血洛大陆，只有极少数强者能拥有这种原力战衣。”

“嗯。”罗峰盯着那套青铜色的原力战衣。

“那是通信器，”阿一又指着旁边的一个护腕，“戴着它，你可以和血神卫的其他人联系，也可以和大人联系。大人也能通过通信器知道你在哪里。”

罗峰心中一动。

通信器？这是监视装置吧！

“大人有令，如果有血神卫在得到大人的命令前，就离开大人超过10万公里，便是背叛大人，是死罪。”阿一紧紧地盯着罗峰，“你务必记住，一旦背叛大人，以大人将来在不朽神殿的地位，你在整个血洛大陆都将无处可逃。”

“明白。”罗峰点头。

忽然，他感觉宫殿的地面微微一震。

“咚——”一道道沉重的声音响起，仿佛一个巨人正一步步朝这个房间靠近。

“嗯？”阿一大吃一惊，连忙走出房间。

罗峰跟着出了房间，来到走廊上，一眼就看到走廊前方站着一头高约十二米、身长二十多米的四蹄荒兽，乍一看，有点类似于地球上的牛类生物，全身肌肉虬结，头部两根弯曲的尖角冲向前方，那足有水缸粗的牛蹄，更是粗壮有力。

荒兽通体呈青铜色，双眸为血红色，最诡异的是它的尖角，那尖角锋利得让人心悸。单单行走在走廊上，其尖角都能撕裂空气，引起震荡。

“岐牛大人。”阿一恭敬行礼。

“嗯！”荒兽岐牛俯瞰罗峰，一股凶悍的气息弥漫开来，“他是新来的九十七？”

“是的，岐牛大人。”阿一回道，同时传音给罗峰，“九十七，这荒兽岐牛的实力比大人还要强一筹，在不朽神殿中的地位也很高，和大人亲如兄弟。”

罗峰愕然。

第518章

狂喜

荒兽在血洛大陆上的地位很低，有的被驯服当骑兽，有的被直接击杀，身体作为材料。

总之，荒兽一直被人类压制着。

“荒兽岐牛竟然能够在不朽神殿中拥有很高的地位，就算它的实力强，可毕竟并非不朽级强者，简直不可思议。不朽神殿可是血洛大陆的最高统治层。”罗峰心中暗惊。

而后，他也恭敬地向眼前的荒兽岐牛行礼：“岐牛大人！”

荒兽岐牛站在廊道中，依旧俯瞰着眼前的小不点。

“嗯！”一股炽热的气息从荒兽岐牛的鼻孔中喷出，仿佛两股热浪。

“轰！”一瞬间仿佛天崩地裂，无形的压力作用在罗峰的灵魂上。

罗峰忍不住低哼一声，额头渗出了冷汗，可还是强忍着站在那里，腰杆挺得笔直，显然不想屈服。

“岐牛大人，”阿一连忙大声喊道，“九十七仅仅达到云霄级。”

“嗯。”一道低沉的声音从荒兽岐牛的鼻腔中发出，随即那股威压消失了。

“九十七，你的实力还挺强！”荒兽岐牛再次发出一道声音，“估计你承受煞气的能力也强。这里有两颗血洛晶，是我给你的礼物，好好把它们融合吧，融合完两颗血洛晶后，再来找我领取第三颗。”

下一瞬，两颗三棱柱形的晶体突地出现在半空中，而后飘向罗峰。

“血洛晶？”罗峰眼睛一亮，连忙伸手接过两颗血洛晶。

“九十七，还不快谢谢岐牛大人。”阿一道。

“多谢岐牛大人。”罗峰连忙躬身行礼。

“嗯。”

荒兽岐牛的鼻孔中喷出两股炽热的气流，哼了一声，随即缓缓迈开粗壮的牛蹄，当牛蹄落下时，它已经到了廊道的远处，随即便消失不见了。

“这荒兽岐牛实力好强，阿一说它的实力比血神霸戚还强一些，应该是真的。”罗峰愣愣地看着荒兽岐牛远去的背影。

而后，他看着手中的血洛晶，心中暗喜。

得到这两颗血洛晶真轻松。

之前在燕岗城，他得到了十四颗血洛晶。后来，在古神废墟遭到不朽神殿四个天才偷袭，他击杀了其中一个，从那个天才身上得到了一颗血洛晶。

至此，他一共得到了十五颗血洛晶，每颗都是经过厮杀才得到的，唯有手中的这两颗不是。

“九十七，只要你能够融合这两颗血洛晶，岐牛大人还会赐予你更多血洛晶。”旁边的阿一朗声笑道，“血神卫中，能够成功融合三颗血洛晶，成为血武者的，一共只有五个。我很看好你。”

“嗯！”罗峰连连点头，随即疑惑地问道，“这血洛晶要多少就有多少吗？”

“当然不是。”阿一笑着摇摇头，“血洛晶是我们血洛大陆的至宝，每个人能融合的血洛晶都是很少的。血洛大陆已经很久没出现过能融合十颗血洛晶的黑武者了。不过，岐牛大人单单供应我们血神卫所需的血洛晶，当然是足够的。”

“哦。”罗峰点点头。

听起来，血神霸戚的势力中，收藏和发放血洛晶是由荒兽岐牛负责的。

“这一切你都了解了，你现在是在宫殿内的修炼室修炼，或是在外面寻一个地方独自修炼，都可以。你是来当护卫的，而不是囚犯，还是很自由的。不过，唯一的要求，你该知道吧？”

“嗯，没有得到允许，不得离开大人超过10万公里。”罗峰笑道。

“很好。”阿一点点头，随即离开了。

宫殿第三层，97号修炼室。

罗峰穿上青铜战衣，戴上通信护腕，摇摇头：“这通信仪器真是简陋，只有简单的通信系统和定位系统。在科技含量上，跟当初地球上的通信手表差不多。”

“血神霸戚、荒兽岐牛、96名血神卫。”罗峰的脑海中迅速掠过一个个念头，“根据现在搜集的资料可以判断，血神霸戚是界主级巅峰强者，融合了八颗血洛晶，属于不朽神殿亿万年一出的绝世天才，地位极高。”

“荒兽岐牛的实力比霸戚还强一些，和霸戚是好兄弟，应该是这股势力的第二号人物。96名血神卫，个个都是天赋极高的，其中有2个界主级强者和94个域主级强者。现在这些人都待在古神废墟中，主要是因为血神霸戚在这里修炼。”罗峰思忖着。

而后，他彻底明白了，为什么自己在巨坑之府待了两年，都没发现坑底的修炼者。因为血神霸戚在潜修，而血神卫们根本不敢乱跑。

“这样看来，我虽然成为血神卫，但是只需守在古神废墟，接下来应该会比较轻松。”罗峰穿着青铜战衣，脚踏青铜色战靴，正准备朝外面走去。

忽然，外面走进来五人。

“九十七！”

“九十七！”

五名同样穿着青铜战衣，模样各异，身材不一的血神卫，都笑着打招呼。

“十二、十九、三十三、七十八、八十三。”罗峰熟稔地打招呼。

“刚才我们在修炼室中，发现岐牛大人过来了。”身材瘦小的十二笑着说道，“按照老规矩，岐牛大人应该给了你两颗血洛晶，对吗？”

“嗯。”罗峰点头。

“九十七，你过去融合过血洛晶吗？”旁边极其壮硕的十九问道。

“融合过一颗。”罗峰回道。

这五名血神卫和罗峰闲聊起来。

罗峰早就编好了自己的来历，说话也很谨慎，自然没有穿帮。

一群人聊了许久，待了半个小时，这五人便准备离开了。

离开时，十二郑重地叮嘱道：“九十七，你记住，平常遇到荒兽岐牛，必须恭敬地称呼‘岐牛大人’。”

“对，不能有丝毫不敬。谁敢不敬，岐牛大人会暴怒的。”长相俊美的八十三也说道。

“哦！”罗峰点点头，又好奇地道，“其实我不懂，岐牛大人的实力怎么会比血神大人还要强？”

“哈哈！荒兽分为四品，一品荒兽成年时只达到大地级，二品荒兽成年时达到天空级，三品荒兽成年时达到云霄级，四品荒兽成年时达到领域级。”十二说得很详细，“而荒兽岐牛就是四品荒兽，天生拥有的领域是金之领域。品级越高，代表血统越强，身体素质越强。”

“你应该知道吧，只要是血肉类生命，就能使用血洛晶。不单单是我们人类，荒兽也是能够融合血洛晶的。”十二笑道。

罗峰一惊。

荒兽竟然也能使用血洛晶？

“不是吧，九十七，你不知道此事？”

“九十七，”八十三笑笑，也解释道，“相比人类，荒兽的身体更强，一般能够融合的血洛晶数量是超越我们人类的。而且，根据不朽神殿的经验，擅长金属性能力的荒兽，融合血洛晶后，更具有优势。”

“岐牛是最高等的四品荒兽，又擅长金之领域，所以每一头荒兽岐牛至少能够融合三颗血洛晶。其中一些极为优秀的岐牛，甚至能够融合十颗血洛晶。”八十三说着，忍不住感叹，“我们这位岐牛大人可是融合了十二颗血洛晶，又达到了界主级巅峰，所以拥有非常可怕的实力。”

罗峰愣愣地站在那里，一言不发。

“九十七？”

“九十七，你怎么了？”其他五人大声喊道。

“呃——”罗峰回过神来，“我太震惊了。我从书中看到过，很多年没有出现过黑武者了，黑武者已经成为传说。没想到，岐牛大人竟然融合了十二颗血洛晶。”

“人类和荒兽是不一样的。”

“人类嫉妒也没办法。”

“幸好四品荒兽的数量稀少。”

五人都忍不住感叹。

“嗯，对。”罗峰也在一旁附和。

终于，这五人离去了。

当五人离开后，修炼室中只剩下罗峰一人。

砰的一声，罗峰将门关上，脸上顿时浮现出狂喜之色。

“我真是白痴，竟然连这点都没有想到。”他双拳紧握，心中咆哮着，“血肉类生命就能融合血洛晶，对啊，血洛晶是以血液为媒介改变身体基因的。人类是血肉类生命，金角巨兽也是啊！”

想到这里，罗峰激动万分：“我的地球人本尊融合血洛晶非常吃力，可是，金角巨兽不一定吃力啊！之前他们也说了，品级越高，身体基因越优秀，越容易融合血洛晶，特别是擅长金属性能力的荒兽。虽然不知道为什么擅长金属性能力的荒兽在融合血洛晶方面有优势，但是，金角巨兽拥有宇宙中最高贵的血统，成年时就能达到界主级巅峰，天生拥有三大天赋秘法，最擅长金属性能力，是宇宙金之本源的宠儿啊！和金角巨兽一比，那荒兽岐牛根本不算什么！荒兽岐牛都能融合十二颗血洛晶，我的金角巨兽估计能融合更多血洛晶。”

罗峰有些压抑不住心中的狂喜。

金角巨兽本来就是他的最强杀招，金角巨兽融合血洛晶后，或许其身体能发生新的变化，实力更强。

穿着青铜战衣的罗峰，迅速离开修炼室，很快便出了宫殿正门。

“去巨坑之府！”罗峰仰头看天，上方红色煞气弥漫。

随即，他直接一飞冲天。

第519章

金角巨兽的蜕变

“嗖！”巨坑极深，罗峰不断朝上方飞行。

“九十七！”

“九十七！”

两道大喊声在罗峰的脑海中响起，令罗峰连忙停下，悬浮在半空中。

能够在罗峰毫无察觉的情况下，发现其踪迹的，除了宫殿内的血神霸戚、荒兽岐牛外，恐怕只有血神卫的那两位队长了。

罗峰环顾四周，恭敬地道：“队长，副队长。”

“九十七，你准备去哪里修炼？”一道浑厚的声音在罗峰周围的空间回荡起来。

“两位队长，前两年我都是在上面山壁上的一个洞穴府邸内修炼的。”罗峰解释道，“所以，我还是准备去那里修炼。”

“九十七，这个高度的区域是我和阿二的监察区域。”队长的声音继续响起，“你在区域之中修炼更安全。当然，大人有令，不允许离开他超过10万公里。你可以去那洞穴府邸修炼，可你在那里我们也无法保护你的安全。”

这两位队长都是界主级强者。他们释放出世界之力，探察周围，在修炼的同时负责监察，但是探察范围是有限的。

“一旦有危险，我会立即下来。”罗峰道。

“嗯，既然你坚持，那就去吧。”

“是！”罗峰恭敬行礼，直接一飞冲天。

巨坑深处，山壁边缘凸起的平台上，盘膝静坐的高大青铜色人影传音道：“这九十七的天赋的确很高，大人也很看重他，可是，血神卫最重要的是忠心。阿二，依我的感觉，这九十七并没有完全臣服于大人。”

“阿一，”一道声音从巨坑另外一端的平台上传来，“天才总是骄傲自大，想要让他完全臣服并不容易。他是在大人的强逼下才臣服的，我们暂且看着吧。大人在这里修炼需要一段时间，正好可以观察他。如果发现他有其他的想法，再击杀他也不迟。”

“嗯，你说得对，一旦发现他不忠的证据，就击杀他。”

两个界主级强者相隔近万公里，彼此传音，做出了决定。

虽然血神卫的一群人对罗峰都算不错，但是，血神卫是血神霸戚最重要的护卫，忠心和实力缺一不可。

而罗峰显然还没得到这群血神卫真正的认可，特别是两个界主级强者，他们拥有监管其他血神卫和惩罚其他血神卫的特权。

古神废墟，巨坑之府。

一道青色流光沿着洞口蹿入，随即凝聚成形，正是穿着青铜战衣的罗峰。

罗峰一脸兴奋，坐到石椅上。

“这通信护腕也是在监察我。”罗峰低头看向手上的护腕，“超过10万公里，或者解除护腕，都会引起血神的注意。既然这里没危险，还有好处，我也没必要离开，暂时老老实实地当血神卫吧！”

罗峰微微一笑，随即一翻手。

他的掌心突然出现一枚空间戒指和一块黑色石头，黑色石头是魔杀族分身变化而成的，空间戒指内则存放着十五颗血洛晶。

“开始吧！”罗峰心中喃喃道。

黑色石头碰触到空间戒指，瞬间就消失在其掌心。

体内世界。

天空中笼罩着无尽的金色雾气，浩瀚的金色大陆上，唯有一条连绵的黑色山脉，黑色山脉足有数十公里长。

“唰！”黑色石头出现在黑色山脉旁，而后幻化成黑衣罗峰。

黑衣罗峰的手心有一枚戒指，正是那储存着十五颗血洛晶的空间戒指。

“十五颗神奇的血洛晶啊！可惜，只有血肉类生命才能融合。”黑衣罗峰看着手中的空间戒指，“魔杀族分身是没法融合了。”

“轰隆！”旁边的黑色山脉忽然动了，而后直接立了起来。

原来这是金角巨兽。

金角巨兽单单身体长度就达到了六十公里，每根大腿最粗的部位足有六公里粗，最细处也有三四公里粗，简直就是四根擎天柱！

暗金色的双眸堪比大型湖泊，仿佛两颗暗金色的太阳，紧紧地盯着下方。

“真可怕！我自己看，都觉得金角巨兽很可怕。”黑衣罗峰抬头看着金角巨兽，“宇宙中有许多形态的生命，每种形态都分出无数种群，所有生命种群中，金角巨兽都能排在第一。”

“单单其体形蕴含的可怕力量，纯靠蛮力，就能越两三阶击杀人类武者，它还拥有厉害的天赋秘法，现在又修炼了本尊天地秘法，就算是我这魔杀族分身遇到它，也只能逃跑。”黑衣罗峰嘀咕道。

和金角巨兽相比，或许魔杀族分身暗杀的实力要强一些，可是正面厮杀，双方就差得多了。金角巨兽天生具有强悍的体魄和天赋秘法，令它无比悍勇。

“呜！”

金角巨兽仰头发出一声低吼，吼声令天地震动，随即它伸出右蹄爪。

黑衣罗峰拿出一颗血洛晶，放在它的右蹄爪上。

金角巨兽俯瞰着右蹄爪上的血洛晶，随即右蹄爪伸出数根利爪，一握，那锋利的爪子划过右蹄的掌心，数块黑色鳞片顿时被割破，鲜血渗了出来。

金角巨兽小心翼翼地通过念力操控那颗血洛晶，将血洛晶轻轻地移动至伤口上。伤口足有十余米长，血洛晶直接掉进伤口中，无形的力量迅速传入金角巨兽的体内。

“杀！”

杀戮意志冲入体内，金角巨兽的意志就是罗峰的意志，其意志坚定犹如磐石，这点杀戮意志根本撼动不了。

一道道血丝能量从血洛晶中流出，沿着右蹄爪的伤口，迅速冲入金角巨兽的筋骨和肌肉深处，右蹄爪顿时发生了一些特殊的变化，右蹄爪上的鳞甲、利爪都在不断地发生变异，内部的筋骨和肌肉也在变化。

一切是那般熟悉。

短短片刻——

融合第一颗血洛晶，成功！

“怎么会这样？”罗峰的念力仔细地探察着金角巨兽身上的每一处，震惊不已，“右蹄爪怎么就发生了变异呢？”

金角巨兽低着头，暗金色双眸仔细观察右蹄爪。

和人类融合血洛晶不同的是，那颗血洛晶内蕴含的神奇之力，只是令其右蹄爪产生了一些特殊变化，而身躯、翅膀、另外三只蹄爪、尾巴、头颅等部位都没有发生丝毫变化。

“不会吧！难道是……”罗峰看着金角巨兽，顿时眼睛一亮，“难道是其身体太大的缘故？金角巨兽的身体太大，筋骨、肌肉、细胞等太多，要让所有筋骨、肌肉、细胞都发生变化，所需要的血洛之力非常多，所以一颗血洛晶仅仅能够覆盖其右蹄爪，连肘弯都覆盖不到。”罗峰大概猜出原因了。

“轰！”

金角巨兽挥动它的右蹄爪，驱动右蹄爪中蕴含的血洛之力，只见右蹄爪上浮现了简单的血红色秘纹，右蹄爪对宇宙本源之力的操控更加精准。

“噗！”金角巨兽凌空一爪，直接把大地抓出一道数十公里长的沟壑。

“融合血洛晶后，实力果然更强了，一爪的威力提高了两三成。既然如此，如果我接下来让其他蹄爪融合血洛晶，其他蹄爪的威力也仅仅提高两三成。那还不如让右蹄爪的威力变得更强呢！”罗峰瞬间做出了决定，“嗯，继续融合第二颗血洛晶。”

罗峰将血洛晶放在金角巨兽的右蹄爪中，金角巨兽的暗金色双眸死死地盯着掌心，而后再度用利爪划破掌心的鳞甲。

“哧！”鳞甲被划破，鲜血渗出，碰到那颗血洛晶。

一切和罗峰预料的一样。

抵挡住杀戮意志的冲击后，那血洛晶的神奇之力灌入右蹄爪中，直接对右蹄爪的筋骨、肌肉、鳞甲进行了深层次改造，这种改变的范围刚好和第一次血洛晶能量所辐射的范围完全一样。

不过，血洛之力仅仅将右蹄爪覆盖，甚至都没覆盖到肘弯处。

当一切变化结束后，金角巨兽再度驱动右蹄爪中蕴含的血洛之力，同时挥动右蹄爪。

“嗯，右蹄爪比融合血洛晶之前的威力提高了五成左右，和之前人体融合血洛晶差不多，唯一的区别是，人类融合血洛晶时，血洛之力遍布全身。继续融合第三颗，融合三颗后，被称为‘血武者’，应该有一些特殊变化。”罗峰期待着。

第520章

异变

第三颗血洛晶落在金角巨兽右蹄爪的鳞甲上，随着黑色鳞甲被锋利的利爪划破，鲜血流淌，流经血洛晶，又一次融合开始了……

金角巨兽俯瞰着右蹄爪，期盼地看着。

右蹄爪发生巨变，产生了痛苦的感觉。以金角巨兽的生理特征，完全能够控制痛苦所辐射的范围，仅仅片刻，第三颗血洛晶也完全消失，融合进了右蹄爪中。

“驱动！”金角巨兽催动右蹄爪内潜伏的神奇之力，顿时蹄爪鳞甲上浮现出了血红色的秘纹。

融合第一颗血洛晶时，血红色秘纹很简单，也很少。

融合第二颗血洛晶时，血红色秘纹复杂一些，辐射的范围扩大一倍。

此刻已经融合了三颗血洛晶，鳞甲上的血红色秘纹多了很多，而且仿佛形成了一个整体。

“轰！”

右蹄爪猛地挥动，引动宇宙金之本源法则之力，一爪击出，无形的气浪震荡起来，可怕的冲击波直接将远处的山脉给轰得爆炸开来，大量金属碎块乱飞。

“和融合血洛晶之前相比，感应力增强了一倍，和宇宙本源的契合度也提高了一倍。”金角巨兽不由得仰头发出咆哮声。

魔杀族分身明明感悟程度低，发挥出来的威力却很大。金角巨兽却没有这种能耐，其攻击力强，是因为拥有天赋秘法、天生强悍的身体、本尊天地秘法等。它在感悟本源法则方面或许有些优势，可是在战斗时，无法发挥出远超感悟的本源法则之力。

而现在，它对金之本源法则和其他本源法则的感悟都提高了一倍，连战斗时的威力都增大了一倍。

“虽然和魔杀族分身感悟本源法则的能力没得比，但是金角巨兽也够彪悍的了。它的感悟能力提高了一倍，威力提高了一倍。”罗峰很是激动。

融合三颗血洛晶，就能成为血武者。血武者的感悟能力比常人强一倍，战斗时的威力也强一倍。

“继续融合第四颗血洛晶。”

……

血洛晶的力量实在太神奇，令感悟能力提高，威力也提高了。虽然每颗血洛晶带来的提升都不多，但积累起来，还是很夸张的。要知道，魔杀族分身等宇宙中一些特殊的高天赋族群，那都是拥有特殊能力的。

金角巨兽，擅长暴力流。

魔杀族分身，擅长空间暗杀流。

而血洛晶令使用者对各种本源法则的感悟都有所提升，令人有如鱼得水的感觉。

……

“真不知道，这血洛晶到底是怎么产生的。”

金角巨兽继续融合第四颗血洛晶，依旧将血洛晶与右蹄爪融合。

这次，当金角巨兽驱动右蹄爪中的那股血洛之力时，右蹄爪上浮现出来的血红色秘纹又多了一些，可这次感悟程度只是稍微提升一些，威力也只是稍微提升。

提升的幅度不明显，远远不及融合前三颗血洛晶时提升的幅度。

“继续融合第五颗！”

融合了第五颗血洛晶后，一旦驱动血洛之力，右蹄爪上面的血红色秘纹变得更加复杂，对宇宙本源法则的感悟和施展时的威力都有所提升。

第六颗！

第七颗！

第八颗！

……

“幸好我有足够多的血洛晶，单单从神殿特使身上就得到了十颗血洛晶，否则金角巨兽还没办法融合第十颗血洛晶。”黑衣罗峰站在一旁，看着前方庞大的金角巨兽开始融合第十颗血洛晶。

如果是人类，融合十颗血洛晶，那就是黑武者了。黑武者在血洛大陆都是个传说，是人类融合血洛晶的巅峰。

“不知道金角巨兽融合第十颗血洛晶后会怎么样。现在就开始吧！”

“哧！”金角巨兽的利爪划过右蹄爪掌心的鳞甲，划破鳞甲。

第十颗血洛晶躺在它的掌心，瞬间被念力操控着落在伤口上，鲜血和血洛晶碰触的一瞬间，融合便开始了，更加疯狂的杀戮意志产生。

“融合十颗血洛晶时的杀戮意志很一般，影响不了我，远远无法跟煞气旋涡中的杀戮意志相比。带给筋骨和肌肉的改变比较大，虽然现在很疼，但是依旧在我的承受范围……”

“嗷呜！！！”金角巨兽发出痛苦的叫声。

吼声震天。

“啊！”黑衣罗峰疼得直接单膝跪下，而巨坑之府中的地球人本尊也双拳紧握，一下砸在地上，痛得额头上的汗珠不断滴落，死死地咬着牙齿。

“太疼了吧！简直……”

金角巨兽的右蹄爪瞬间产生的疼痛直接作用在原核灵魂上，三大身体是同一个灵魂。当金角巨兽疼痛得嘶吼起来时，魔杀族分身和地球人本尊同样痛得要命。这种疼痛感已经超越肉身的层次，甚至连意志都无法控制身体抵抗，直接深入灵魂。

金角巨兽是直接承受的，痛感最强烈，整个身体不受控制，在金属大陆上空横冲直撞起来。

一座座起伏的金色山脉被撞得裂开了，地上被撞出了一道道数十公里深的沟。

它的右蹄爪的鳞甲变成了淡金色，鳞甲似乎变得薄了一些，利爪也变成了淡金色，而且利爪边缘隐隐有秘纹。

“哧哧——”

它的鳞甲恢复成了黑色，利爪也恢复成了原样，疼痛感也缓缓消退。

“呼！”黑衣罗峰站直身体。

巨坑之府中的罗峰本尊也长舒一口气。

金角巨兽趴在地面上，许久才缓过来。

“早就猜到融合十颗血洛晶会很难，可没想到会痛苦成这样。”罗峰也很无语。

意志弱的人，根本承受不了这种痛苦，恐怕会魂飞魄散。

“呜！”金角巨兽站起身来，挥动它那宛如天柱般的右蹄，同时驱动蹄爪内潜伏的血洛之力。当血洛之力被驱动的瞬间，它的右蹄爪表层的鳞甲瞬间发生巨变，鳞甲、筋骨、肌肉、利爪等部位最根本的基因都在迅速发生变化。

这是物质构成发生了最基本的变化，这种变化显现在外表，也就是右蹄爪的鳞甲变薄，变成淡金色。肌肉隐隐变得发达，其中的血管也变成了淡金色，而右蹄上的利爪也变成了淡金色，利爪上还有着肉眼几乎无法看清的秘纹。

同时，整只淡金色右蹄爪上浮现出了无比复杂的血红色秘纹，形成了一个整体。

“这，这……”罗峰震惊了。

金角巨兽低头看着右蹄爪，能够清晰地感觉到右蹄爪中蕴含着不可思议的力量，随即猛地一挥爪。

“对宇宙本源的感应，对本源法则的发挥，都是融合血洛晶之前的三倍。”罗峰的意识能够清晰地感应到金角巨兽的右蹄爪发生了巨变，“这，这在我的意料之中，可是，现在这右蹄爪本身的基本结构竟然发生了变化。”

普通的炭，是由碳原子构成的。

金刚石，也是由碳原子构成的。

基本结构发生变化，外表呈现出的形态也迥异。而在融合十颗血洛晶后，那血洛之力似乎也发生了蜕变，蕴含了某种特殊的功效，竟然直接改变了右蹄爪的物质构成，不但内部改变了，还令外部的鳞甲颜色变成了淡金色。

“好强的力量！这右蹄爪的力量赶得上蜕变前金角巨兽身体的总力量了。”

金角巨兽轻轻挥动右蹄爪，每次都引得空气震荡。

金角巨兽的身体何其庞大，它的力量主要来自于庞大的身躯、和身体差不多长的尾巴、巨大的鳞甲翅膀，还有四只蹄爪。

而现在单单右蹄爪蕴含的力量就可媲美之前的它的全身力量，这是什么概念？

“天赋秘法强化可以令我的力量增加一倍，而右蹄爪蕴含了堪比之前全身力量的力量。我若是能完美操控全身之力，一爪挥出，不就相当于蜕变之前全身的两倍之力？”金角巨兽暗忖。

“在力量方面，金角巨兽右蹄爪的蜕变相当于施展天赋秘法强化啊！”罗峰震撼了。

诡异的血洛晶，不单单使得金角巨兽在感悟宇宙本源法则方面大有进步，竟然还使其身体的基本结构都发生了蜕变。

在第一次融合血洛晶时，罗峰就感觉到血洛晶能量能够改变身体基因，能够让身体瞬间异变，或是成为兽人，或是成为鳞甲人等等。可那仅仅是融合过程，一旦融合结束，就恢复正常了。

虽然罗峰一直怀疑血洛晶还有其他特殊的能力，但是一直没发现。融合三颗血洛晶后，也没发现那特殊能力。融合十颗血洛晶后，罗峰才发现那可怕的能力。

“金角巨兽的右蹄爪本身力量得提高最起码十倍，才能媲美之前全身的所有力量吧。”罗峰心中暗叹。

这次接血洛世界的任务，真的是接对了。

融合十颗血洛晶，金角巨兽最具优势的身体力量增加了一倍。对于本源法则的感悟，能够发挥出的法则威力，是过去的三倍，整体实力的确飙升了。

“继续融合！那荒兽岐牛都能融合十二颗，我这金角巨兽应该能融合更多血洛晶。”罗峰此刻无比激动。

金角巨兽仰头，发出兴奋的咆哮声，而后再次融合血洛晶。

融合第十一颗，痛感很强，不过显然弱于融合第十颗时的那种剧痛。

成功融合后，果真，它对宇宙本源的感悟和本源法则威力的发挥，依旧有所提高。

融合第十二颗……

融合第十三颗……

融合第十四颗……

融合第十五颗……

呃，没了。

“没了，没有血洛晶了，全部都融合了！我要血洛晶！我要更多的血洛晶，越多越好！”金角巨兽仰头咆哮起来。

巨坑之府中的罗峰本尊猛地站起身来，眉头紧皱：“大量的血洛晶从哪里来？”

第521章

狩猎计划

巨坑之府，穿着青铜战衣的罗峰坐在石椅上，默默思索着。

“荒兽岐牛拥有的血洛晶虽然较多，但毕竟是供普通武者用的，所以它拥有的血洛晶肯定很有限，而且我最多能从它手上弄到两颗血洛晶。”罗峰微微摇头。

这点血洛晶根本不够。

“那么……”罗峰瞳孔微缩，“只有一个办法了。”

“嗖！”一道人影瞬间冲入云层，直接冲到第十八云层。

正是罗峰的魔杀族分身。

机械族宇宙飞船出现，魔杀族分身沿着舱门，迅速进入飞船。

控制室中。

“罗峰，你在搞什么？”巴巴塔的声音在控制室中响起，“你怎么使用魔杀族分身了？”

魔杀族分身坐在宽大的沙发上，露出一丝笑容：“巴巴塔，你别急，我之所以使用魔杀族分身，是因为血洛晶……”

他迅速将金角巨兽融合血洛晶的事情说了一遍，也将这次的目的说了出来。

“融合了十五颗血洛晶，还嫌不够？要知道，融合十颗血洛晶都那么神奇了，再融合下去，那会变成什么样啊？”巴巴塔激动得很。

“嗯。”魔杀族分身轻轻点头，“所以，我将你、摩云藤等重要宝物都带在身上，包括生命原核。现在留在巨坑之府的是地球人本尊，即使本尊遭到劫难身死，也是小事。”

只要原核完好无损，即便三大身体毁了，都能再度恢复。

“你说得有道理，原核在魔杀族分身的体内。论保命能力，魔杀族分身应该是最强的，它配合机械族宇宙飞船，的确比较安全。”巴巴塔点点头，“你接下来准备怎么做？”

“狩猎！”魔杀族分身露出一丝笑容，“血洛大陆浩瀚无边，一方方世界由一个个世界主控制。整个血洛大陆内的世界城数以千万计，世界主也是数以千万计，而域主级强者是世界主的百倍，更是多得惊人。”

“血洛大陆崇尚力量，各方世界相互征伐，每天都有很多人丧命，每年都有很多域主级强者陨灭。我要做的是暗中狩猎一些作恶多端的域主级强者，不过，我不会杀太多。血洛大陆中有千万方世界，一千方世界城控制的范围内，我仅仅猎杀一个域主级强者，在整个血洛大陆内狩猎近万个域主级强者，根本不起眼。”魔杀族分身眼睛一亮，“从一个域主级强者身上平均弄到一颗血洛晶，我就能弄到近万颗血洛晶。近万颗血洛晶应该够用了。”

“哈哈！够狠的！近万颗血洛晶！就该这么做，这才痛快。赶紧出发，发挥你专属的宇宙最强暗杀族群的实力吧！”巴巴塔激动地道。

“出发！”魔杀族分身当即下令。

“嗖！”

模拟成陨石的机械族宇宙飞船在血洛世界外的虚空中迅速飞行起来。

血洛大陆，天虞城。

这是一座距离古神废墟边缘10亿公里的领地主城。

天虞城，城主府府门外的街道上。

“在我的地盘，你竟然敢跟我叫板，找死！现在知道后悔了？晚了！”一个全身皮肤呈青色，目光冷厉，穿着一身战袍的男子，高坐在十余米高的荒兽蠓虫兽的背上，俯瞰着下方，“传令下去，将莫氏家族给我抄了！”

“城主大人，那莫氏小儿骄横得很，冲撞了城主大人，他该死。不过，莫氏家族是大家族，出现一个骄横子弟也难免，没必要……”旁边一名穿着战甲的云霄级将领恭敬地说道。

“啪！”鞭子猛地抽在将领身上，将其抽得整个人倒飞出去，撞向街道对面的一家酒楼，令整家酒楼轰然爆炸开来。

一些乱飞的碎石将远处的一些路人砸得头破血流，有的被活活砸死了。

顿时，街道上一片惶恐。

“嗖！”倒塌的酒楼中飞出一道人影。

正是那口吐鲜血，脸色苍白的将领。

他恭敬地跪伏在地上：“城主大人，属下知错，属下知错。”

“记住！天虞领地是我的地盘！”男子俯瞰着下方，“我说谁该死，谁就该死！如果下次再敢忤逆我，你就不单单只承受这一鞭子了。”

“明白，明白。”将领惶恐得很。

“去，把莫氏家族给我抄了。要怪，就怪那个小浑蛋吧。我今天本来兴致好，全被那小浑蛋给破坏了，也不看看自己是什么玩意儿，竟敢冲撞我，我要灭莫氏家族，简直就跟捏死一只小臭虫一般容易。”

男子坐在蠓虫兽的背上，在一群手下的前呼后拥下，进入了城主府。

将领这才站起身来。

“将军。”其他人都看着他。

“还愣着干什么，赶紧召集军队，去把莫氏家族给灭喽！”将领大声说道。

“是！”

“莫氏家族可是我们天虞城内排前十的大家族，就因为莫冲那个小崽子得罪了城主，整个家族就这么毁了，真是可怜啊！”

“那位莫冲少爷怎么得罪城主大人了？”

“不知道。”

“听说城主大人伪装成普通人，带着两名护卫，进了西边的九雅楼，不知道怎么回事，就跟莫冲少爷起了冲突。那位莫冲少爷平时骄纵得很，今天算是倒了大霉，碰到了城主大人。城主大人一声令下，整个莫氏家族全部完蛋。”

“可怜，可怜。”

“可怜什么，城主大人不是好人，那莫冲也是个浑蛋，都不是什么好东西。”

街道上的人们议论纷纷。

人群中，穿着黑色长袍的罗峰认真地听着，脸上露出一丝笑容：“没想到，我刚来到天虞城，就看到了这么一出好戏。城主这么霸道，想必他身上的血洛晶也不少。”

“呼！”黑衣罗峰悄无声息地行走在人群中，而后潜入城主府。

城主府，一座七层的豪奢宫殿内。

面色阴冷的男子躺在十余米宽的大床上，两个眉心有着鳞片的娇媚少女正在给他按摩。

“轻点，轻点，对，就这样。”男子闭着眼睛，吩咐道。

“城主大人，我和姐姐在那彩衣阁看中了一件衣裳。”

“买，不管看中什么，随便买，直接和府内管家报账就行。”男子道。

“多谢城主。”两个少女很兴奋。

男子的嘴角泛起一丝笑容。

这种掌握大权，操控别人生命，让无数人求自己的感觉，真的是非常美妙。

“我那些兄长也真是蠢，为了成为世界主，跟苦修者一样，有必要吗？我这样多好啊，多享受啊！哈哈，世界主岂是那么容易就能修炼成的？人生就该享乐啊！”

“哧——”忽然，三道血光亮起。

男子惊恐地瞪大眼睛，只见床边站着一个黑衣人。

黑衣人手持一把战刀，正冷冷地看着他。

“我，我要死了？怎，怎么会……”男子感觉到体内命核破碎了，惊恐地大叫起来，意识直接消散。

他享受的一生就此结束。

黑衣罗峰站在大床边，看着床上的尸身，冷哼一声："过着这种糜烂的生活，竟然能够修炼成域主级强者，也算是走了狗屎运。还是说，此人很有背景？越有背景，我越喜欢，背景强大的，或许拥有的血洛晶更多。"

他迅速从死去的城主手上找到了一枚空间戒指。

"嗯？两颗血洛晶？"黑衣罗峰脸上露出一丝笑容，"还成，算是开门红。"

他一挥手，面前的尸体和那张大床直接被收入空间戒指。

"唰！"

他犹如鬼魅，瞬间离开了城主府，一飞冲天，直接冲到第十八云层，而后乘坐机械族宇宙飞船，在血洛世界外面的虚空中继续前行。

杀一个强者，就换一个地方，罗峰是很谨慎的。血洛大陆上各方世界的人相互杀伐，战争经常爆发，这种混乱的情况下，偶尔死掉一个域主级强者，根本不起眼。而且，一些域主级强者被杀，他们的手下有可能都不知道，还以为是去哪里修炼了呢。

虚空中，负责监视整个血洛世界的天蚀宫第一层的偏殿中。

"咦？罗峰殿下是怎么回事，怎么总是乘坐那艘机械族宇宙飞船，一会儿飞出血洛世界，一会儿又回来？"

"什么叫一会儿，一般都有一两天的时间。"

"可这来回的频率也太高了吧。"

"罗峰殿下到底在干什么？"

负责监视的界主级强者们都疑惑得很。

罗峰的魔杀族分身在进行狩猎时，其地球人本尊正待在古神废墟的巨坑之府内。

穿着青铜战衣的罗峰本尊闭眼静坐。

“速度挺快，平均一天能弄到一颗血洛晶。狩猎计划进行到今天，都有小半年了。算上昨天的，应该有九十八颗血洛晶了吧。”罗峰睁开眼睛，笑笑，“嗯，又有两颗快要到手了，将有一百颗血洛晶了。”

第522章

融合

虽然是在古神废墟中，但是罗峰轻松得很。

因为他的原核在魔杀族分身的体内，连智能生命巴巴塔都让魔杀族分身带走了，所以他的地球人本尊待在这里，根本没什么后顾之忧。

“就算被杀死，也最多耗费体内世界的能量，而后再恢复。”罗峰闭上眼睛，意识通过空间戒指内的一个智能光脑连接虚拟宇宙网络，“待会儿还有金之本源法则的课程，不能错过。”

上万亿公里外的一座幽静的城池内。

城主府，一座楼阁的三楼，修炼密室。

一个穿着战衣的男子正躺在地上，黑衣罗峰则站在一旁。

“我有了这两颗血洛晶，加上离开古神废墟以来得到的血洛晶，刚好有一百颗血洛晶。”黑衣罗峰一挥手，直接毁尸灭迹。

随即，他在黑夜中一飞冲天，乘坐机械族宇宙飞船来到血洛大陆外面的虚空中。

……

机械族宇宙飞船的控制室内。

黑衣罗峰坐在沙发上，轻声笑道：“外景模拟100%。”

顿时周围的景色变化，出现在视野中的是梦幻的虚空景象，而下方就是血洛大陆的云气层。

“罗峰，你前两次分别融合了三十颗血洛晶，今天准备融合多少颗？”

光芒在旁边汇聚并形成巴巴塔的能量身影，它正笑眯眯地看着罗峰。

“我准备融合二十五颗血洛晶！”黑衣罗峰说道。

“哦！在古神废墟时，金角巨兽融合了十五颗，随后两次每次都融合了三十颗，金角巨兽一共融合了七十五颗血洛晶，加上今天要融合的二十五颗血洛晶，刚好一百颗。”巴巴塔怪笑道，“融合血洛晶时，会产生剧烈的疼痛，你受得了吗？”

黑衣罗峰眉头一皱。

当初融合第十颗血洛晶时，疼得金角巨兽都控制不住地横冲直撞，另外两个身体都疼得要命，那疼痛感甚至能令灵魂战栗。

融合第十一颗血洛晶，疼痛程度远远弱于融合第十颗的。可是，随着融合的血洛晶数量的增加，疼痛程度不断递增，当融合到第七十二颗血洛晶时，疼痛程度堪比融合第十颗的。上次罗峰拼了命，硬是融合到第七十五颗，整个人差点儿昏厥过去。

“今天，你要融合第七十六颗到第一百颗，估计每次的疼痛程度都会超过之前的。”巴巴塔提醒道，“如果受不了，还是分几天融合血洛晶吧。”

“没事！”黑衣罗峰眼神坚定，“这点痛都受不了，还想成为不朽级强者？”

“别逞强，这可不是一点儿疼，若非你的意志强，早就魂飞魄散了。”巴巴塔再次提醒。

“我还没听说，融合血洛晶时，谁魂飞魄散过。”黑衣罗峰轻声说道，“如果承受不了，会直接昏厥过去，血洛晶也就会停止融合，不会有危险。而且，巴巴塔，我有感觉，融合一百颗血洛晶，将会发生奇迹。”

黑衣罗峰眼眸中有着一丝期盼：“开始吧！”

“唰！”机械族宇宙飞船内只剩下一颗原核，黑衣罗峰则进入了体内世界。

体内世界。

金角巨兽正缓缓起身，而黑衣罗峰突然出现。

“呼！”仿佛天柱般的右蹄爪缓缓伸出，伸到黑衣罗峰的身前。

“第七十六颗！”黑衣罗峰一翻手，就取出一颗三棱柱形的血红色晶体，放在右蹄爪掌心的鳞甲上。随着利爪划破鳞甲，第七十六颗血洛晶融合开始了……

“啊！”黑衣罗峰紧握拳头，咬牙站在那里，身体隐隐发颤。

“嗷呜！！！”金角巨兽痛苦得猛地一飞冲天，鳞甲翅膀扇动起来，在辽阔的金属大陆上空疯狂地飞舞，时而撞在一座座金属山脉上，肆意发泄着融合血洛晶带来的痛苦，许久后才停下。

“还好，感觉比上一次连续融合三十颗血洛晶要好一点。看来，我的意志又增强了一些。”黑衣罗峰暗松一口气，松开紧紧握着的拳头。

落下的金角巨兽抬起右蹄爪，同时驱动神奇之力，黑色的右蹄爪顿时变成淡金色的。

金角巨兽全身大多是黑色的，即使是四根尖角，也是因为密布着金色秘纹，乍一看呈金色，实则是金色和黑色混杂。

唯有右蹄爪整个都是淡金色的，而且拥有无尽力量。此外，这淡金色的右蹄爪上还有非常繁杂且无比绚丽的血红色秘纹，就算跟金角巨兽全身的金色秘纹相比，血红色秘纹的复杂程度也差距不大。

不过，就算是普通人，都能看出这玄奥的血红色秘纹有些缺失，并非完整的秘纹。

“感觉融合到第一百颗，便能让秘纹完整。”黑衣罗峰盯着巨大的右蹄爪上的血红色秘纹。

融合三颗血洛晶，血红色秘纹虽然简单却很完整。

融合十颗血洛晶，血红色秘纹繁复得多，依旧完整。

现在金角巨兽右蹄爪已经融合了七十六颗血洛晶……

“继续融合第七十七颗血洛晶！”

黑衣罗峰将一颗血洛晶放在金角巨兽右蹄爪的掌心。

第七十八颗、第七十九颗、第八十颗……

每一次融合血洛晶，对金角巨兽的右蹄爪的改造都很大，都令金角巨兽痛苦得想要死去。可是，骨子里的那种傲气和坚定如磐石一般的意志，令其一次次承受下来了。

疼！

第八十六颗、第八十七颗、第八十八颗……

古神废墟，巨坑之府，修炼室。

穿着青铜色战甲的罗峰跪着，十指仿佛钩子，紧紧地抓着岩石地面，紧紧咬着牙，青筋暴突，全身不断冒出冷汗，地面都被汗给打湿了。

罗峰狠狠一吐，吐出了碎裂的牙齿。

“疼！真疼啊！”

他的身体在颤抖，汗水透过战甲缝隙往外流。那种前所未有的剧痛完全作用在其身体上。

忽然，他猛地趴下，不断地喘着粗气。

“老天，总算扛过来了，感觉死过千万次一样，虚拟宇宙网络中100%模拟，死亡的疼痛感也被模拟出来了，可是死亡的疼痛不及这种疼痛的万分之一啊！”罗峰心中暗道。

单单地球人本尊就疼成这样，那作为直接承受体的金角巨兽会疼成什么样呢?

须知，这种疼痛是由金角巨兽的肉身作用在灵魂上的，它承受的疼痛最强烈……

“这才融合第九十颗，接下来要怎么扛啊？”罗峰简直无法想象。

之前承受的已经是他这辈子承受过的最可怕的疼痛，痛到意识都要崩溃，想昏迷以自我防卫了。

不过，罗峰心里很清楚，一旦昏迷，就代表这颗血洛晶融合失败。

上万亿公里外的虚空，机械族宇宙飞船的控制室中，那颗晶莹的原核正旋转着。

体内世界。

“第九十一颗！”黑衣罗峰深吸一口气，将一颗血洛晶放在金角巨兽的右蹄爪掌心。

金角巨兽低头看向血洛晶，暗金色的眸子中有着一丝心悸。

真的太疼了！

“哧！”利爪划过，鲜血流出，第九十一颗血洛晶开始融合。

“杀，杀！”杀戮意志疯狂地冲击着罗峰的意志。

每融合一颗血洛晶，杀戮意志就会有一次叠加，融合第九十一颗血洛晶时，杀戮意志丝毫不亚于之前煞气旋涡的煞气8倍浓度区域的杀戮意志，甚至更强。

“我心如镜，休想魅惑我，都滚出去！”罗峰的意志发出一声声怒吼，一次次拼命抵挡，总算让杀戮意志退却了。

“我总算扛过这一关了。”

此刻，不单单是改造金角巨兽右蹄爪时的剧痛无法忍受，就连杀戮意志也有点扛不住了。

不过，抵抗杀戮意志和抵抗改造身体的疼痛是不一样的。抵抗杀戮意志，抵挡住了，就是成功，没抵挡住，就是失败。没有什么疼痛，没有罪受。

可是，那种改造身体的疼痛是持续的，一阵接一阵，直至金角巨兽的右蹄爪完全完成改造，那种可怕的疼痛才会结束。

“天哪，又来了！”

黑衣罗峰身体一颤，直接跪伏在地，双手插入金属地面，咬着牙，死死撑着。

“嗷呜！！！”金角巨兽再次疯狂地嘶吼起来。

宛如经历一次又一次生死关头，他总算扛过去了。

“融合第九十二颗！”

要想成功，必须对自己狠。

罗峰继续让金角巨兽融合第九十二颗血洛晶。

天哪！融合第九十二颗血洛晶时，杀戮意志极强，简直无法抵抗。

罗峰拼命控制自己的意志，让意志凝聚。他咬牙坚持着，感觉意志都快要崩溃了。

终于，可怕的杀戮意志退去。但是，紧跟着又是持续不断的更可怕的疼痛……

……

“我怎么有种感觉……”黑衣罗峰拿起第九十三颗血洛晶，低声说道，“想融合第一百颗血洛晶会很难很难。”

“继续吧！”

当第九十三颗血洛晶和金角巨兽右蹄爪上的伤口碰触的瞬间，比之前还要凶悍得多的杀戮意志冲击着罗峰的意志。

那杀戮意志无穷无尽，而且强悍无匹，罗峰勉强抵抗了一次又一次。

“轰！”罗峰感觉到一阵眩晕，随即，三个身体全部陷入昏迷。

那杀戮意志攻破罗峰的抵抗后，迅速退回血洛晶中。

罗峰融合第九十三颗血洛晶，失败！

第523章

三十年后

昏迷之后，当杀戮意志退去，罗峰很快就恢复了清醒。

“失败了，竟然失败了。我早就料到要撑到融合第一百颗血洛晶会很难很难，可没想到，仅仅融合到第九十三颗，就失败了。”罗峰眉头紧皱，“那杀戮意志太强大，疼痛也太剧烈，这一切都说明，我的意志还不够强。”

罗峰错了。

要知道，连不朽神殿亿万年一出的绝世天才霸戚的意志也比罗峰差一大截，很多界主级巅峰强者的意志也远远不如他。所以说，罗峰的意志其实是很强的。

此次失败的真正原因是，融合血洛晶本身的难度很大，融合到第九十三颗更是难上加难。

在血洛大陆上，融合十颗血洛晶，就是传说中的黑武者了，每多融合一颗，对身体基因的某个特殊方面的要求就提高10倍。想要融合第九十三颗，实在太不现实了。

九十三颗血洛晶不断叠加的杀戮意志，很夸张。

“金角巨兽的右蹄爪是不能融合了，那它身体的其他部位呢？”金角巨兽将右蹄爪抓着的血洛晶放到了左蹄爪的掌心，随即直接划破左蹄爪的掌心鳞甲，伤口碰触血洛晶。

“轰！”血洛晶中的无形之力冲入金角巨兽体内，同时裹挟着金角巨兽体内潜伏的其他杀戮意志，迅速叠加到夸张的地步，直接冲击金角巨兽体内的罗峰的意志。

“轰！”

“怎么会这样？竟然跟右蹄爪融合血洛晶时产生的杀戮意志叠加了？”罗峰大惊。

“杀！”疯狂的杀戮意志再度冲击而来。

罗峰拼命坚持着，可在无尽的杀戮意志冲击下，依旧被碾压了。

他再度陷入昏迷。

那股无形之力回到血洛晶中，他才恢复了清醒。

机械族宇宙飞船，控制室。

那颗晶莹的圆球正在缓缓旋转，圆球表面的金色秘纹散发着金色光芒。

忽然，圆球所在的位置出现了黑衣罗峰。

“竟然失败了。”罗峰一屁股坐在沙发上，看着前方无尽的虚空。

“怎么了，罗峰？”旁边的巴巴塔问道。

罗峰将之前融合血洛晶的过程讲述了一遍。

“哦，难怪，恐怕血洛大陆的历史上都没有融合到第九十三颗的。要知道，即使是最高等的四品荒兽岐牛，能融合十多颗血洛晶就已经很厉害了。”巴巴塔安慰道，“罗峰，你别太在意，随着你的意志不断增强，以后还是能继续融合血洛晶的。”

“我不是在乎这个。”罗峰皱眉道，“只是，金角巨兽其他身体部位竟然也无法再融合血洛晶。”

“那是因为你抵抗不了杀戮意志。”巴巴塔也坐在旁边的沙发上，跷起腿，看着前方的无尽虚空，“血洛晶改造身体的血洛之力辐射范围有限，可是杀戮意志不同，可以辐射到金角巨兽身上的任何一个部位。当你想让金角巨兽的左蹄爪融合血洛晶时，那杀戮意志会直接勾动金角巨兽体内潜伏的所有杀戮意志，来一次冲击。”

罗峰微微点头。

每多融合一颗血洛晶，杀戮意志会不断叠加。即使融合血洛晶的身体部位不同，杀戮意志依旧会叠加。

“幸好，我之前将所有血洛晶都融合到了金角巨兽的右蹄爪上。”罗峰心中暗道。

金角巨兽的右蹄爪现在堪比撒手锏，无比可怕。如果他一开始就将血洛晶在其全身各个部位平均融合，可以改造身体七八次了。

可是，那样的话，金角巨兽的实力提升就很有限了，还不如直接造就一只可怕的右蹄爪。

“贪心不足蛇吞象，我已经碰到了莫大机遇，不可贪心。而且，只要我不断磨炼意志，相信总有一天能融合第一百颗血洛晶。我有感觉，融合第一百颗血洛晶，那繁复的血色秘纹肯定无比完美，到时候应该会有特殊的作用。”罗峰暗自思忖，“继续！三大身体各司其职。”他很快便调整好心情。

……

这血洛世界的任务一共有两个，第一个任务是得到一颗血洛晶，完成任务，即可得到1万积分奖励，第二个任务是成为血武者并且获得血洛勋章，可得到10万积分奖励。虽然说获得大量的血洛晶，没法多得到积分，但是血洛晶是血洛世界独有的，尽管所有域主级强者都有血洛晶，连一些宇宙级强者都会得到一颗血洛晶，但它的珍贵是毋庸置疑的。

“能弄到手，就尽量多弄点。血洛晶这玩意，应该比较贵。”

……

魔杀族分身继续狩猎之旅。

当然，赶路耗费了99.9%的时间，真正进行狩猎的时间是很短暂的。所以，除了狩猎外，乘坐机械族宇宙飞船赶路时，魔杀族分身都会进入体内世界，根据《飘血秘典》《时空随笔》中的秘法，去研究九宇混沌碑上面的细雨图。

金角巨兽则结合三幅远古图影，修炼撕天裂地秘法。

因为其右蹄爪的力量惊人，而且勾动了宇宙本源法则之力，令宇宙本源法则的威力振幅达到9倍左右。也就是说，动用和不动用右蹄爪，金角巨兽的实力有近10倍的差距。

金角巨兽本身就很强悍，实力再强10倍，那得强悍成什么样啊？

不过这种机遇很难得，毕竟想要融合九十二颗血洛晶太难了。

罗峰重点研究第三幅远古图影。

第一幅，怪兽一个飞扑、甩尾，将从天而降的巨大手掌给抽散了。

第二幅，怪兽低着头，金角对着前方，进行飞速冲刺。

第三幅，怪兽挥舞蹄爪，狠狠地拍击。

“金角巨兽的右蹄爪本来就强，再结合这一击，它研究撕天裂地秘法，着重研究‘撕天一爪’这一招。”

罗峰早准备将“撕天一爪”练成绝招。

金角巨兽的右蹄爪很强，当然得重点训练利爪的攻击。

强强结合，才更凶猛！

金角巨兽开始研究并参悟先辈们留下的撕天裂地秘法，追寻着远古怪兽那一爪的神韵，不断增强“撕天一爪”的威力。

……

地球人本尊经常去听不朽级强者们讲课，时而研究金、空间这两种宇宙本源法则怎么相互结合，同时长期在煞气浓郁的环境下改善自身身体。

当然，三大身体都在炼心。

金角巨兽靠偶尔尝试融合血洛晶，感受那可怕的杀戮意志的冲击，抵抗杀戮意志来磨砺自己。

魔杀族分身则通过战斗磨炼内心。

地球人本尊按照洪和雷神教的方法来磨炼本心，时而会去虚拟宇宙中和洪、雷神进行交流。有两位在内家拳、古瑜伽的心境修炼上都达到巅峰的人物指点，罗峰时而有所领悟。

……

参悟本源法则，研究秘法奥妙，磨砺心境。

在岁月长河中，罗峰不断地提升自己。

一晃已是三十年后。

浩瀚的血洛大陆，其中一座领地主城的城主府内，此时正是白天。

“竟然敢杀我儿，找死！”一道雄浑的怒吼声回荡在城池的上空。

而后，一道黑影唰地冲天而起，直接冲入云层中。

正是黑衣罗峰。

“天哪！这里竟然藏着一个界主级强者。”

黑衣罗峰的逃跑速度快得惊人。

“敢杀我儿，休想逃！”怒吼声直接传入罗峰的耳中，同时无形的世界之力瞬间压迫过来。

“嗖！”黑衣罗峰面前出现了机械族宇宙飞船，他当即飞速冲入机械族宇宙飞船中。

后方飞速追来，身穿金袍，浑身散发威严的中年男子看到机械族宇宙飞船冲天而起，不由得瞪大眼睛：“那是天外族人？！”

他连忙飞速朝上空追去，同时通过世界之力拼命压迫机械族宇宙飞船，奈何机械族宇宙飞船的速度实在是太快，瞬间便冲过了第十八云层。

中年男子站在第十八云层，仰头看着云气层，不敢再追去。

“那人竟然是天外族人！”中年男子的表情变得复杂，“此事必须通知神殿，天外族群又派人来我们血洛大陆了。”

机械族宇宙飞船在虚空中疾速飞行。

控制室内。

“真是够险的。”罗峰坐在沙发上，长舒一口气，“没想到，竟然有一个世界主藏在城内。世界主不散发气息，完全收敛，我根本没办法察觉。不过，他一动，我凭借对宇宙空间的感应，立即就察觉到他的存在了，幸亏我逃得快。”

魔杀族分身能施展出上万个幻身，从而使瞬间爆发的速度极为惊人，甚至比世界主都要快。当然，所谓的快，仅仅是起步快。一旦世界主速度飙升，会很快追上他的，所以当时罗峰先爆发出极限速度甩开对方，而后立即乘坐机械族宇宙飞船逃跑。

罗峰轻轻嘀咕："这一次事发，那世界主肯定会立即通知不朽神殿的人，不朽神殿派出人来查探，估计会发现一些蛛丝马迹，说不定会给我下套。嗯，反正这三十年我得到的血洛晶够多了，就此收手吧。"

三十年来，罗峰的魔杀族分身通过狩猎弄到了9816颗血洛晶。

罗峰觉得，该收手了。

第524章

修心的三重境界

虚拟宇宙，黑龙山岛屿，九星湾。

一个有着黑色短发的高大青年穿着休闲服，坐在那里，好似一杆欲刺破苍穹的长枪。而他的左手边坐着穿着白袍，面带笑容的光头青年，光头青年的笑容和煦，让人为之沉醉。

在这两人旁边，坐着一个略显精瘦的青年，身上隐隐散发煞气，整个人仿佛一把从血海中冲出的冰冷血刀。

“三弟，你的心境越来越走极端了。”光头青年摇头笑道。

“二哥，修心的境界我不如你，一时间我也看不透，那就继续走极端吧，这样也算是一种提高。”罗峰笑道。

他自己也察觉到了，这是因为长期待在太初秘境血洛世界的古神废墟中，数十年受到煞气的影响。

本来就冷酷，再受到煞气侵扰，金角巨兽分身又融合了那么多血洛晶，以至于罗峰在虚拟宇宙中都隐隐散发着煞气。

“走极端，终究算是小道。”雷神摇头。

“老二，”洪淡淡地道，“你不必强迫老三，在修心方面，老三也算是一个异数。能够将心境修炼到如此地步，不染一丝尘埃，不受一丝蛊惑，达到绝对的纯净，其实也是心境的一种提升。”

雷神闻言一怔，微微点头，旋即疑惑地道：“大哥，可是这终究……”

“嗯，别说了。”洪打断他的话，看向罗峰，“老三。”

“大哥。”罗峰笑着看向洪。

“我和你二哥在修心方面也指点了你很多，不过，修心和其他修炼完全不一样，这是一种心灵境界上的超脱。”洪笑着看向罗峰，“过去奥妙讲述了很多，今天我就从最高处给你划分一下境界。”

“嗯！”罗峰眼睛一亮。

“心是什么？心境又是什么？”洪微微一笑，“从武者修炼的角度，心其实就是意志，你的意志极为坚定，堪称一个异数，不过，就大境界而言，你仅仅算是达到修心三大境界中的第一个境界。”

“第一个境界？”罗峰一惊，“修心还有三大境界？”

“这算是我自己的归纳。在C国的文化中，心境的修炼一直很被看重，而各种对于内心的拷问、磨砺等等，其实都是直指本心，看透本心。所谓‘菩提本无树，明镜亦非台，本来无一物，何处惹尘埃’，其实都是直指本心，明心见性的一种修心境界。”

罗峰眉头微皱。

“你现在心如明镜，不惹一丝尘埃，心志如刀，斩掉一切阻碍，已经算是将直指本心，明心见性的修炼达到极高的地步。”洪感慨道，“你现在依旧不断地修炼心境，让自己的意志更加坚定，可再怎么坚定，只能算是第一境界。”

“那第二境界呢？”罗峰问道。

“简单来说，就是天人合一！”洪指向旁边的雷神，“你二哥算是达到了第二境界。”

“什么叫天人合一？”罗峰追问。

“天人合一，心境大圆满。何为大圆满？阴阳相合道自生。何为阴阳相合？你的修炼直指本心，追求极致，这算是走极端。所谓阴极阳生、阳极阴生，单单走极端或许能提高，可阴阳相合才是真正的圆满。比如为人处世，需要方圆结合，该刚则刚，该柔则柔。

“心境也是如此，该强悍如刀，就该强悍，而该温柔如水，就该温柔如水，所谓抽刀断水水更流，水永远斩不断。论防御力，水比坚硬的盾牌都强。阴阳结合，天人合一，心境大圆满，这种理想高度的圆满又称赤子之心，已经算是理论上的巅峰了。你二哥就达到了如此境界。”

罗峰听了，连忙问道：“心如刀，我懂。可是，心如水是什么意思呢？”

“我可以把道理说给你听，境界却是说不明白的。”洪笑着摇摇头。

“第一重境界是直指本心，明心见性，看透一切虚妄。第二重境界是阴阳相合，天人合一，葆有赤子之心，心境大圆满。第二重境界都达到理论巅峰了，那第三重呢？”

旁边的雷神笑道：“大哥算是摸到第三重境界的边了。”

洪点点头，道：“就连我，也仅仅摸到第三重境界的边。心空灵无边，可无限大，心可包容一切。”

“大哥，你的意思是？”罗峰问道。

“说是说不清的。”洪淡然一笑，“这么跟你解释吧，第二重境界的阴阳相合如果算是天人合一，人和天地达成和谐，那么第三重境界就是心无限大，包容天地，包容无限宇宙，包容一切。”

罗峰闻言一惊。

一切皆可包容？！

“第三重心境如果成了，就算是再厉害的强者都影响不了我。”洪笑道。

“天哪！这也太强了吧！”罗峰瞪大了眼睛。

旁边的雷神笑道：“天人合一，赤子之心，不管是在古瑜伽，还是C国古文化中，都算是理论极限。而大哥这个境界在C国古文化的历史上有人提过，至于有没有人达到，不知道。”

罗峰看向洪，更加佩服了。

修心有三重境界：第一重，直指本心，明心见性。在很多佛家和道家的典籍中，算是得道的一种表现了。第二重，天人合一，赤子之心。这已经算是理论巅峰了。第三重，心无限大，包容一切。这有点不可思议了。

“大哥，第三重心境怎样才能达到？”罗峰忍不住问道，“我隐约碰到了第二重心境，却始终没能悟透。”

修心，全凭一心。罗峰的明心见性堪称达到极限，的确有些明白阴阳相合的道理。

“无法说清，我也是看了一些书，经历了一些事情，才有所领悟。”洪笑道，“有句俗语叫‘无欲则刚’，古代还有一句话是‘夫唯不争，故天下莫能与之争’，其实我们C国古文化中蕴含着很多修心的大道理，这两句话算是对我摸到第三重心境的边有了启迪。”

“无欲则刚？夫唯不争，故天下莫能与之争？”罗峰眉头紧锁，“这两句话蕴含的道理很简单，我懂，可你的意思是……”

“C国文明璀璨，有无数风流人物，能达到天人合一，有一颗赤子之心的，都是古之圣贤。你先达到第二重境界再说吧。”洪笑了，“哦，我倒是有一个建议，你可以阅读一些C国古书，或许有所帮助。”

“嗯。”罗峰轻轻点头，忽然心中一动，“魔杀族分身到了！”

魔杀族分身乘坐机械族宇宙飞船在血洛世界外的虚空中疾速飞行，经过好几个月的时间，总算回来了。

血色的云层中，一道人影瞬间穿过数千公里，落在巨坑边缘。

随即，人影一闪，就进入了巨坑。

巨坑之府。

穿着青铜战衣的罗峰从石床上站起来，遥看前方的洞口，只见一道人影出现。

正是魔杀族分身。

魔杀族分身留下十颗血洛晶，随即再度悄悄离去，直接穿越第十八云层，乘坐机械族宇宙飞船，悬停在血洛世界外面的虚空中。

为了安全起见，罗峰让魔杀族分身带着原核待在虚空中。

“总算有血洛晶了。”罗峰收起十颗血洛晶，脸上露出一丝无奈的笑容，“上次我将血洛晶全部给金角巨兽去融合了，一颗都没留下，我的地球人本尊都没有血洛晶可以融合了。”

整整三十年，他一直承受着煞气对身体的改造，却根本没有机会尝试融合血洛晶。

“试试吧，看能不能融合第三颗。”罗峰拿出一颗血洛晶。

地球人本尊早就融合过两颗血洛晶，三十年后，再度尝试融合第三颗血洛晶。

“哧！”手掌被划破，血洛晶放在伤口上，杀戮意志冲击罗峰的意志。

“和金角巨兽融合血洛晶时相比，这点杀戮意志简直弱得可笑。”罗峰感叹不已。

随即，他感到全身发生了变化，疼痛感传来，身体被改造。不过，对于经历过融合九十二颗血洛晶的他而言，此刻地球人本尊融合第三颗血洛晶的疼痛真的不算什么。

血丝能量不断灌入他的体内，血洛晶变得越来越透明。

“啪！”罗峰的胸口突然响起了胸骨断裂声。

“竟然失败了。”他看着手掌上近乎透明的血洛晶，大量血丝能量回流，血洛晶很快恢复原样。

“果真越融合就越难，我之前在古神废墟中待了两年，就融合了第二颗血洛晶。可现在待了整整三十年，却无法融合第三颗血洛晶。”罗峰摇头，“看来金角巨兽的身体基因比人类的基因完美得多，至少某些特殊方面非常优越。”

虽然失败了，但是罗峰丝毫不恼，反而很期待。

“看情形，我融合第三颗血洛晶还是有希望的。成为血武者，得到血洛勋章，我回去就能得到10万积分。”

第525章

煞气旋涡

地球人本尊融合第三颗血洛晶失败，罗峰丝毫没有气馁，而是继续潜修。

在古神废墟充满煞气的环境下潜修，虽然是为了融合血洛晶，但是他的主要精力还是花在参悟九宇混沌碑的细雨图方面，前9种玄妙在混沌城中就悟透了，可中间的27种玄妙要深奥得多。

“来到血洛大陆三十年，进步虽大，真正悟透的基本玄妙却极少，血洛晶不过是辅助，心境也是看不到摸不着的，宇宙本源法则才是真正重要的。这三十年来，金角巨兽分身结合三幅远古图影，参悟撕天裂地秘法，在感悟金之本源法则方面的进步速度是大大超越了魔杀族分身的。”罗峰随即盘膝坐在石床上，“嗯，我的地球人本尊也将精力都花在研究细雨图上吧。”

时间、空间这两种宇宙本源法则是极难领悟的。

罗峰地球人本尊的衍神兵是金、空间这两种宇宙本源法则结合的念力兵器，罗峰在感悟金之本源法则方面的进步速度太快，造成感悟空间本源法则方面跟不上，只能让地球人本尊和魔杀族分身一起研究空间本源法则了。

宇宙浩瀚无边，在无尽的宇宙中，短短数十年，不过是一瞬罢了。

一些强大的存在一闭眼一睁眼，恐怕就是千万年，乃至上亿年。

转眼，罗峰进入血洛世界已经超过八十年。

虚拟宇宙，雷霆岛。

穿着碧绿色战甲、身材窈窕的女子，正站在雷霆岛边缘的一块礁石上，礁石前方就是不断流转的电光。

忽然，一道人影从远处疾速而来，落在巨型礁石上。

正是身穿金色战铠的猿人壮汉真衍王。

“珑玉，你找我？”真衍王笑着问道。

“嗯。”珑玉王点点头。

“什么事？”

“关于你的徒弟，罗峰。”珑玉王清脆的声音响起。

“哦？”真衍王惊讶得很，“你怎么关心起我的徒弟来了，我这徒弟现在是宇宙级强者，还没真正去外界闯荡过，他现在是什么情况，你应该清楚。”

珑玉王摇摇头，道：“说清楚是清楚，说不清楚，也一点不清楚。”

“直接说吧。”真衍王道。

“实话跟你说吧。”珑玉王微微一笑，“罗峰的进步很大，就连我们虚拟宇宙公司的管理层都注意到了。特别是他刚从混沌城出来，就连闯幻境海中的九座岛屿，一直闯到第十座岛屿才失败，他的意志和意识很是惊人。”

“哈哈……”真衍王得意一笑，“我这徒弟虽然仅仅达到宇宙级，灵魂没有真正地蜕变，达到不朽级，但是，单单论意志，恐怕很多本质发生跃迁的不朽级强者都不如他。”

“这个我当然懂，否则也不会引起上面的重视。”珑玉王郑重地道，“而且，近八十年前，罗峰就闯过了通天桥第六层，赶上了伯兰的参悟进度……”

“伯兰那个小子是自讨苦吃。”真衍王说道。

“不说其他，罗峰的进步速度的确很惊人。”珑玉王表情严肃，“而且，他参加的那一届天才战是九剑尊者主持的，将来他成为不朽级强者，自然就归属于九剑尊者的麾下，九剑尊者对他也很看重。不过，他接了血洛世界的任务后，近八十年都没回来，一直待在血洛世界。”

真衍王微微点头。

“近八十年来，他没有再闯通天桥，也没有再闯幻境海。”珑玉王眉头紧皱，“除了偶尔跟你接触外，他就听听那些不朽级强者讲课。其他天才进步都不小，或者做了很多修炼任务，有些甚至做满了十个任务，唯有罗峰依旧待在血洛世界。据得到的情报，他那艘机械族宇宙飞船一直停在虚空中，所对应的方位正是血洛世界的古神废墟。”

“古神废墟有多危险，你很清楚。”珑玉王顿了顿，继续说道，“那是整个血洛大陆最危险的地方，当年我们虚拟宇宙公司在那里陨落了多少强者啊！特别是古神废墟的煞气，那是整个宇宙中独有的特殊煞气，假如罗峰不小心在煞气浓度极高处，意志被杀戮意志攻破了，那就会变得呆滞，等于是死掉了。”

“这些年来，他一直都跟你有联系，所以我希望你将他在血洛大陆的情况都告诉我。”珑玉王郑重地道，“真衍，说实话，冒险归冒险，可不能冲动地去冒险，你也不能拿你弟子的性命开玩笑，他毕竟只是达到宇宙级的小家伙。”

“这八十年来，他没做什么，只是在参悟本源法则。”真衍王笑道。

“那他参悟得如何？”珑玉王追问。

因为罗峰没有闯通天桥，所以他参悟本源法则的进度，别人都不知道。

“还行吧！前36种玄妙，他悟透了35种。”

真衍王虽然是很自然地说出这句话的，脸上却满是得意的表情。

“悟透了35种玄妙？”珑玉王大吃一惊，“怎么会这么快？不可能。在混沌城的三十年里，他不过悟透最浅显的9种玄妙。一般来说，在混沌城参悟的速度比在外界要快10倍，照你这么说，在外界，他平均三年就悟透一种玄妙，而且是比前9种玄妙更深奥的。”

“当然有可能。一，他有我的指点；二，他有《时空随笔》可以借鉴、参悟；三，他融合了血洛晶，参悟的速度提高了。”真衍王看着珑玉王，笑着道，“而且，他的确是个天才，随着他的实力不断增强，悟性也大大提高了。”

血洛大陆，古神废墟，巨坑之府。

罗峰睁开眼睛。

八十年了，他来到血洛大陆足足有八十年了，随着时间推移，煞气对身体改造的效果越来越弱，不过，至少目前还是处于提升状态，可离融合第三颗血洛晶总是还差一点。

“这八十年，我感悟空间本源法则的进步很大。”罗峰感叹道。

他一开始都没敢想，自己竟然能悟透35种玄妙。

混沌城三十年，相当于原宇宙一百年，他仅仅悟透9种玄妙。可在原宇宙八十年，他竟然悟透了另外26种更深奥的玄妙，这种进步速度的确不可思议。

罗峰之所以进步很大，有参悟《时空随笔》中的秘法的缘故，也有真衍王指点的缘故，还有金角巨兽驱动神奇之力，增强近9倍与宇宙的契合度后感悟空间法则的缘故。

到了后期，连金角巨兽都参悟了空间本源法则。这是因为在修炼撕天裂地秘法、参悟远古图影，修炼到第三十九年时，金角巨兽感悟到那怪兽施展出的一爪不单单蕴含金之本源法则，还蕴含了空间本源法则。

为了研究出真正的绝招“撕天一爪”，金角巨兽分身其实是以研究远古图影为主，修炼撕天裂地秘法为辅。因为那三幅远古图影都深不可测。

正是因为那一爪也蕴含了空间本源法则，所以金角巨兽开始参悟空间本源法则了。

三大身体同时参悟空间本源法则，各种感悟相互对照，特别是研究远古图影，收获良多，令罗峰的感悟跨入了新的阶段。

而且，罗峰发现，心境的提升，心灵的清澈明净，也使得自己在参悟本源法则时，能迅速捕捉脑海中一闪而逝的灵光。从一定程度上来讲，算是悟性的一种提高。

“估计再过几年，我就能悟透第36种玄妙。”罗峰的脸上有着一丝期待。

“我在修炼撕天一爪方面的速度这么快，准确地说，跟远古图影的关系最大。”罗峰心中很是好奇，“那简单的蹄爪一击竟那般深不可测，简直不可思议。”

地球人本尊去研究那一爪，根本没什么用，可金角巨兽在研究撕天裂地这一辅助秘法时，特别是看那远古图影，觉得那一爪包容万象，深不可测，越参悟就越觉得自己所悟的还很浅薄。

“那怪兽到底是什么实力？”罗峰脑海中浮现这个念头。

随即，他不再多想，直接朝洞外走去。

沿着通道，很快走到山壁边缘，他遥看前方无尽的红色煞气。

“半年前，我尝试闯煞气旋涡，在9.5倍煞气浓度区域，也就是距离旋涡核心不足百米的地方最终停下来了。”罗峰心中有着期待，“我感觉现在比半年前有所进步，不知道能不能冲进煞气旋涡的核心。”

“嗖！”罗峰直接俯冲而下，朝无尽深渊的煞气中飞去。

这些年，参悟之余，罗峰经常会尝试闯闯煞气旋涡，不过每次都不敢冒险，因为他清楚冒险的代价，很可能会疯魔，生不如死。

片刻，他便进入了庞大的煞气旋涡。

“轰隆隆——”巨型煞气旋涡不断地旋转着，引得远处的煞气滚动，旋涡核心则如一颗红色的太阳。

而穿着青铜战甲的罗峰步入煞气旋涡深处，不断地朝煞气旋涡核心靠近。

“我真的很好奇，煞气旋涡核心到底有什么。”

罗峰抵抗着越来越强的杀戮意志的侵袭，不断靠近那颗耀眼的红色太阳。

第526章

旋涡核心

巨大的煞气旋涡隐隐散发着古老的气息，那股古老的气息自然魅惑心灵。

“来吧，孩子！

“来吧！到我这里来吧！”

那强大的杀戮意志一次次撞击罗峰的意志，罗峰在意志受到影响时，又受到那无形的诱惑。

罗峰逐渐朝煞气旋涡核心靠近，同时咬牙抵抗着。

“我的，就是我的！

“一切外来意志全部破碎吧！”

罗峰的意志很坚定，一次次抵挡住那些诱惑，根本不受侵扰。

他越靠近煞气旋涡核心，杀戮意志和诱惑就越强，他自然更加谨慎。

距离还有50米、40米、30米、20米、10米……

红色球体就在眼前。

它就是巨大煞气旋涡的核心。

古老的气息弥漫开来，令罗峰有一种蚂蚁面对神龙的感觉。

“我就算是蚂蚁，也是能击杀神龙的蚂蚁。”

罗峰瞬间摒弃心中自然而然生出的敬畏，同时一步跨入耀眼的光芒所形成的巨大的红色光球内。

煞气旋涡核心区域恢复了平静，再也看不到罗峰的身影了。

煞气旋涡核心。

罗峰缓缓向前飞行，却感觉到杀戮意志不断地减弱。

“靠近红色光球时，杀戮意志最强，进入红色光球后，杀戮意志反而不断减弱。”

罗峰以比普通人走路还要慢的速度缓缓飞行，飞行了约有30米的距离，眼前依旧是浓烈的红色。

“噗！”罗峰穿过红色光球的外层，便看到了眼前的一幕。

一个个穿透人心的音符在罗峰的意识中不断响起。

那是没有任何规律的古老音符，每一个音符都蕴含着一种至高的古老气息。

罗峰震惊地看着眼前的场景，这红色光球的内部竟然是空的，没有一点红色煞气，却有着一道道足足有手臂粗的金色秘纹，每一道金色秘纹都无比复杂。

一共有12道数百米乃至近千米长的金色秘纹，它们相互纠缠，盘旋在这个空间中。一股股让人心悸的气息从这些金色秘纹中散发出来。

同时，12道巨大的金色秘纹还散射出金色光线，笼罩了这片区域。

金色光线缓缓流转，令周围仿佛圣境。那流转的金色光线之中，不断浮现出三幅图影。第一幅图中，一头类似巨型蜥蜴的怪兽，头上长着尖角，昂着头，看向天际。巨大的手掌从天而降，直接抓向怪兽，那古老怪兽直接飞扑，同时它那长长的尾巴瞬间就抽在那巨大手掌上。

正是罗峰见过的那三幅远古图影，不过，此刻身处煞气旋涡核心，那12道巨大的金色秘纹散发出来的光芒自然形成更加清晰的图影。

每一幅图影时而浮现，时而消散。在整个空间内，三幅图影仿佛在水面上，不断地旋转着……

原始的野兽声音似乎穿越亿万年时空，隐隐在他的耳边回荡。

“天哪！”罗峰瞪大眼睛。

“法则秘纹，这就是法则秘纹。”

罗峰从来没有这么清晰地看过法则秘纹。不管是在混沌城见过的秘纹，还是念力兵器上的秘纹，都非常微小，而且简单，而眼前的12道秘纹有手臂粗，看似简简单单，可每一道秘纹都纠缠着微小秘纹。

“这是空间法则秘纹！部分空间法则秘纹！”

罗峰的目光落在那三幅不断浮现又消失的远古图影上面。

不同于之前看到的模糊的远古图影，这次看到的图影是无比清晰的，甚至能清晰地感觉到那远古的怪兽攻击时的意境。

“先记下这三幅图影，然后研究上面的法则秘纹。”

罗峰死死地盯着其中有着“撕天一爪”招式的图影，运用堪比光脑的意识运算，不断记忆着。记录下一段视频很简单，可是，他需要记下那个意境，还有那股玄奥的气息，好让自己将来参悟。

他研究“撕天一爪”近八十年，脑海中早就有了清晰的“撕天一爪”图影。此刻，他根据原版“撕天一爪”修改自己过去的一些记忆。

罗峰心里很清楚，自己还没有成为不朽级强者，自己的“撕天一爪”的威力肯定比远古怪兽要小得多，所以不能骄傲，要低调一点，向远古怪兽学习。

他全身心地记录着“撕天一爪”招式的远古图影时，却没发现，身体遭到金色光线的照射，虽然没有煞气侵袭，但是全身的每一个细胞都在发生着翻天覆地的变化。

如果说在煞气的侵袭下，身体的细胞变化很缓慢，此刻却是加速了百倍乃至千倍。

记忆“撕天一爪”招式，耗费了很长的时间，当他闭上眼睛，记忆中清晰地浮现出那一幅远古图影时，他不由得暗叹一声：“我的感悟还不够深，这应该是我记忆的极限了，无法将意境、气息记忆得更加深刻。”

随即，罗峰又看向另外两幅远古图影。

修炼撕天一爪，耗费了罗峰大部分精力，其他两大绝招耗费的精力少，感悟浅，所以全身心去记忆了没多久，就无法再深刻记忆了。

在罗峰的记忆中，三幅远古图影宛如被深深刻录，撕天一爪的意境最深远，其他两幅远古图影也有着古老的气息，却明显浅薄不少，主要是因为罗峰没法再记忆得更深刻。

“嗯，总算完整记忆下来了。”罗峰露出兴奋的笑容，“这远古图影是人类无法参照学习的，对金角巨兽的益处却大得很。金角巨兽参悟了，对本源法则的理解加深了，等于是地球人本尊对本源法则的感悟提升了。”

三大身体相互促进，进步当然很快。

“咦，我的身体……”注意力回归的罗峰，瞬间发现了身体的变化。

他全身的每一个细胞都在不断地发生着变化。

“这种变化跟煞气侵袭身体时的变化一模一样。”罗峰又惊又喜，“不过，速度好像快千倍。在这里待一天，能抵得上在外界待几年。”

罗峰心中狂喜。

当即，他默默悬空而立，观看那巨大的12道金色秘纹。那12道金色秘纹看似简单，却比在混沌城真衍王公开讲课时演练的秘纹要复杂、深奥得多。

罗峰看了许久，一头雾水。

“感觉像空间本源法则，可又有点金之本源法则的味道。仔细一研究，却又什么都不是。”罗峰很是疑惑。

真衍王讲解，有时候会演示数百乃至上千道秘纹，罗峰至少能精通部分，此刻却都看不明白。

“繁复的极限便是至简吗？”罗峰观察了金色秘纹两天，忽有所悟，“看来，我感悟本源法则的层次和这巨大金色秘纹蕴含的玄妙的层次相差太大，就好像当初观看九宇混沌碑上面的第七幅图到第九幅图，完全看不懂一样。我现在也看不懂这些金色秘纹。”

金色秘纹蕴含无尽的玄妙，可对罗峰一点用都没有，他甚至无法记忆下那股隐隐散发的气息，只能靠意识强行记住简单的图片而已。

时间一天天过去。

在煞气旋涡核心中，遭到金色光线的照射，罗峰身体的改造速度不断地减慢。

他清楚地感觉到，就要达到自己身体承受力的极限了。

“我这地球人本尊若能像金角巨兽那般强悍就好了。金角巨兽都没受到煞气侵袭的影响，连续融合了九十七颗血洛晶。”罗峰暗道。

这八十年来，罗峰不管在感悟本源法则方面，还是修心方面，都有着惊人的进步，所以才能闯进煞气旋涡核心深处。而金角巨兽的右蹄爪也有所进步，现如今总共融合了九十七颗血洛晶。

许久后，罗峰身体深处的细胞终于停止变化。

“已经达到极限了。”罗峰心中暗道，“我在这个煞气旋涡核心待了近一个月，如果在外界，最起码要百年才能让身体达到饱和。不知道我现在能不能融合第三颗血洛晶。嗯，回洞府后试试看。”

他看了一眼悬浮在空中的巨大金色秘纹，随即转头直接冲进红光层中，朝煞气旋涡外围迅速飞去。

第527章

拜见霸戚

罗峰化作一道青色流光，直接飞入岩壁上的洞口，进入巨坑之府。

“在那个煞气旋涡核心，受到金色光线照射近一个月，我的身体已经达到饱和。”罗峰直接飞到石床上，而后盘膝坐下，眼眸中有着一丝期待，“希望能够成功融合第三颗血洛晶，如果这次再失败，就再也不可能融合成功了，毕竟我的身体改造已经达到极限，无论是煞气，还是效果更好的金色光线，都对我的身体无效了。”

他深吸一口气，一翻手，手掌中便出现了一颗血红色的三棱柱形晶体。

虽然见过血洛晶成千上万次，但每次看到，他都忍不住为它沉醉。

“太绚丽了！这是宇宙中的瑰宝！”

罗峰轻轻划破左手手掌，掌心出现了一道伤口，鲜血流出，碰到了血洛晶，顿时，一股无形的杀戮意志直接冲击他的意志。

不过，他的地球人本尊仅仅融合过两颗血洛晶，叠加产生的杀戮意志不是很强，对他而言根本不算什么。

“嗯？”罗峰眉头一皱。

他盘膝坐在那里，身体不受控制地抽搐，肌肉虬结，青筋暴突，皮肤表层开始浮现鳞甲……

剧烈的疼痛感出现了。

金角巨兽已经融合了九十七颗血洛晶，这点痛罗峰完全能够强忍住。

时间一分一秒过去。

那颗血洛晶流出血色丝线，血色丝线不断地融入罗峰体内，渐渐地，血洛晶的颜色越来越浅，片刻后，血洛晶变得完全透明，随即，化为气流，融入罗峰的身体中。

“成功了！我终于成功了。”

当罗峰感觉到手掌中的血洛晶完全融入体内，身体异变开始减弱后，不由得惊喜若狂。

实力大大提升，对宇宙本源法则的感悟加深，这是一个方面，另外一方面是他可以得到很多积分。

虚拟宇宙公司的积分非常珍贵，就拿这次血洛世界的任务来说，第一任务是得到1颗血洛晶，奖励1万积分，可这种机会只有一次。也就是之后就算得到10万颗血洛晶，也无法得到更多积分，因为这个修炼任务只奖励1万积分。

毕竟对宇宙级强者而言，夺得血洛晶或许很难，可是，对于不朽级强者，乃至真衍王那样的强者来说，都能够施展瞬移了，夺取血洛晶不是难事。

“不过，我觉得很奇怪，虚拟宇宙公司一直宣称血洛晶是珍贵的宝物。可是，血洛世界中有千万个世界城，每一个世界城管辖的范围内都有很多领地，存在很多域主级强者，几乎每个域主级强者都有血洛晶，显然，血洛晶的总量非常庞大。可是，我在虚拟宇宙公司的宝库中搜索过，宝库中根本没有血洛晶。”

在浩瀚宇宙中，唯有这秘境中的血洛世界出产血洛晶，就算在血洛世界中，血洛晶也是很受重视的，毕竟血洛晶稀少，宝库却不给兑换。

“血洛世界的任务是宇宙级强者修炼任务。”罗峰心中暗道，“域主级强者就要出去闯荡，担任一方世界的封疆大吏，界主级强者更是要经历生死磨炼，以后恐怕都不会有机会进入血洛世界。还好，这次我弄到了九千多颗血洛晶。”

罗峰的潜意识中觉得血洛晶应该属于禁物，而且被虚拟宇宙公司垄断了，连他这个太初秘境成员都无法兑换血洛晶。

“有机会的话，回去查看一番。嗯，我先看看，融合三颗血洛晶后的情况。”罗峰不再多想，开始驱动体内的那股神奇之力。

顿时，他赤裸的胸膛上浮现出了血红色秘纹。

“好美妙！”

罗峰闭上眼睛，隐隐感觉到无限宇宙深处的各种本源法则波动，金、木、水、火、土、风、光线、雷电、空间、时间这些宇宙本源法则的波动都清晰了许多。

“我感悟到的本源法则的清晰程度提高了约一倍，施展本源法则的威力也提高了一倍。”罗峰暗道。

提高一倍，就等于实力是过去的两倍，相当于实力直接高了一阶。

“感悟能力提高，感悟本源法则的速度更快。”罗峰暗自赞叹，“难怪血武者很受重视，能被虚拟宇宙公司选中的，个个都是绝顶天才，感悟能力提高一倍，蕴含的本源法则之力再提高一倍，这还得了？虚拟宇宙公司给10万积分奖励很正常。”

“再试试看，看能不能融合第四颗血洛晶。而且，我的意志也强了一些，现在就让金角巨兽尝试融合第九十八颗血洛晶，看看能不能成功。”罗峰此刻充满期待。

……

片刻后。

罗峰地球人本尊融合第四颗血洛晶刚刚融合一半，便失败了。

金角巨兽融合第九十八颗血洛晶，意志坚持了许久，眼看就快成功了，最终却被杀戮意志摧毁了。

“哈哈，人不能太贪心。”罗峰依旧心情愉悦，忽然从石床上站起，“估计再过十年八年，我的意志或许就能扛住融合第九十八颗血洛晶时的杀戮意志的冲击了。”

不急，他的寿命是人类界主的10倍，融合一百颗血洛晶这个目标，总有一天会实现的。

“第二个修炼任务是融合三颗血洛晶，成为血武者，得到血洛勋章，而后才能得到奖励的10万积分。每一个血武者随便去一个世界城当世界主，一般都能领取血洛勋章。血神霸戚就是世界主，估计他就随身带着血洛勋章。”

罗峰不想再等待，继续待在古神废墟，对自己的身体再无益处，而且虚拟宇宙公司总部那里还有很多事，是离开血洛世界的时候了。

他当即出发去领取血洛勋章。

“嗖！”罗峰飞出洞口，而后疾速下坠。

深渊深处。

“来人是九十七？”

岩壁凸出的平台上盘膝静坐的人睁开眼睛，看了远处一眼：“阿二，你觉得九十七怎么样？”

“这么多年，他一直待在巨坑内，最多是朝煞气旋涡靠近。”另外一道声音穿过近万公里，在阿一耳边响起。

血神卫的通信护腕起到监控作用，只要血神卫在血洛大陆的范围内，都能通过通信护腕知道其位置。因为血洛大陆极大，所以通信护腕上面的每一个坐标精确度大概在100公里左右。

对于强者而言，精确度能达到100公里就足够了，因为只要在100公里范围内，以界主级强者、域主级强者的能力，都能瞬间发现目标。

不管是血神霸戚，还是血神卫的两位队长，通过通信护腕都发现，罗峰曾靠近煞气旋涡。因为坐标有100公里的误差，他们都不知道，罗峰进入过煞气旋涡核心。

“多年来，他能够在这里潜心修炼，不做其他事情，我觉得我们可以初步信任他。”

“嗯，确实可以初步信任他。”

深渊的底部极为宽阔，一座血色宫殿屹立在煞气的迷雾中。

一道青色流光落在宫殿前，而后变为一人，那人直接步入宫殿，同时恭敬地道：“血神卫九十七，欲拜见血神大人。”

“等一下。”宫殿内发出一道声音。

罗峰心里很清楚，那是智能光脑的声音，便在大殿内静静等待。

血神霸戚在潜修，是禁止别人打扰的，想要见他，最好经由智能光脑通禀。

“我在第五层，过来吧。”一道雄浑的声音在罗峰耳边响起。

“是！”罗峰沿着楼梯，迅速朝上方前行。

片刻，他就来到了血色宫殿的第五层。第五层的大小堪比第一层大殿。不过这一层的殿厅的装饰比第一层多了一点人味，周围墙壁上的装饰和地面上铺就的华贵地毯，使用的都是经百万年而不腐朽的材质。大殿之上有一个漆黑的王座，上面坐着散发浓郁煞气的超级强者。

伟岸的身影，血红色的长袍，还有一头血色长发。

正是血神霸戚。

在大殿下方，临近王座的位置，站着无比高大的荒兽岐牛。荒兽岐牛虽然在王座之下，但是因为体积庞大，它的背脊比血神霸戚还要高一些。

“拜见血神大人，拜见岐牛大人。”罗峰单膝跪地。

“九十七，你有什么事？”血神霸戚高坐在王座上，俯瞰下方，冷冷地道。

“大人，我已经融合了三颗血洛晶。”罗峰恭敬地道，“我从小就梦想着成为血武者，得到一枚血洛勋章。我来见你，是想要领取血洛勋章。”

“哦？”血神霸戚猛地站起身来。

旁边的荒兽岐牛鼻孔中喷出两股炽热的气流，气流直接掠过罗峰。

“融合了三颗血洛晶？”血神霸戚有些惊讶。

他早就看出这新收的血神卫天赋极高，没想到，竟然这么快就融合了三颗血洛晶，他很是惊讶。

有些人能融合四五颗，乃至七八颗血洛晶，比如血神霸戚，可是，需要身体长期受到煞气改造。

“是的。”罗峰的青铜战衣自动裂开，露出胸膛。

与此同时，他催动体内的血洛之力，胸膛上顿时出现了血红色秘纹。

看到简单且完整的血红色秘纹，霸戚顿时眼睛一亮，难得地露出笑容：

“九十七，很好！”

“轰！轰！”荒兽岐牛的鼻孔中喷出两股炽热的气流，同时发出浑厚的声音，“很好。”

第528章

不朽神殿

宫殿中，血神霸戚朗声笑着，而后从王座上方走了下去。

而罗峰依旧单膝跪着。

“嗯！”霸戚越看罗峰越是满意。

血洛世界和宇宙是不一样的，宇宙中的虚拟宇宙公司等超级巨头势力是培养天才，让天才们竞争，可是，是尽量从保护的角度去培养。

而血洛世界不同，血洛大陆上有上千万个世界城，无数的世界主，彼此攻伐。即使是天才，即使再了不得，也必须经过各种大战，才能一步步走上巅峰，所以霸戚才会招纳精英，建立自己的血神卫，这是他打天下的资本。

现在他躲在这里修炼，但是，一旦他公开现身，权力、地位等都必须靠自己去争夺。

血洛大陆崇尚力量，崇尚强者。

“九十七，你达到云霄级九阶，就能击杀领域级一阶血魔。现在你融合了三颗血洛晶，进步速度肯定更快。你的天赋极高，在我们不朽神殿招纳的天才中，也算是顶级的。”霸戚自信满满地道，“你在我的麾下，得到的好处，绝对不比神殿培养的天才们少。你对我忠心，我自会以诚待你。”

“多谢大人，属下定当尽心尽力，为大人效劳。”罗峰朗声说道。

霸戚听到这番话，脸上的笑容更盛。

“哈哈哈哈……”霸戚畅快大笑，笑声在宫殿中不断回荡。

宫殿三层静修的血神卫们听到笑声，不由得抬头看向上方。

他们都很好奇，血神大人为什么这么高兴。

霸戚扶起罗峰。

“好好努力。”霸戚笑着看向罗峰，“先突破到领域级。至于血洛勋章，我还没有占领世界城，当初带的血洛勋章早就发完了。”

“呃。”罗峰闻言一愣。

也就是说，霸戚现在手里没有血洛勋章？！

“哈哈，你这小家伙，听到我没有血洛勋章，表情都变了。”霸戚笑着说道，“你的心思我明白，我也是听着血武者、黑武者的传说长大的，努力想要成为血武者、黑武者，努力想得到血洛勋章。对于得到血洛勋章的人而言，也就一枚勋章，没有什么意思。而对于没得到的人而言，那却是追求千万年的目标。”

“你放心，我会通知不朽神殿那边，请不朽神殿的人再给我一些血洛勋章。”霸戚笑着看向罗峰，“慢则十天，快则六天，不朽神殿那边会派出使者将血洛勋章送过来，到时候我再给你。”

“多谢大人！”罗峰感激地道。

“哈哈！快回去修炼吧！先突破到领域级！哦，对了，这是两颗血洛晶，等你成功融合，再来找我。”

说完，霸戚一翻手，便取出了两颗血洛晶，随后两颗血洛晶直接悬浮起来，飘到罗峰面前。

罗峰恭敬地伸手接过：“多谢大人。”

霸戚看着罗峰离去，不由得又大笑几声，笑声在宫殿中回荡。

在罗峰离开后不久，血神霸戚亲自向不朽神殿发送讯息，申请了一些血洛勋章。

罗峰离开时，碰到了其他血神卫。

那些血神卫都很好奇，都来询问血神霸戚如此高兴的原因。

罗峰当即解释了一番。

顿时，血神卫们大多羡慕不已，一个个都恭喜罗峰。

而后，罗峰离开了宫殿，直接一飞冲天，朝红色煞气笼罩的深渊上方飞去。

“第一次见到血神霸戚，感觉他霸道、冷漠，若是有丝毫违逆，便会直接杀了我。”罗峰一边飞行一边想着，“可是，这么多年后，我再见他，他明显态度好了很多，知道我成功融合了三颗血洛晶，更加亲切。”

这是一种信任。

初次见面时，自己虽然愿意臣服于血神，但是血神估计对自己不怎么放心。长时间以来，自己都规规矩矩地待在巨坑范围内，显然令血神很满意，终于将自己当成亲信了。

血神对他的信任程度远不如对阿一等血神卫，可是，他的天赋很高，显然得到了血神的重视。

“可惜啊！我不可能龟缩在血洛世界中，我的天地更加广阔。”罗峰心中喃喃，“得到血洛勋章后，我就会离开，下次再来这里，估计是很久以后的事了。”

“嗖！”罗峰直接朝巨坑之府飞去。

不朽神殿位于古神废墟的核心区域。

大地苍茫，一座座山脉起伏，其中还有一些沼泽地、湖泊、森林、巨坑等等。在方圆千万公里的区域中，一个个煞气旋涡随处可见，或是在一座大山的山顶，或是在湖底，或是在巨坑深处，或是悬浮在半空中……

每一个煞气旋涡的核心都是耀眼的红色太阳。

在方圆千万公里的范围内，足足有10081个煞气旋涡，大煞气旋涡的范围是罗峰所在巨坑的煞气旋涡的数十倍，小煞气旋涡的范围则只有巨坑的煞气旋涡的十分之一。

各种各样的煞气旋涡高低不一，大小不一，位置不一。10081个煞气旋涡分布在天空、湖泊、山峰、深谷等处，自然而然地形成了一个个特殊的图案。

"轰隆隆——"

仿佛一头头远古野兽在嘶吼，吼声穿越亿万年时空，在这一片区域回荡。

10081个煞气旋涡的中央有一座占地面积约百万公里，通体呈现黑色、红色的古老神殿，神殿表层有一些复杂的雕刻，比如野兽咆哮图，不朽神灵战斗图等。

古老的神殿散发着一股古老的气息。

这就是整个血洛世界的最高权力中心，连虚拟宇宙公司都未能完全征服的地方。

不朽神殿第9829层的一座宫殿内。

"狱轲。"一个身穿黑色战甲的男子站在王座前，俯瞰着下方，声音轰隆，宛如雷鸣。

下方一个穿着白色制服的男子跪伏在地，头埋在地上。

"你现在去领取二十枚血洛勋章，以最快速度，将血洛勋章送给霸戚。"

"是，伟大的神。"白衣男子恭敬地应道。

"去吧！"男子淡淡地说道。

话音刚落，男子便直接消失了。

白衣男子这才起身，而后直接转身朝外走去，同时对外面的人大声喝令道："乌拉，你们那一队特使赶紧准备，马上随我离开神殿。"

"是，狱轲大人。"外面传来一片应和声。

片刻后，一艘深紫色的飞碟形宇宙飞船飞离神殿。

在第十五云层之上，宇宙飞船以极快速度朝巨坑的方向赶去。

古神废墟实在太过广阔，不朽神殿制造出来的宇宙飞船，性能远不如罗峰的机械族宇宙飞船，而且在云雾中飞行的阻力远远大于在虚空中飞行，所以大概需要六到十天才能抵达巨坑。

这是血洛大陆中的时间，实际上相当于地球的一两个月。

那艘宇宙飞船飞行了地球时间二十天左右时，古神废墟中发生了一件事情。

古神废墟，湖心岛。

一个强者正在潜心苦修。

湖泊底部有一个巨大的煞气旋涡，无尽的煞气弥漫开来，令湖心岛成为一个极好的修炼之地。

“大人！”

“大人！”

两道人影猛地从湖泊中冲出，直接落在湖心岛上。他们可都是领域级强者，吼声之大，可想而知。

不一会儿，两人冲到一座银白色的宫殿门口，宫殿外面还站着一些美丽的侍女。

“轰！”一道人影从宫殿内冲出，瞬间出现在宫殿门口。

这人直接一挥手，一道世界之力形成的巨大手掌狠狠地抽在那两个大呼小叫的手下身上。

两个域主级强者被一巴掌扇飞出去，摔落在远处的草丛中。

宫殿门口站着一个穿着白袍、容貌俊美的青年。

他扫了远处吐血的二人一眼，冷冷地道：“我交代过，我在潜修时，若要找我，要先向智能光脑通禀，你们却大呼小叫。这次是给你们一点教训，再有下次，别怪我手下不留情。”

两个域主级强者顿时吓得清醒过来。

“属下知错。”

“属下知错。”

二人连忙飞了过来，恭敬行礼。

“嗯。”青年哼了一声，“说吧，到底是什么事情，竟然让你们如此惊慌？”

“湖底，遗迹。”其中一人道。

“湖底深处有遗迹，很可能是传说中亿万年前那一战留下的遗迹。”另外一人补充道。

青年顿时瞪大眼睛。

“赶紧带我去看看！”

“是！”两个域主级强者不敢怠慢，连忙带头朝远处的湖泊飞去。

“你们怎么会发现遗迹？”跟着他们往湖泊飞去的同时，青年疑惑地传音问道。

第529章

遗迹

亿万年前，血洛大陆上的一群不朽神灵和伟大的存在联手抵抗天外族群的侵袭，那一战战况惨烈，数千亿公里范围内的一切成为废墟，就连遗留下来的古神废墟，亿万年都充满煞气。

每一个不朽级强者都能建立自己的神国，拥有的宝藏当然很多。那一战后，不朽神殿的人疯狂寻找遗迹，在古神废墟中扫荡了一遍，将大量的遗迹和宝物收集起来。不过，虽然不朽神殿派出一些不朽神灵专门来搜集宝物，但难免会有些遗漏。

主要有两个原因：一来，古神废墟太大，二来，土地太深。血洛大陆地面的直径是9万亿公里左右，土地深度则是近千亿公里，这么厚的土壤层，想要全部筛查一遍并不容易，就算是一群不朽级强者去搜索，也会有所遗漏。

亿万年来，很少听说有什么新遗迹出现，毕竟九成的遗迹都被发掘出来了，只剩下一些极为难寻的遗迹。

……

三人直接进入湖泊，朝湖底潜去。

这个湖泊的深度有数万公里，很是幽深。

“大人，发现那个遗迹，也是我们运气好。”

“对，是运气好。”

青年朝湖底下潜的同时，传音道：“你们仔细说。”

“我们在湖底准备猎杀一些水域荒兽，弄来烤着吃，湖底下方的土壤层忽然震动起来，而后裂开，出现了一个峡谷，甚至还出现了一些古老的兵器，我们不敢迟疑，所以立即来通禀大人。”

青年听了，脸上露出笑容。

他乃不朽神殿专门培养出来的界主级强者，见识当然比这二人要广，一听就明白了。

“应该是某个不朽级强者或者世界主建立的一方世界的储存器破裂，导致一方世界暴露出来，撑得湖底的土壤层都裂开了。”青年暗道。

只要修炼到世界主的层次，就能利用世界之力建造一方世界，甚至于建造界中界。而一方世界可以缩小后放进一座别墅，甚至可以缩小后放进一粒特殊的沙砾中。

至于能缩多小，取决于所用材料的珍贵程度。一些珍贵的材料可能只比芝麻大一点，就能将一方世界存放于其中，而制造空间戒指的材料或许便宜，切割空间却非常难，而且麻烦，所以很多富裕的界主级强者和不朽级强者，宁可耗费钱财弄到珍贵的材料，以建造一方世界，当作自己的储物空间，毕竟一方世界可以储存于沙砾中，方便随身携带。

“应该是不朽级强者，世界主都有体内世界，可以直接将物品放在自己的体内世界中。不朽级强者已经没有了体内世界，只有神国，而物品存放于神国，取出、存放都非常麻烦。所以，携带一方世界，空间够大，又能储物，非常方便。”青年心中暗道，“不过，那储存一方世界的材料，即使很珍贵，也不可能永远不腐朽。经过亿万年，自然会腐朽，那一方世界就直接显露出来了，挤得土地都裂开了，所以才被这两个家伙给发现了。哈哈！我的运气还真是够好的。”

此时，他们已经来到幽深黑暗的湖底。

青年当即释放出了世界之力。

“果然是一方世界。”青年的世界之力弥漫到湖底的土壤层深处，略一探察，顿时激动万分。

青年立即钻入土壤层，开始搜集遗迹和宝物。

半天后，湖心岛的宫殿内。

青年站在护栏前，眺望远处，心里很是得意："没想到，我库闫也能得到遗迹宝藏。嗯，现在看来，应该是一位不朽神灵随身携带的储物世界，虽然里面的宝物没有我想象的多，但是也是我财富的数百倍乃至近千倍了。"

他本身乃世界主，拥有的宝物算多了，可财富一下子增加了近千倍，也算是意外之喜了。

"其他兵器、材料等都有用处，可这尊玉金雕像对我还真的没什么用。"

库闫一翻手，手中顿时出现了一尊30厘米高的雕像，雕像是由一种半透明的金色的材质雕刻而成。

这尊雕像隐隐散发出一股让人心悸的凶悍气息。

这尊雕像雕刻的是一头野兽，类似于巨型蜥蜴，有着长长的尾巴，粗壮的蹄爪，额头长着一根独角，凶悍的气息就是从这尊雕像中散发出来的。

"这就是传说中的兽神雕像吧，听说兽神雕像一共有十八尊。"库闫说着，摇摇头，"不过，这兽神雕像也就有纪念价值，没其他用处。"

兽神雕像是不朽神殿拜祭的一样物品，一共有十八尊，不过，当年那场惨烈的大战后，兽神雕像遗落了大半，至今还有三尊没能找到。

"这兽神雕像对我虽没用，但是可以献给神殿，也算是立了大功，能够得到不少奖励。"库闫微微一笑。

随即，他通过通信器向不朽神殿发出了讯息，讯息的内容很简单，就是说他偶然得到了一尊兽神雕像，欲献给神殿。

讯息传播速度达到了光速，约一天半的时间，就传到了不朽神殿。在不朽神殿中，兽神雕像只是一个拜祭的物品，没有多大用途，可是其象征意义不凡，所以不朽神殿立即下令离那里最近的一支特使队前去带回兽神雕像，并且让世界主库闫到不朽神殿领取赏赐。

狱轲带领一支特使队，乘坐那艘深紫色的宇宙飞船，来到湖心岛屿的上空。

“库闫。”狱轲从高空缓缓降落，其身后跟着两名特使。

“哈哈，狱轲，好久不见。”库闫从湖心岛飞出，迎了过去，“竟然这么巧。”

“我是受神的命令，送血洛勋章给霸戚大人的。”狱轲解释道，“现在在古神废墟逗留的特使队一共有两支，我刚好离你这里不算远，所以接到命令绕道过来，来接兽神雕像。”

“霸戚大人？”库闫很是惊喜，“你要去霸戚大人那里？听说霸戚大人已经在煞气中潜修许久，融合八颗血洛晶了。”

“是的。”狱轲点点头。

“走，我和你一道去见见霸戚大人。我早就听闻霸戚大人威名，却一直没能见到。”库闫说道。

和霸戚相比，他的实力、地位都差了好大一截，他仅仅是界主级三阶强者，而霸戚在很久以前就达到了界主级巅峰，而且是血洛世界亿万年来第一天才。此外，只要霸戚愿意，可以在短时间内突破，成为不朽级强者。

论地位，霸戚丝毫不亚于不朽神灵，否则也不至于其护卫队中就有两个界主级强者，还有厉害的荒兽岐牛当兄弟了。

“走吧。”狱轲点点头。

几人飞入空中的深紫色宇宙飞船内，随即宇宙飞船以惊人速度直接朝巨坑的方向飞去。

时间飞快流逝。

罗峰在巨坑之府中默默等待。

“血神那天和我说，六到十天，不朽神殿的人就会送来血洛勋章，按照地球时间来算，也就最多两个月的样子，可现在，两个月已经到了。”罗峰盘膝静坐在石床上，心中有些焦急。

他现在待在古神废墟，效果不大。回去的话，还是可以有诸多际遇的。和浩瀚的宇宙相比，血洛大陆终究太小了。

“轰！”空气猛地震荡起来，一股力量直接传递到罗峰身边。

“九十七！”一道雄浑的声音在巨坑之府中响起。

罗峰连忙从石床上下来，恭敬地道：“大人。”

“你来我这里。”那道雄浑的声音再次响起。

“是。”罗峰心中暗喜，看来是可以拿到血洛勋章了。

“嗖！”罗峰直接化作一道青色流光，沿着洞窟的通道飞了出去，而后朝巨坑的坑底俯冲而下，片刻便已经到了深渊的底部。

宫殿五层。

罗峰一眼就看到了端坐在王座上，身穿血色长袍的霸戚，还有旁边高大的荒兽岐牛。

“拜见血神大人，岐牛大人。”罗峰单膝跪地。

“起来吧。”血神霸戚微微一笑，“稍等一会儿，不朽神殿的特使就快到了，他带了血洛勋章过来，而且，这一次你的运气很好。”

“运气很好？”罗峰脸上露出一丝疑惑。

血神霸戚笑道：“哈哈，这一次特使过来，还带来了一个界主级强者库闫，那库闫撞了大运，得到了不朽神殿的一件古老的宝物——兽神雕像，兽神雕像雕刻的兽神可是传奇般的存在，我想让你见识见识兽神雕像。”

“兽神雕像！”罗峰点点头，“多谢大人！”

第530章

兽神雕像

仅仅片刻，一艘深紫色的飞碟形宇宙飞船便停在巨坑上方的半空中。

“哗！”舱门开启。

那特使首领狱轲和库闫一道飞出舱门，后面还跟着八名特使。

“这就是霸戚大人潜修的地方？”库闫眼睛一亮，俯瞰着下方巨大的深坑，“这巨坑中的煞气这么浓烈，看来坑里也有煞气旋涡。”

“嗯。”狱轲点点头，而后直接将旁边的宇宙飞船收起来。

“跟我下去。”狱轲下令。

“是。”一群使者恭敬地应道。

“啊！我马上就能见到传说中的霸戚大人了。”库闫激动得很。

“嗖——”

十道人影直接俯冲而下，迅速冲进红色煞气弥漫的深渊中。

巨坑底部。

十道人影迅速降落，落在宫殿门口，为首的正是狱轲和库闫。

“霸戚大人，我奉神的命令，前来送血洛勋章。”狱轲微微躬身，大声说道。

“进来吧。”一道浑厚的声音在这十人的耳边响起。

同时，宫殿门口出现了一名血神卫：“诸位特使，请！”

在血神卫的带领下，这十人很快便来到了宫殿五层。

只见一身血色长袍的霸戚高坐王座，俯瞰下方。大殿之下，左侧站着高大的荒兽岐牛，荒兽岐牛旁边站着三名血神卫，分别是队长阿一、副队长阿二，以及即将被赐予血洛勋章的血神卫九十七，也就是罗峰。

“拜见霸戚大人。”狱轲躬身行礼，其身侧的库闫微微躬身。

“拜见霸戚大人。”他们身后的八名使者则全部单膝跪地。

“狱轲，一路辛苦了。”霸戚微微点头，目光落在旁边的库闫身上，“你就是库闫？”

“是的，霸戚大人。”库闫激动地回道，“我比霸戚大人低了几个辈分，不过，我也是神殿当初培养的天才中的一员，早就听说过霸戚大人的威名，一直想要见见霸戚大人，今天终于如愿。”

霸戚点点头，神色平静。

不朽神殿每一批培养的天才很多，拥有世界主实力的都有一大批，他乃亿万年来才出现一个的天才，地位堪比不朽神灵，自然不会把其他天才放在眼里，更何况狱轲和库闫虽然都拥有界主级强者的实力，但是一个是界主级三阶强者，一个是界主级五阶强者，都没达到巅峰。

“血洛勋章呢？”霸戚看向下方的狱轲。

“这是神命令我带来的二十枚血洛勋章。”

狱轲一翻手，手掌上方顿时飘浮着二十块巴掌大的牌子，牌子通体呈暗红色，上面隐隐有一些雕刻的花纹。

下一瞬，二十枚血洛勋章直接飞向高坐在王座上的血神霸戚。

“嗯。”血神霸戚淡淡应了一声，一挥手，便将二十枚血洛勋章收了起来。

“九十七！”血神霸戚喝令一声。

“属下在！”罗峰连忙走出去，而后单膝跪地，高声应道。

血神霸戚露出一丝笑容：“你成功融合了三颗血洛晶，成为血武者，今天我就在诸位神殿特使面前，亲自授予你一枚血洛勋章。日后你要继续好好修炼，别辜负了我对你的期望。”

“属下定不负大人的期待。”罗峰的声音铿锵有力。

“嗯。”血神霸戚一挥手，顿时一枚血洛勋章出现，而后朝罗峰飞了过去。

罗峰抬头盯着那枚血洛勋章，勋章只有巴掌大小，暗红色，表层雕刻的花纹组合起来好像是一座古朴的宫殿。

他当即伸手接过，恭敬地道：“多谢大人。”

与此同时，他暗松一口气。

他总算得到了一枚血洛勋章。成为血武者，获得血洛勋章，即可获得10万积分。

“所有事情都完成了，我也没必要在这里逗留了，待回了巨坑之府，我就找个机会离开。”罗峰心中暗道。

“这小子才达到云霄级巅峰，就能融合三颗血洛晶？”库闫略显尖细的声音回荡在大殿中，“恭喜霸戚大人！贺喜霸戚大人！霸戚大人麾下有如此天才，相信数十万年后，此人一定是了不得的高手。”

血神霸戚淡淡地应了一声，而后转移话题：“听说你获得了一尊兽神雕像？”

“侥幸而已。”库闫不好意思地笑笑。

“运气不错！”霸戚淡淡一笑。

罗峰则暗自疑惑，这兽神雕像到底是什么玩意啊？

“霸戚大人，请看。”库闫伸出一只手。

刹那间，他的手掌上方出现了一尊雕像，雕像大约30厘米高，半透明，隐隐有金色混杂其中，整尊雕像雕刻的是一头类似蜥蜴的怪兽，不过，那怪兽的头颅更显狰狞，四蹄更为粗壮，一根独角更是昂然刺天。

整尊雕像隐隐散发着让人心悸的可怕气息。

一道尖厉的嘶吼声隐隐在众人耳边回荡。

看着兽神雕像的人都脸色微变。

“好一尊兽神雕像！”血神霸戚不禁赞叹道。

“兽神！”荒兽岐牛看着兽神雕像，神色复杂。

血神卫的两名队长则露出惊讶之色。

他们听说过兽神雕像，可是从未见过，在场的人之前见过兽神雕像的，估计也就血神霸戚一人而已。

“这，这是……”罗峰表面保持冷静，内心却掀起了滔天巨浪。

眼前这尊兽神雕像所雕刻的，正是他在煞气旋涡核心看到的三幅远古图影上面的怪兽。这尊兽神雕像散发的气息比血神霸戚、荒兽岐牛的都要强，甚至比罗峰在混沌城中见过的那些强者的气息还要强。

罗峰仔细盯着兽神雕像上面的每一片鳞片，看着那雕刻得无比清晰的蹄爪、尾巴。

“嗷！”

他仿佛看到亿万年前，一头巨大的类似蜥蜴的怪兽纵横宇宙的场景，那股凶悍的气息完全勾动了他体内的金角巨兽。

他的地球人本尊看到了兽神雕像，相当于金角巨兽也看到了。

“嗷呜——”他的体内世界中的金角巨兽忍不住仰头咆哮起来，暗金色眼眸中有着渴望。

“这才是金角巨兽的目标，是金角巨兽前行的方向。”

常年研究那三幅远古图影，还有金角巨兽发出的特殊感应，令罗峰心中无比激动。

所谓形为次，神为主。罗峰看过煞气形成的三幅远古图影，凭借撕天裂地秘法，参悟三幅远古图影，收获良多。而后，他闯进煞气旋涡核心，看到了更加清晰的三幅远古图影，那三幅远古图影比一开始煞气形成的模糊图影要清晰十倍，那股神的意境也清晰了十倍。

“嗷呜——”他体内世界的金角巨兽再次咆哮起来。

“就该这样。之前我研究的方向错了。撕天裂地秘法比这远古怪兽的撕天一爪差远了。看到这尊兽神雕像，我才知道正确的研究路线。”

这兽神雕像气息蕴含的特殊意境的确让金角巨兽获得不少好处。

“这兽神雕像必须弄到手！兽神雕像之于金角巨兽，就仿佛九宇混沌碑之于人类强者，大有助益。也不知道是谁雕刻出来的兽神雕像，竟然蕴含了远古怪兽发起攻击时真正的意境。”金角巨兽是参悟了许久的，瞬间就感觉到这兽神雕像并非普普通通的雕像。

而后，罗峰的目光落在狱轲和库闫的身上。

那两人都是界主级强者！

“怎么办？那两人都拥有界主级的实力，我根本没法从他们手中抢夺兽神雕像。”罗峰心中焦急，“而且，这里还有霸戚和荒兽岐牛，这二者可都是界主级巅峰强者。此外，那两人若要走，肯定是乘坐宇宙飞船迅速离开。”

正在罗峰焦急的时候——

“兽神雕像通体都是玉金，每一寸玉金都无比昂贵，是不朽神灵制造兵器时使用的极其珍贵的材料。”血神霸戚看着兽神雕像，感叹道。

他似乎在为玉金这种珍贵材料而感到遗憾，如此珍贵的玉金，却只是用来制作一尊雕像。

“不过，单论雕刻工艺，十八尊雕像都达到了极致。”血神霸戚意识到自己失言了，当即夸赞工艺。

“霸戚大人，血洛勋章已送到，我就回去复命了。”狱轲躬身说道。

库闫也微微躬身。

“嗯。”血神霸戚点点头。

狱轲和库闫当即带着身后的八名使者，直接离开了。

罗峰站在原地，眉头紧锁。

第531章

太值了

狱轲和库闫带着八名使者离开后，罗峰也告退了。

“嗖！”他化作一道青光冲天而起，很快便飞到了巨坑之府的洞口。

“不朽神殿？兽神雕像？”

罗峰抬头看向天际，依稀能够看到数千里外的空中有一艘深紫色飞碟形宇宙飞船。

“那确实是兽神雕像啊！”罗峰回想着自己看到兽神雕像时的感受。

看到兽神雕像，就好似看到活生生的远古怪兽。透过兽神雕像蕴含的意境神韵，能够隐约感觉到远古怪兽施展撕天一爪时的场景。这样的意境神韵，施展那种毁天灭地般的攻击，是理所当然的。远古怪兽的一爪就蕴含了宇宙本源法则，一个冲撞也蕴含了天地法则。

它即是法则。

看着兽神雕像，金角巨兽时刻参考感悟，就知道怎么修炼，怎么才能进步了。或许兽神雕像没有九宇混沌碑那么神奇，可对金角巨兽而言，兽神雕像比九宇混沌碑还要重要。

只是，兽神雕像现在被两个界主级强者守护着。

罗峰沉默了一会儿，进入巨坑之府。

血洛世界外，虚空中的天蚀宫的大小丝毫不亚于一颗行星。

天蚀宫第一层的其中一座偏殿内，一群负责监测的界主级强者惊愕抬头，看着巨大的屏幕。

“咦，罗峰殿下的机械族宇宙飞船进入血洛世界了。”

“这么多年，罗峰殿下的机械族宇宙飞船都停在虚空中，怎么现在进入血洛世界了？”

“他准备回来了？”

“我们都注意一点。”

这群界主级强者不敢有丝毫松懈。

现在的罗峰可是受到虚拟宇宙公司高层的重视，地位可比他们要高得多。

第十五云层中，深紫色飞碟外形的宇宙飞船正疾速飞行。

罗峰的宇宙飞船在第十八云层中完全模拟成一团云雾，疾速飞行着。

无论是速度，还是性能，机械族宇宙飞船都超过陨墨星号飞船，更别说科技非常落后的血洛世界自制的宇宙飞船了。

机械族宇宙飞船，控制室。

黑衣罗峰坐在沙发上，眼前悬浮着光幕，光幕上出现了一幅坐标图和一个光点。

“兽神雕像一定要弄到手！九宇混沌碑难得参悟一次，每次仅仅七天，而兽神雕像对于金角巨兽而言更加重要。”

黑衣罗峰目光冷厉。

浩瀚宇宙，要掌握一切，必须拥有力量！

血洛晶和积分很重要，自己这次的收获很大。可是，兽神雕像比10万积分重要百倍乃至千倍。

“一定要得到！”罗峰心中暗道。

“主人，目标锁定！我们和目标保持160万公里距离。”机械族宇宙飞船的智能发出提示声。

“启动1号歼星炮！”罗峰冷冷地道。

“是！”智能应道。

此时，控制室内响起一道声音：“罗峰，你到底在干什么，怎么启动了歼星炮？那可是媲美不朽级强者全力一击的歼星炮，一炮就能毁掉一颗星球，消耗的能量也是非常惊人的，机械族宇宙飞船的能量储备不够多，你下令射出一炮就会浪费三分之一的能量。”

巴巴塔怒吼道。

与此同时，控制室内响起智能的声音：“1号歼星炮蓄能倒计时，60、59、58……”

“那里有我必须要得到的宝物。”罗峰淡淡地道。

“愚蠢！你想得到宝物，也没必要使出歼星炮啊！歼星炮在宇宙中都属于人类族群的限制级终极武器之一，一炮的威力堪比不朽级强者的全力一击。只是，因为其辐射范围广，无法像不朽级强者那样攻击凝于一点，所以杀不了不朽级强者，可绝对能摧毁不朽级以下的强者，你就不怕所求的宝物被轰成齑粉？”

罗峰摇摇头，道：“那可是血洛大陆的玉金制作而成的雕像。”

“玉金？呃……”巴巴塔愕然，随即嘀咕道，“真浪费。”

十八尊兽神雕像历经亿万年前的大战，大多后来都找到了，而且没有一尊损坏，显然，想要损坏兽神雕像是非常难的，就连不朽级强者都很难做到。

这么说吧，就算捏碎空间戒指，空间戒指内的空间破碎，也毁不了兽神雕像。就算不朽级强者被灭，兽神雕像也没损坏过。

不朽神殿一直将兽神雕像当成重要的祭品，因为兽神雕像的来历很特殊，代表的含义也很深刻。

然而，亿万年来，除了一直完好无损外，不朽神灵们还真的没发现兽神雕像有什么特别之处。

“……30、29、28……”控制室内的倒计时还在继续。

160万公里外，那艘深紫色的宇宙飞船正疾速飞行着。

不管是机械族，还是宇宙人类族群，很多时候都是在宇宙星空中战斗，范围很广，能够锁定的范围当然大得很。

更别说，这艘是来自以科技出名的机械族的飞船，而且是机械族不朽级强者乘坐的宇宙飞船，如果其能轻易被血洛大陆土著们制造的宇宙飞船给发现，那就太搞笑了。

深紫色宇宙飞船内。

“狱轲，霸戚大人真够傲慢的。我们辛辛苦苦地赶过去送血洛勋章，他竟然一个笑脸都没有。”库闫盘膝坐在地上，拿起酒杯，不爽地说道。

“霸戚外号‘血神’，当年就是以冷酷出名。他只会对自己麾下的血神卫亲近一些，对外人一直很冷漠。”狱轲摇头一笑，“没办法，霸戚可是亿万年来的第一天才，人家再傲慢，也是有倚仗的，我们只能受着。”

库闫冷哼一声。

见到血神霸戚之前，他很是期待，在血神霸戚面前，又热情讨好，此刻却没必要掩饰了。

血神霸戚根本没把他们放在眼里。

“库闫，”狱轲转移话题，“你这次将兽神雕像献给不朽神殿，不朽神殿给予的奖励肯定很大。”

“哈哈……”库闫一想到自己将得到重赏，顿时笑了起来。

机械族宇宙飞船，控制室。

“……6、5、4、3、2、1，蓄能完毕！”

罗峰低喝一声：“发射！”

机械族宇宙飞船是银白色金字塔的模样，高1200米。此刻，飞船露出了真容，美轮美奂的金字塔塔顶出现了一颗耀眼的光球，表面大量光线聚集，那光球的能量越来越强，其内部隐隐有着电光，最后形成了直径约300米的光球。

罗峰的命令一出，塔顶的光球瞬间化为直径300米的光柱，按照机械族宇宙飞船的智能早就计算好的轨迹，瞬间射了出去。

深紫色宇宙飞船中。

库闫笑着说道："狱轲，你放心，这……"

话还没说完，深紫色宇宙飞船就被光柱给笼罩住了。在光柱的可怕攻击下，宇宙飞船内的库闫和狱轲惊恐地瞪大眼睛，随即便化为虚无。

而另外八名使者都没来得及反应，就化为虚无。

"砰！"空间戒指碎裂，当初被切割并封存的空间直接破碎，空间的破碎令其中储存的大量物品瞬间被绞成齑粉。

不过，在破碎空间的挤压和光柱的攻击下，库闫的空间戒指中有一些物品依旧完好，特别是那尊兽神雕像。

光柱瞬间令深紫色宇宙飞船化为飞灰，同时令下方古神废墟荒野上瞬间出现了直径达300米的窟窿，紧接着，光柱能量在窟窿深处汇聚并压缩，随即发生了大爆炸。

"轰隆隆——"方圆数万公里范围内发生了剧烈的爆炸，中间直接化为虚无，周围的无数岩石乱飞。

歼星炮的一击即可毁掉一颗星球，绝非虚言。

巨坑底部的宫殿内。

"怎么会有这么强的能量波动？"

"是谁？"

"嗖！嗖！"血神霸戚和荒兽岐牛迅速朝能量波动的地方赶去。

血神卫的两位队长也迅速冲天而起，飞出巨坑，朝着散发可怕能量波动的地方飞去。

"怎么回事？"

"大人怎么出去了？"

其他血神卫都冲天而起，飞出巨坑。

"霸戚，血神卫们，我们日后有缘再见。"罗峰遥看一些血神卫迅速朝远处飞去，"我们就此告别吧！"

“嗖！”罗峰直接一飞冲天，同时拿掉手腕上的通信护腕，将难以损坏的通信护腕朝巨坑中一扔。

他迅速冲破第十八云层，距离机械族宇宙飞船较近时，进入体内世界。

血神霸戚和荒兽岐牛悬浮在空中，俯瞰着眼前无比惊人的巨坑，都震惊了。

“没有丝毫法则之力的波动。”血神霸戚的脸上露出震惊之色，“这，这不是不朽神灵发出的攻击。”

“是天外之人！”荒兽岐牛的眼中满是震惊。

“通知不朽神殿，马上通知不朽神殿！”

血洛世界外面的虚空中，机械族宇宙飞船伪装成了一颗陨石。

罗峰正躺在沙发上，端着一杯美酒，看着眼前悬浮着的兽神雕像，脸上的笑容更盛，轻声说道：“消耗三分之一的能量储备，换取一尊兽神雕像，一本万利，简直太值了啊！”

第532章

雨刀门

“看你那得意的样子。”旁边由能量汇聚形成的巴巴塔虚影揶揄道。

“我怎么能不得意？”罗峰放下酒杯，拿起兽神雕像，看向前方无尽的虚空。

虚空很是梦幻，尘埃、薄雾、陨石遥遥可见。

看着无尽虚空，罗峰豪气顿生。

他低头看看手中的兽神雕像，恍惚间，兽神雕像化为一头咆哮的远古怪兽，这远古怪兽本身好似法则。

金角巨兽激动地咆哮起来，咆哮声回荡在整个体内世界。

“它就是我最强的倚仗。”罗峰盯着兽神雕像，“有了兽神雕像，感悟撕天一爪肯定会更快，这也会令我感悟宇宙本源法则更快。”

“我想站在宇宙巅峰，而它就是通往巅峰的天梯！这次我在血洛世界中最大的收获就是兽神雕像。”

罗峰心念一动。

旁边出现了魔杀族分身，也就是黑衣罗峰。黑衣罗峰接过兽神雕像，回归体内世界。

体内世界。

“嗷呜！”金角巨兽趴在那里，伸出了右爪。

黑衣罗峰将兽神雕像直接放在金角巨兽的右爪掌心内，随即兽神雕像直接消失，进入了金角巨兽自己的储物戒指中。

金角巨兽也有空间戒指，它平常修炼本尊天地秘法等，都是自己从空间戒指中取出一些宇宙奇珍来使用。

空间戒指存放在它前胸鳞片的夹缝中。

历代金角巨兽一般都将物品储存在胸前的鳞片夹缝中，主要是因为前胸的鳞片结构比较适合放入物品。

机械族宇宙飞船，控制室。

罗峰遥看前方虚空，下令："出发，前往孟那城！"

"孟那城？"巴巴塔很是惊讶。

罗峰看了旁边的巴巴塔一眼，点点头："当年我将纳可寄养在孟那城，八十年过去，也不知道纳可怎么样了。当初我给了他一些宝物，所谓宝物动人心，不知道有没有人打他的宝物的主意。反正我前往天蚀宫，也要路过孟那城。"

燕岗岭所对应的虚空最接近天蚀宫。罗峰要回天蚀宫，就得先去燕岗岭，去燕岗岭，又要经过孟那城，既然顺路，那就去见见纳可。

"轰！"机械族宇宙飞船当即加速，很快就在虚空中化为一道模糊的流光。

古神废墟，巨大深坑。

霸戚、荒兽岐牛，以及九十余名血神卫都驻扎在这个深坑的边缘。

"轰隆！"天地陡然震动。

霸戚、荒兽岐牛和血神卫们都抬头看去，只见一道人影凭空出现。

那是一名穿着岩石灰战铠的壮硕老者，他的头发根根竖起，眼眸闭合间，隐隐可见闪烁的雷电。

"拜见不朽。"霸戚恭敬行礼。

"神！"血神卫们齐刷刷地单膝跪地。

就连荒兽岐牛都低下了头颅。

老者看向深坑，双眸中射出两根光柱，直接射进深坑，似乎要将这个红色煞气弥漫的深坑给完全看透。

“不朽。”霸戚开口了。

这一群人中，也就他的地位和老者差不多。不过，论实力，当然还是这位不朽神灵更强。

“这深坑……”老者声音低沉，“没有一点法则之力。造成这个深坑的可怕一击，的确不是不朽神灵发出来的，可是论威力，绝对能媲美不朽神灵的全力一击，依我看，只有天外族群最为珍贵的科技武器的一击才能达到这个程度。”

“看来真是天外族群所为。”霸戚点点头。

“事情很严重。”老者眉头紧锁，“不朽神殿内部的高层已经进行过讨论，根据远古时发生的可怕大战，还有我们搜集到的情报来看，就算天外族群中的科技武器的威力可以媲美不朽神灵，也不太可能造成这个深坑。”

的确，宇宙人类族群的科技程度虽然高，可能够威胁不朽神灵的科技武器要付出很大代价才能造出，那样根本不值得。真正将科技发展到极限的，只有机械族。

“这些年，天外族群的一些人经常来到我们血洛大陆。”老者皱眉道，“我们是能抓则抓，能杀则杀，不过，这都是小事。可这次，竟然出现了这么厉害的科技武器，恐怕潜入我们血洛大陆的天外族人的地位很高啊！”

“嗯。”霸戚点点头。

“而且，根据库闫和狱轲乘坐的宇宙飞船信号的最终消失区域判断，他们就是在这里遭难的……”老者顿了顿，继续说道，“显然，敌人使用科技武器，远距离的情况下，就可直接毁掉一艘宇宙飞船，同时击杀了库闫和狱轲。这种层次的科技武器的攻击，他们根本抵挡不住，若是换作霸戚，活下来的希望也不足一成。”

霸戚闻言，身体一颤。

天外族群的科技武器竟然强大到这般地步？！

“警惕一点！”老者又道，“你是我们血洛大陆亿万年才出现一个的天才，如果被科技武器击杀，太不值得了。”

霸戚点点头，随即不甘心地问道："可是，难道我们就一直这么忍下去，不反攻？"

"反攻？我们凭什么反攻？"老者看了霸戚一眼，暗自叹息。

没有经历过远古时期的大战，根本无法想象天外族群是何等强大！而他，便是当年远古一战的幸存者。那时候，他仅仅达到界主级，并不算真正参战，否则早就死了。

不过，对于远古时期那一场大战，他知道许多秘辛。

"我们血洛大陆积蓄的实力还远远不够。"老者嘱咐道，"你们暂时别想着反攻，沉下心来，好好修炼。要知道，在血洛大陆，一切都是靠实力说话的。至于这次的事，你也别管了，天外族群难得派来一个重要的人物，我们不朽神殿这次不会放过，如果抓住那人，从那人的身上或许能套出更多秘密。"

亿万年来，不朽神殿其实也抓过一些宇宙天才。

霸戚点点头。

"嗖！"

老者化作一道电光，很快消失在天际。

身为不朽神灵，老者的速度可是比不朽神殿制造的一些宇宙飞船还要快。

"大人。"血神卫的两名队长连忙走了过来。

刚才霸戚和不朽神灵的对话，其他人都没能听到。

"我让你们传信给各方世界主，查找有关九十七的讯息，你们传信了吗？"霸戚看向两名队长。

"大人。"队长阿一恭敬地回道，"已经传信了。可是，大人，属下有一事不明，为何我们不亲自追查？我怀疑九十七还在周围一带。"

"没时间追查！"霸戚摇摇头，而后脸色一沉，"他竟然背叛我，我要让他在这血洛大陆再没立足之地！"

他一直很看重九十七，没想到，最后还是遭到了背叛。

然而霸戚根本想不到，九十七根本就不需要立足血洛大陆，因为其真正的天地是无限宇宙。

机械族宇宙飞船经历两个月左右的飞行，终于抵达孟那城对应的虚空。

“主人，抵达孟那城了。”机械族宇宙飞船的智能道。

罗峰盘膝坐在控制室，研究宇宙本源法则，听到声音，他当即睁开眼睛，脸上露出一丝笑容：“纳可，希望你还好好地活着。”

罗峰的地球人本尊继续乘坐机械族宇宙飞船，将魔杀族分身放出后，又回到虚空中。

“唰！”穿着黑衣的罗峰走在繁华的孟那城城内的街道上。

“两个月前，我下令一炮轰掉了宇宙飞船，夺得兽神雕像，估计影响不小。为了安全考虑，将原核留在地球人本尊体内，让本尊待在虚空中，这样就万无一失了。”罗峰心情轻松。

即便遇到极端情况，他这个魔杀族分身灰飞烟灭，也可以多耗费一些能量，再形成魔杀族分身。

原核安好，三大身体都是不死之身，原核才是罗峰真正的核心。

“前面就是雨刀门了。”罗峰手上拿着路边买来的小吃，朝远处看去，“我当时严令，纳可不达到云霄级（宇宙级），绝对不可离开孟那城去燕岗岭，他应该会听话吧。”

片刻后——

罗峰看着眼前的豪奢府邸，只见门上挂着牌子。

“这是倪府，别堵在门前，让开让开。”

“黑衣小子，滚到一边去。”

府邸门口的两名护卫呵斥道。

罗峰脸色略显难看，定定地看向两名护卫。

一时间，两名护卫感觉天地仿佛都消失了，眼前只有黑衣青年。

黑衣青年散发出来的无形压力令他们都快崩溃了。

“我问你们，雨刀门呢？”罗峰冷冷地问道。

“雨刀门？雨刀门早就被灭门了。”

两名护卫惊恐地说道。

此刻街道上来往人影如织，人们只看到两名护卫和黑衣青年说话，却听不到他们在说什么。

罗峰瞳孔一缩："雨刀门被灭门的事情，给我详细道来。"

"是，是。"

"我们说。"

两名护卫立即从头到尾说了一遍，包括后来有人为雨刀门报仇的事。

第533章

八十年后的纳可

黑夜中，黑衣罗峰悄无声息地离开了孟那城，直接一飞冲天，回到机械族宇宙飞船中。

控制室。

罗峰坐在沙发上，神色冷峻，低喝道："出发，去燕岗岭。"

机械族宇宙飞船立即加速，朝燕岗岭赶去。

"怎么了，罗峰？"巴巴塔也坐在沙发上。

"大概五十年前，雨刀门被灭门了。"罗峰眉头紧蹙，"精英力量全被灭了。更想不到的是，灭掉雨刀门的，竟然是那个大徒弟。大概三十年前，一位有着银发的精神念师出现，将元凶击杀，而后离开了。"

"纳可呢？"巴巴塔追问道。

"根据那两名护卫的描述，我怀疑那位精神念师就是纳可。"罗峰缓缓说道，"我当初留给他的，就是精神念师的修炼之法。如果我猜得没错的话，纳可很可能去燕岗岭了。"

"嗯。"巴巴塔点点头。

"嗖！"机械族宇宙飞船在血洛世界外面的虚空中迅速飞行着。

一天后，抵达了燕岗岭外的虚空中。

按照老办法，罗峰的原核留在本尊体内，本尊留在机械族宇宙飞船中，魔杀族分身则悄然冲破云层，前往燕岗城。

夜。

寒风呼啸，燕岗城千万公里外的一座山林中的一个山壁洞穴内。

篝火燃烧着，令洞穴内很是温暖。

“爹，”一个高大的银发青年在地面上铺了布，手里拿着一些食物，“我们吃饭吧！我们逃了这么远，现在距离燕岗城最起码有千万公里，而且我们没有进城，而是露宿荒野中，对方想要找到我们，没有那么容易的。”

“嗯。”一个面容苍老、银发凌乱的中年人点点头。

中年人端起旁边的果酒，拿起食物，一边吃一边笑着看向眼前的青年，眸中满是自豪。

他感叹道：“可可，你成熟多了，爹能够在死前看到你，老天待爹不薄。快说说，你当年怎么就突然消失了，爹都快急死了。”

银发青年正是失踪了很久的纳可，中年人自然就是纳布。

“爹，”纳可点点头，“详细情况是这样的……”

他将当年的情况详细说了一遍。

纳布听了，眼睛瞪得滚圆。

“竟然是我同意你跟峰大人走的？然后我还同意峰大人抹掉了我的记忆？”纳布惊诧不已，随即又笑了，“嗯，我的确会那么做。跟我讲讲，这么多年你都是怎么过来的。我看你似乎受了不少苦。”

血洛世界的土著们天生都是大地级（行星级）强者。此外，血洛世界的面积广袤，令其拥有很多特殊血统。

纳家的血统也有点特别，那就是纳家人成年后，头发都会变成银色。

“当年，我被峰大哥带走……”纳可缓缓叙说起来，“……那一夜，我逃出孟那城，那时我就发誓，一定要给师父报仇……

“我在通连山碰到了我的另外一位师父……

“我和两位义兄暂别，独自回了燕岗城，回到燕岗城后，我控制筋骨和肌肉，改变容貌，加上当年燕岗城就没几个高手认识我，现在我又是云霄级强者，一直隐藏得很好。我悄然探察，得知家族被灭，爹还活着，我就几乎肯定其中有阴谋，便先进入城主府，当了将领，经过半年……”

纳可说了足足一个多小时，才将事情全部说完。

纳布有些不敢相信。

眼前这个谨慎、聪慧、果断的青年，还是当年那个一腔热血却傻乎乎的纳可吗？

这些年，纳可经历了很多，的确长大了。孟那城、通连山、炎眸族……他闯荡过许多地方，一次次在生死边缘徘徊，完全成长起来了。

“你长大了。”纳布轻声感叹。

“嗯！我最该感谢的是峰大哥。”纳可笑道，“峰大哥为我做好了充分的准备，正因为有了这些，我才能在遭受挫折后勇敢地站起来，最终达到云霄级。不过，云霄级不是我的最终目标，我的目标是领域级乃至世界级！”

“嗯，很好。”纳布连连点头，很是欣慰。

当年他赌对了。

燕岗城，城主府。

“找不到？”紫衣女子站在大厅内，盯着眼前的城主濮阳温。

濮阳温连忙躬身，惶恐地道：“是属下，是属下……”

“你给我说清楚。”紫衣女子脸色一沉。

“是属下的失误，我已经发动百万军队去各个方向探察……”濮阳温的额头都是冷汗。

因为他仅仅是领域级初等强者，而眼前的紫衣女子是领域级高等强者，还是世界主司雍的爱徒，随时能够轻易灭了他。

紫衣女子让他做的唯一的事情，就是监管纳布，可他竟然出了大纰漏，他怎能不惶恐？

“白痴！废物！”紫衣女子冷笑一声，“百万大军？你之前都说了，是你麾下那将领的问题。那将领是云霄级的精神念师，他的飞行速度何等快，一口气飞千万公里都不是难事。你竟然派出百万大军分头去各个方向探察，愚蠢！”

濮阳温闻言一怔。

“滚，滚，滚。”紫衣女子怒道。

“是。”濮阳温当即退下。

待走出大厅，原本一脸惶恐的濮阳温，眼眸中掠过一丝不屑：“对，我是白痴，如果不是这样，当初你怎么会支持我当城主呢？等着吧，等我的主人一声令下，看谁才是真正的白痴！”

大厅内。

紫衣女子冷笑一声：“真是没用，幸好我当初根本就没将希望寄托在这个白痴身上。”

“嘀！”她一翻手，手中出现一个通信器，通信器显示屏上出现一幅地图，地图上某处出现一个光点。

紫衣女子顿时笑了：“谁会傻乎乎地一直盯着啊？我当时直接令他昏睡，在他那经受刑罚而重伤的身体内植入一个小型通信器，不就可以随时知道他的位置了？”

通信器和宇宙飞船相比，制造难度要低得多。

那些世界主给麾下的重要人物都发放了通信器，紫衣女子作为世界主司雍的左膀右臂，弄到各种型号的通信器是非常容易的。

“距离这里果真超过了千万公里。”紫衣女子淡淡一笑，“我不急着抓，先盯着，估计那个银发人会带着纳布去见神秘高手峰。”

紫衣女子想到这里，立即给她的师父司雍发送了讯息。随即，她直接飞出城主府，在夜色中一飞冲天，朝纳布、纳可父子二人所在处飞去。

“她是燕岗城内实力最强的。燕岗城军队被调动，据说是去找纳布和那银发将领了。”

“嗯，那银发将领应该就是纳可。这紫衣女子深夜飞出城，很可能是知道了纳布和纳可的下落。”下一瞬，一道黑色幻影尾随紫衣女子破空而去。

上千万公里的距离，即使紫衣女子是域主级八阶强者，在血洛大陆超强引力的影响下能达到1000公里/秒的速度，也飞行了三个多小时，才在山林中潜伏下来。

“暂时不惊动他，师父很快就会过来，到时便可趁机抓住峰了。那神秘高手峰竟然敢杀了我的两位师兄弟和神殿特使，真是该死。”

紫衣女子站在一棵足足有三米粗的大树的树杈上，看向远处，气息却完全收敛。

域主级强者的确擅长收敛气息。

此刻，紫衣女子的后方站着一个黑衣男子。

“嗯？”紫衣女子若有所觉，疑惑地朝后面看了一眼。

当她看到悬浮在半空中的黑袍罗峰，顿时脸色大变。

黑衣，黑色短发，青年？

“你就是峰？”紫衣女子死死地盯着眼前的黑袍人。

“你在找我？恭喜你，你找到我了。”罗峰点点头。

“嗖！”紫衣女子眼中厉芒一闪，瞬间施展出了精神攻击，同时准备辅以念力兵器攻击。

“嗡！”一道刀光亮起，刀光璀璨得令人迷醉。

紫衣女子神情恍惚，随即意识完全陷入黑暗中。

刀光消失，罗峰手中的血影战刀回到空间戒指中。

紫衣女子仅仅腹部有一道伤口，刀光透过伤口，直接刺穿命核，令其殒命。

经过八十年潜修，金角巨兽体内世界吞噬了大量配比好的珍贵金属，修炼效率达到52倍。八十年就相当于4000多年，而域主级强者的进化所需的时间很长，七阶、八阶、九阶这最后三阶都需要1200年，从域主级九阶到界主级一阶，更是需要5000年左右。

现如今，金角巨兽、魔杀族分身都达到了域主级九阶，而境界更是高得离谱，通过能够发挥出本身数十倍本源法则威力的魔杀族分身施展，威力更是可怕到极致。

“什么人？”纳可脸色一变，挡在洞口前。

“是我。”罗峰直接从半空中降落，手中拎着紫衣女子的尸身。

“峰，峰大哥！”纳可瞪大眼睛。

“峰，峰大人。”纳布也惊讶得很。

第534章

罗峰大战世界主

纳可看到罗峰手中抓着紫衣女子的尸身，连忙说道：“这，这是世界主司雍的三弟子，她……”

罗峰随手将紫衣女子的尸身扔在地上，道：“你们现在很危险，世界主司雍正朝这里赶来。”

“司雍？”纳可和纳布听了，脸色大变。

司雍是这一方世界的世界主，堪称无敌的存在！

“司雍知道你们在这里，正往这里赶来。”

罗峰解决了紫衣女子，发现了她的通信器，让自己的辅助智能光脑侵入并探察，得知了不少事情。

“怎么会被发现呢？我带我父亲过来是非常小心的。”纳可不敢相信。

“你爹的体内被植入了通信器。”罗峰说道。

“什么？”纳可转头看向纳布。

而纳布满脸疑惑之色。

纳可当即释放出念力，仔细探察了一番，终于在纳布的小腿骨中发现了一个小巧的仪器，当即说道：“爹，你忍着点，我帮你取出通信器。”

这些年闯荡四方，纳可自然听说过通信器。一般来说，能配备通信器的，都是领域级强者。

一道乌光划过纳布的小腿，一个通信器直接被念力卷出。随即，念力直接压迫止血，以纳布的体质，这点小伤不算什么。

罗峰命令辅助智能光脑探察，道："检查他的体内是否只有一个通信器。"

"是，主人。"智能光脑放射出信号，扫描了一遍，"确认，仅一个通信器，已经取出。"

"嗯。"罗峰看着眼前的这对父子，"纳可、纳布，你们现在赶紧离开。哦，对了……"

他一翻手，手中出现了一枚空间戒指，递给纳可。

"这是？"纳可一怔。

"这里面有很多钱财。"罗峰说道。

既然要离开血洛世界，血洛世界的钱财带到外边当然没用，不过，自从进行了狩猎计划，罗峰积累了惊人的财富，现在给纳可父子的，也就是城主财富的100倍左右，更多的财富罗峰并没拿出来。他倒是愿意给他们更多财富，可这对纳可不是好事。

"你们现在赶紧走，走得越远越好。"罗峰低声说道，"至于司雍，我帮你们拦着。"

"峰大哥！"纳可忍不住喊道。

"峰大人，你……"纳布也有些不敢相信。

"还不走！"罗峰皱眉。

纳可和纳布经历过大风大浪，都是识大局的人，到这一步，也不再多说什么。纳可立即带着纳布，脚踏念力兵器，化作一道流光，直接离去。

看着纳可父子离去，罗峰笑了。

"纳可，我来一次血洛大陆，也算跟你有点缘分，以后，就靠你自己了。"罗峰轻声说道。

随即，他直接一飞冲天，落在旁边一座数千米高的山峰上。

他遥看远方天际，喃喃道："对我而言，域主级强者没有丝毫挑战性，只有界主级强者才能激发我的斗志！来吧，司雍！"

罗峰站在山峰之上，任凭风吹，默默等待着。

一艘银黑色的飞碟形宇宙飞船出现在山峰上空的第十五云层。

“按照通信器上显示的位置，就是在这里。”

司雍穿着黑色战衣，一头蓝色长发，嘴唇很薄，十分冷酷。

随即，其身后的宇宙飞船消失，而他本人化作一道流光，直接俯冲向下。

冲破第十五云层、第十四云层……直至冲破第一云层，朝山林俯冲过去。

忽然，他停在半空中，皱眉看着前方巍峨山峰最高处站立的黑衣人。

“我叫……”罗峰远远地看着他，“峰！”

“峰？！”司雍的世界之力辐散开去，瞬间发现了紫衣女子的尸身，嘴角猛地抽搐，“我的徒儿……”

“死了。”罗峰冷冷地道。

司雍面目狰狞，咆哮起来：“在我的地盘上，你竟然敢杀我的徒弟，你不就是一个小小的领域级强者……”

“不服就来大战一场，少废话。”罗峰目光冷厉，充满战意。

司雍错愕。

对方区区领域级强者，竟敢挑战他这个世界级强者，开什么玩笑。

“哈哈……”司雍怒极而笑，“找死！”

山风冰冷呼啸，罗峰却感到热血沸腾。

眼前这个黑衣男子是世界主，又是界主级强者，而且凭借气息感应判断，应该达到了界主级五阶。

宇宙级九阶强者挑战界主级五阶强者，这简直不可思议。

即便是最强的天才也不敢这么嚣张，因为级别相差太大，单纯力量和层次就相差好几十倍，更何况，世界主能够制造一方世界来压制对手。

可是，罗峰就是敢公然挑战世界主。论实力，他现在可媲美伯兰，堪称宇宙人类中的顶尖天才，而且现在是空间的宠儿，还拥有属于宇宙最强暗杀族群的魔杀族分身。

“宇宙级九阶强者挑战界主级五阶强者？”

罗峰盯着悬浮在半空中的司雍，战意更加狂热。

两人忽然安静下来。

一个站在巍峨山峰顶端，一个站在半空中，遥遥相对，沉默不语。

“轰隆隆——”天地震荡。

司雍悬空而立，长发飞舞，双眸爆射出耀眼的白光，朗声大笑道：“就你，还想跟我斗？”顿时，周围的山石，包括罗峰脚下的山峰都碎裂了。

无数碎石升起，悬浮在半空中。

密密麻麻的石子悬浮在各处。

“去！”司雍遥指罗峰，大喝一声。

“呼——”无数石子疾速袭向罗峰。

司雍是界主级五阶强者，他操控了这么多石子，每颗石子却都有击杀域主级九阶强者的威力，这么多颗石子聚集在一起，威力可想而知。

“轰——”无数石子轰击而下，令周围山崩地裂。

一座座山峰崩塌，无数树木倒下，每颗石子产生的冲击波相互撞击，周围数千公里范围都受到波及。

“你的石子飞得太慢了。”一道声音响起。

司雍蓦地转头，看向左侧远处站着的罗峰，心中暗惊：“这个名为峰的家伙瞬间爆发的速度比我还要快得多！”

“快拿出真本事，否则我很快就能解决了你，那就太没意思了。”

罗峰手一翻，手中出现了血影战刀，遥看对手，双眸充满了战意。

“唰！”他猛地前冲，速度快得惊人。

即使心中早有准备，司雍依旧大吃一惊，他条件反射似的将自己的体内世界进行投影，浩瀚的世界之力直接将周围数千里范围内的空间扭曲了。

景色顿变，之前还是山脉，现在却变成了无尽的海洋，海面还漂浮着一些小冰山。

“嗯？”罗峰顿时感觉到了可怕的压迫，整个人好似被套上了枷锁。

“这就是世界主的象征，世界主力压域主级强者的最强倚仗，果然厉害！在一方世界的压迫下，我各方面实力都要大大下降。”罗峰思忖着，眼神却变得更加炽热，“不过，这样才有意思嘛，那我就拼尽所有力量大战一场吧！”

在世界之力的压迫下，海洋上空突然出现了上万个“罗峰”。

看到密密麻麻的人影，司雍吓了一跳。

“我的天，在我的世界之力的压迫下都能形成上万个幻身，这未免太强了吧！他的空间本源法则感悟究竟达到了什么地步啊？”司雍震惊了。

别说在血洛世界，就算是在宇宙中，也没几个这么厉害的人物。

“哗！”一道璀璨的刀光亮起。

周围的空间仿佛受到操控，无形的空间之力压迫着司雍周围的区域。无形之力对空间的压迫，完全能够媲美这一方世界的压迫。

“他的空间本源法则感悟到底达到什么地步了？”司雍还是很好奇。

忽然，他的面前浮现一黑一白两个尖锥。

“铛！”白色尖锥散发着冰冷的气息，周围都形成了冰晶，直接撞击在罗峰的刀上。

罗峰的身体一颤，不禁喷出一口血，同时低喝一声：“幽影！”

“呼！”他的身影瞬间变得模糊。

司雍的脸色很是难看。

忽然，一道模糊的影子瞬移似的出现在司雍的身侧，同时带着暴戾气息的一刀直接劈向他。

司雍后退的同时，连忙操控身侧的黑色尖锥去抵挡。

“铛！”

这一刀竟然劈得黑色尖锥退开了，随即气势更强，直劈司雍的脖颈。

“轰！”司雍身前出现了四块盾牌，四块盾牌悬浮在四周。

罗峰这一刀劈在了正前方的盾牌上，劈得司雍瞬间后退数百公里。

魔杀族分身最强绝招，幽影七绝刀——葬身！

在来血洛世界之前，罗峰的最强绝招是“昙花”，因为这些年金角巨兽都在研究撕天一爪，感悟撕天一爪非常快，因而撕天一爪也成了罗峰的最强绝招。

而撕天一爪和葬身很多方面都相近。参悟撕天一爪，令罗峰在葬身这一招上面感悟突飞猛进，八十年后，这一招反倒成了魔杀族分身的最强绝招。

何谓葬身？那就是拼尽全力，宁可牺牲自己，也要施展出的最强一击。

司雍脸色难看，看着身前的四面盾牌和双色尖锥，心中暗道：“我竟然在短时间内被逼得使出自己的世界、防御兵器、攻击性念力兵器，这……”

在此之前，司雍怎么都不会想到，他会被一个领域级强者逼得使出所有绝招。

“啊——”司雍满脸通红，盯着远处的罗峰，“小子，我会让你知道，领域级强者是不可能打败世界级强者的，绝不可能！”

第535章

反败为胜

海水汹涌咆哮，浮在海面上的一座座冰山随之起伏，而这一方世界的主宰司雍悬浮在半空中，表情狰狞。

短时间内，他被罗峰这个领域级强者逼到这个地步，自然恼怒。

这是耻辱!

“少废话！”罗峰一身黑衣，遥遥悬浮在远处的半空中。

他的身体再度化为幻影，通过魔杀族分身来施展幽影身法，简直如鱼得水，近距离战斗瞬间爆发的速度远远超过司雍。

司雍立即后退。

“该死！”司雍怒吼一声。

顿时，他身前的黑、白尖锥发出无比耀眼的光芒，白色尖锥周围冰冷，空气中凝结出了冰晶，而黑色尖锥周围形成了浪涛，还有环绕的黑水，令整个黑色尖锥宛如一条黑龙。

“轰！轰！”一条黑色水龙和一条白色冰龙相互缠绕、旋转。

这一方世界当即震荡起来，世界之力涌入那两条龙中，黑色水龙蕴含着连绵不绝的意境，白色冰龙则蕴含着绝对的肃杀之意。

此招名为“双龙刺”，是司雍参悟水之本源法则后，感悟出来的一大绝招。或许他感悟本源法则的程度远不如罗峰，但毕竟蕴含了一些本源法则之力，而且在纯粹的力量和一方世界的压迫下，他的优势太过明显。

两条龙缠绕、旋转，仿佛形成了巨大的电钻，瞬间就钻出一道幻影，到了罗峰眼前。

“果然发飙了，真快！”

身法施展到极致的罗峰看着几乎瞬间就到眼前的黑色水龙和白色冰龙，顿时改变方向，尽力闪躲，同时他的手中出现了六棱盾牌，六棱盾牌只是侧着微微前推。

这一推，看似简单，却仿佛将周围空间都推了过去。

“轰！”

彼此缠绕、旋转的黑色水龙、白色冰龙受到空间的压制，稍微受到了影响，随即撞击在六棱盾牌上。

在撞击的同时，这两条能量巨龙轰然爆炸。

可怕的爆炸力几乎瞬间就轰得罗峰倒飞开去，鲜血从他口中喷出，而其手中的六棱盾牌更是飞得远远的。

“嗖！嗖！”两条能量巨龙的核心，也就是那两个尖锥露出了真身，直接刺向罗峰。

“唰！”人还在半空中的罗峰再度闪躲开来，周围瞬间出现上万个幻身。

“一撞，二爆炸，三刺。”罗峰低头看看手臂，原本抓着盾牌的左臂断裂，然而黑色气流缠绕，瞬间恢复正常，“蕴含法则之力和世界之力，以一方世界辅助，两件念力兵器合力攻击，这一招的威力够强的。”

司雍原本露出了一丝喜色，随即愤怒地咆哮起来：“你还不死？我就不信，你死不了！”

“给我去！！！”司雍大喝一声，同时脸色瞬间苍白，指着那两个尖锥，似乎拼尽了意识来操控它们。

“轰！轰！”

白色尖锥周围无数冰晶凝聚，竟然直接凝聚成了一条巨大的冰龙，而黑色尖锥周围黑水环绕，直接凝聚成一条黑色水龙。

相比之前，这招明显清晰得多。

两条龙的利爪、尖角、翅膀都清晰可见。

“去死吧！！！”司雍彻底癫狂了。

“嗷——”

两条巨龙呼啸着冲了过去。

不知道是龙的吼声，还是速度过快产生的冲击波的声音，两条巨龙盘旋着，龙尾抽打，利爪挥拍，身体横冲直撞，顿时逼得罗峰的无数幻身消失，狼狈不堪。

“我们的绝对力量相差数十倍，他又有一方世界的辅助，而且懂得水之本源法则，还是非常难惹的精神念师。我就算拥有魔杀族分身，大战起来也很吃力，不过，这样才算得上是挑战啊！”

罗峰将身法施展到极致，魔杀族本来就是最强的暗杀族群，而《幽影秘典》中的秘法正是适合这一路线的。

幽影身法和魔杀族分身的确是绝配!

在司雍的疯狂攻击下，罗峰虽然一次次受伤，但是至少能保住小命。至于受伤，魔杀族分身乃能量生命，伤势完全能迅速痊愈。

罗峰嘴角溢出鲜血，鲜血再次一闪而逝。

“哧！”一道刀光亮起。

下一瞬，刀光却被那条白色冰龙的利爪给挥开了，而那白色冰龙的整个蹄爪轰然碎裂，但是，紧接着再度凝结成形。

罗峰则被撞得倒飞开去，一闪身，又消失了。

“怎么会这样？他怎么还不死？”司雍双眸瞪得滚圆，面目狰狞，“他区区一个领域级强者，而我可是世界级强者！他到底拥有什么鬼魅般的身法，竟然快到这个地步？而且，他一次次受伤，最后竟然一点影响都没有。”

司雍悬浮于半空，竭力操控两件念力兵器攻击罗峰，明显处于上风，可是这并不代表他能获胜。

他明明压制着罗峰，可罗峰就是没事，身法依旧如鬼魅，攻击力依旧让人心惊，这令他愈加恼怒。

"看来只能缩小范围了。我的念力兵器攻击的范围小了，效率才能更高。"司雍意识到了问题。

因为双方战斗范围太大，而罗峰一闪身就是数十公里，瞬间就是上百次移动，空间再大，罗峰也施展得开，司雍的那两件念力兵器自然无法将优势转化为胜利。

"轰隆——"两条巨龙都后退，朝司雍靠近。

之前罗峰在半径100公里的范围内都会遭到攻击，可现在两条巨龙后退，只有当罗峰在以司雍为中心，半径30公里的范围内，才会遭到攻击。

范围缩小，攻击的效率显然更高。

"真聪明，你总算意识到问题所在了。"

一直被逼得后退，根本无法靠近司雍的罗峰，眼眸中闪过一道光芒，瞬间冲向司雍。

他刚冲向司雍的时候，以两件念力兵器为核心凝聚而成的巨龙一动不动。

当罗峰靠近时，两条巨龙才咆哮而出。距离拉近，黑色水龙和白色冰龙瞬间冲到罗峰面前，快到罗峰闪躲都有些狼狈。

"轰！"一次交手，令罗峰身体一颤，嘴角渗出鲜血，踉跄着往后退。

"哈哈哈哈……"见优势明显更大，司雍顿时大笑起来，"我是世界主，而你不过是领域级强者，你再厉害，也不是我的对手。"

"唰！唰！唰！"罗峰一次次闪身，一次次逼近司雍。

距离近，有好处也有坏处，好处是罗峰速度快，偶尔能极快地冲到司雍身前，坏处是彼此攻击速度更快，反应时间更短。

"唰！"

罗峰犹如鬼魅般一闪身，就穿过三十公里的距离，瞬间到了司雍前方仅仅百米处。司雍一边操控着四面盾牌，一边操控那两件念力兵器继续围攻罗峰。

"我就不信，近距离下，你能撑过一次两次三次，还能撑过十次百次。"司雍冷冷地道。

"葬身！"罗峰一声低吼，施展出现如今最强的一招。

刀光灰暗，瞬间就越过数十米的距离，直接劈向司雍。而刀光中蕴含的那股凛冽气息，令人心惊。

周围的空间都受到这把战刀的操控。

刀光的前沿隐隐有着一丝金色的光芒。

“幽影七绝刀——葬身！”

“没用的。”司雍不屑地笑道。

“轰！轰！”两面盾牌前来阻挡，第一面盾牌被轰得后退，第二面盾牌硬扛住了这一刀。

后面的两条巨龙咆哮着袭向罗峰。

罗峰双眸眯起，同时直接放开手中的战刀，右手瞬间变长。原本普通的右臂，几乎瞬间就擦着盾牌的边缘猛地延伸开去，瞬间就延伸至数十米长，而且生命晶核也冲进了变长的右臂中。

两条巨龙轰击在罗峰的身上。

“什么？！”司雍看着瞬间变成数十米长的右臂，顿时大惊。

“他的手臂怎么会变长，难道是战衣延伸的缘故？没用的，他的身体已经被毁，就算命核完好，可没有完好的肉身，根本无法发挥多少力量。”

想到这里，司雍丝毫不慌。

人的身体发力需要通过脊椎、肌肉等等，身体被毁，仅剩一只断臂，又有何用？

“唰！”刀光亮起，瞬间掠过司雍的脖颈，而后刺入其身体，扫荡一遍，直接刺在命核上，令命核碎裂开来。

“怎，怎么可能……”司雍瞪大眼睛，“原力战衣延伸出的假手臂怎么可能施展出这么可怕的刀法，身体被毁，仅仅一只断臂，又怎么能够全力攻击呢？”

临死前，司雍的脑海中闪过诸多念头。

随即，一切轰然破碎，意识泯灭。

那两条巨龙陡然消散，露出两件念力兵器，这一方世界则轰然崩塌，海水消失，露出了那破败不堪的山林。

念力兵器直接从半空中坠落，盾牌也坠落下去。

司雍，殒身！

“哧哧——”那断臂瞬间化为黑色气流，黑色气流凝聚，化为黑衣罗峰。

黑衣罗峰眼中有着一丝疲惫。

“成功了！”罗峰低头看着那坠落的尸身，心中暗道，“真正的人类，身体被毁掉，只能用念力攻击，无法进行近身战，可是魔杀族分身是能量生命，我若是想变，可让其变成千万模样，别说是断臂，就是变成摩云藤，或者一颗石头，我照样能攻击。”

第536章

天蚀宫

魔杀族分身能够千变万化，变成人类，骨骼、肌肉、皮肤、头发、眼睛、鼻子等都跟人类的一模一样，受伤了，也会骨头断裂，受到的撞击太猛烈，也会吐血……一切就跟真人一样。

而如果它变成金角巨兽，同样能模拟出鳞甲、尖角，甚至模拟出鳞甲上的秘纹。当然，体积越大，消耗的能量越惊人。魔杀族分身就算变成金角巨兽，也仅仅是数十米长的金角巨兽，如果要变成体积更大的金角巨兽，恐怕短时间内就会将生命晶核内的能量消耗掉。

黑夜，寒风呼啸。

山林化为一片废墟，黑衣罗峰俯瞰下方。

“我竟然真的以魔杀族分身杀了司雍？！”罗峰自己都有些难以置信，“魔杀族分身虽然很强，但是毕竟擅长的是暗杀，一对一厮杀，宇宙中比魔杀族分身强的多的是。”

比如星空巨兽中的十二大高贵血统怪兽，哪个不是无比彪悍？

又比如血洛世界远古图影中的怪兽，同样彪悍。

此外，还有宇宙中巅峰族群之一的虫族中的母巢，还有金属类生命、植物类生命中的强者，这些都是丝毫不比金角巨兽弱的可怕存在。

一对一厮杀，它们都是无比彪悍的。

“魔杀族分身强在暗杀方面。我其实只需击杀司雍的一名徒弟，而后变成那徒弟的模样，同时施展‘复制’这种天赋秘法，完全复制那徒弟的生命气息。这样一来，我就算到了司雍面前，司雍也根本认不出来。近距离下，他毫无防备，我可以瞬间一刀将其击杀，这可比正面硬拼要容易千百倍。”

罗峰心里很清楚，让魔杀族分身去暗杀司雍，是没有挑战性的。

毕竟“复制”这种天赋秘法实在太强了。能复制出一模一样的人，不单单表面一样，就连气息都一样，根本看不出任何问题。

在浩瀚宇宙中，魔杀族都是让无数族群害怕的暗杀族群，如果不是“复制”这种天赋秘法太强大，魔杀族也不会博得“宇宙最强暗杀族群”的称号。

“没有使用复制秘法，却能击杀司雍，除了司雍本身感悟本源法则较差的缘故，还有双方力量差距较大的原因，这八十年，我努力潜修，实力进步的确很大。”罗峰心情愉悦。

他再次俯瞰下方狼藉的山林。

司雍死后，其体内世界破碎，周围山林中满是他遗留的大量宝物。

罗峰收了司雍的空间储物器，带走了一些珍贵的宝物，至于其他宝物，他觉得根本不算什么，所以一件都没有拿。

“嗖！”他直接一飞冲天。

半天后，一支队伍发现了这些遗留的宝物。对于他们来说，这些宝物都是很宝贵的，为了争夺这些宝物，队伍内部开始自相残杀。

此事传开，更多人来到这里，抢夺宝物。

就这样，司雍的死讯也传开了。

司雍一死，周围几大世界的世界主立即进攻，开始抢占地盘，司雍的势力很快便土崩瓦解。连为司雍报仇的人都没有，更别提为司雍去抓纳可和纳布了。

“这，这是峰大哥留给我的？”

纳可带着父亲纳布潜藏在一个隐秘之地，歇息时，探察了一下空间戒指，大吃一惊。

“可可，怎么了？”纳布问道。

“峰大哥给了我大量的钱财，比我们家当年的财产多百万倍。”纳可回道。

纳布眼睛一亮，道：“哈哈，有了这笔巨额财富，我们纳家一定会崛起，比过去更加强大！”

纳可微微点头，却很担心罗峰：“峰大哥说，他帮我们去抵挡司雍，也不知道他现在怎么样了……”

纳布长叹一口气。

罗峰对他们太好了，父子俩都希望罗峰不要出事。

之后，纳可和纳布听到司雍的死讯，不由得骇然。

显然，司雍死的地方，正是当初罗峰等待他的地方。

“峰大哥杀了司雍？”

“峰大人杀了司雍？”

纳可、纳布都很震惊。

血洛世界中后来发生的事情，罗峰自然不知道。

杀了司雍后，罗峰的魔杀族分身一飞冲天，回到机械族宇宙飞船中，而后便离开了。

“血洛世界，就此告别吧！”罗峰站在机械族宇宙飞船的控制室内，透过窗户看着下方无尽的浩瀚大陆，“纳可，我达到域主级后，便会在宇宙中担任封疆大吏，之后为了达到界主级，更是要经历生死磨炼，恐怕很久都不会来血洛世界了，下次有机会来血洛世界，希望还能见到你。”

关于血洛大陆，他心中依旧有很多疑惑。将来终有一日，他还要回来好好探察一番。

虚空中，薄雾弥漫。

一座宏伟的宫殿悬浮着，正是天蚀宫。

正因为天蚀宫的存在，从远古时期到如今，血洛世界中的诸多强者一直不敢出来，只能龟缩在血洛世界内。

“嗖！”天蚀宫中飞出一个小不点，迅速朝罗峰所在的机械族宇宙飞船靠近。

那是一艘三角形的黑色宇宙飞船。

“罗峰殿下，您好，我是天蚀宫的接引者默洛克。恭喜罗峰殿下，完成血洛世界历练。”那艘宇宙飞船靠近机械族宇宙飞船时，直接发送讯息过来。

很快，在这艘宇宙飞船的带领下，罗峰来到了天蚀宫第一层的大殿，大殿的长宽有数千公里。

罗峰收了机械族宇宙飞船，站在大殿内，惊叹不已。

大殿内还停着数艘宇宙飞船，几乎占了大半的面积。据罗峰判断，最起码也是E级宇宙飞船，甚至还有F级宇宙飞船。

穿着银色战衣的界主级强者默洛克在前面带路。

“罗峰殿下，”他说的是宇宙通用语，声音略显高亢，“你竟然在血洛世界中待了八十年，真是让人惊讶。”

“我主要是为了完成血武者任务。”罗峰边走边笑。

“罗峰殿下完成了血武者任务？”默洛克大吃一惊。

“嗯。”罗峰点点头。

“哇，恭喜罗峰殿下！”默洛克笑道，“我在这儿也接待了很多去完成修炼任务的天才，甚至还有来自巨斧斗武场、宇宙佣兵联盟的天才，可是能够成为血武者的寥寥无几，因为要融合三颗血洛晶，一般要在古神废墟中待很久，很多人都没耐心，而且古神废墟中很危险。”

罗峰点点头。

两人边走边聊。

虽然不是刻意走快，但是仅仅几分钟，他们便穿过数千公里距离，来到前往宫殿第二层的楼梯处。楼梯宽阔，每一阶都有100米高、1万米长、5000米宽，通体好似琉璃，抬头看去，有上千阶，呈螺旋结构。

“要去宫殿的上一层，只有从这里走。”默洛克笑道。

两人化作流光，沿着楼梯，朝上飞行。

“没必要去上面吧！你们给我安排一艘宇宙飞船，然后送我离开不就行了？”罗峰道。

“天蚀宫宫主要见你。”默洛克说道。

“宫主？”罗峰错愕。

天蚀宫宫主是何等身份？那可是坐镇天蚀宫、震慑血洛世界的高高在上的存在，就算是在虚拟宇宙公司中，也绝对算是统治阶层的超级存在了。

“嗯。”默洛克眼中流露出一丝羡慕，“我来天蚀宫这么多年，都没见过宫主。我们宫主有着不可思议的实力，他坐镇天蚀宫，那血洛世界不朽神殿的不朽级强者和古老的存在没一个敢出来。宫主要见你，可是你的荣幸。”

“宫主为什么要见我？”罗峰疑惑。

天蚀宫宫主至少是宇宙国主级别的人物吧，或许还要强一点，否则怎么能威慑血洛世界？

此等人物，对那些超级存在都不在意，怎么会想要见他这个小人物呢？

“我一个接引使者，怎么会知道宫主要见你的原因呢？”默洛克笑道，“我的权限仅仅是将你送到第二层，上面我都没资格上去。不过，你放心，上面会有人迎接你，直接将你送去天蚀宫第九层，见宫主。”

话音刚落，两人就到了宫殿第二层。

罗峰一眼看到不远处站着一个三米多高，乱发披散，背着一柄巨斧的壮汉。

那魁梧壮汉身上散发的气息似乎比当年乾巫宇宙国的神将十三还要可怕。

第537章

天蚀宫宫主

“拜见不朽！”默洛克恭敬行礼。

魁梧壮汉应了一声，便看向罗峰：“罗峰，宫主要见你，跟我来。”

说完，一股无形的力量仿佛一只大手，瞬间将罗峰给托住。而后，魁梧壮汉直接带着罗峰，化作流光，迅速朝天蚀宫第九层赶去。

“这就是不朽之力？”罗峰感应到周围的无形之力蕴含的法则波动。

一层层往上飞，天蚀宫每一层都无比广阔。

很快，魁梧壮汉便带着罗峰来到了第九层。

第九层大殿应该是天蚀宫中最大的。

第一层有专门停靠宇宙飞船的大殿，有接待外来者的偏殿，还有界主级强者们休息的偏殿，也有专门监视血洛世界的偏殿，还有供界主级强者们修炼的偏殿……

从第一层到第八层，每一层都很大，却被分割成了好多个空间。

第九层却是一个整体，没有被分割，大殿长宽都达到数万公里，高度也有数万公里，空间极大。

“天蚀宫宫主？”进入第九层大殿，罗峰的目光落在远处站着的人影身上。

那人有着一头棕红色的长发，他穿着银色长袍，仔细看去，却好似有无数幻影，隐隐能看到衣袍上有一些金色丝纹，一眨眼，却发现依旧是身穿银色衣袍的人影，如梦如幻，让人难以看透。

站在那里，遥看天蚀宫外面无尽的虚空，这一刻罗峰心中感慨万千。

“宫主！”魁梧壮汉恭敬行礼。

“去吧。”一道清雅的声音响起。

“是。”魁梧壮汉化作一道流光，立即离开第九层。

第九层楼梯处顿时浮现一面光幕，随即消失，似乎关闭了通道。

那人终于转过身来！

棕红色长发，晶莹的皮肤，黑色的眼睛，眉心有着竖起的纹痕，长相和地球人很相似。虽然身高一般，但是气势很强，不怒自威。

“罗峰。”一道声音好似响在耳边，又似在罗峰心中响起。

罗峰这才回神，心中暗道：“我的意志强大，竟然受到他的影响而不自知，这，这未免太可怕了。看来，和宇宙中占统治地位的大能者相比，就算是我最引以为豪的强大意志，也依旧有很大差距。”

若是宇宙中的一些强者知晓罗峰心中的想法，恐怕会耻笑他。站在宇宙巅峰的伟大存在，单单经历无尽岁月的磨砺和宇宙本源的影响，他们的意志便达到了不可思议的地步。

罗峰一个才活了数百年的小家伙，竟和天蚀宫宫主相比？人家可是震慑血洛世界的存在。

“罗峰拜见宫主。”罗峰恭敬行礼。

“你的意志不错。”天蚀宫宫主微微点头，“这一届天才战是上万纪元来最优秀的一届，因为出现了伯兰、你以及戎钧等天才。”

罗峰有些受宠若惊。

上万纪元，那不就是上亿年吗？

“在你进入血洛世界之前，虚拟宇宙公司管理层对你和伯兰有过争议。”天蚀宫宫主看着罗峰，“当时引起争议的是，你的天赋极高，性格坚韧，适合走艰难坎坷的强者修炼之路。而伯兰太过自傲，天赋却极高。不过，你的意志远远超过伯兰。当时有人看好你，还有人看好伯兰，而我，看好你。”

“多谢宫主厚爱。”罗峰躬身。

“据你的老师说，你在血洛世界的这段时间，悟透了空间本源法则的35种玄妙？”天蚀宫宫主看向罗峰，“可有此事？”

“有。”罗峰直接回道。

“当初听你老师那么一说，我们虚拟宇宙公司中看好你的人就更多了。我也认为，你和戎钧将来更有希望成为我们宇宙人类中的真正强者。”

“我和戎钧？”罗峰闻言一怔。

听天蚀宫宫主的意思，之前引起争议的一直是他和伯兰，不管是闯荡通天桥，还是幻境海，都是他和伯兰领先。

怎么就突然提到了戎钧呢？

“伯兰若是醒悟，他也会是你的竞争对手。”天蚀宫宫主看着罗峰，“至于戎钧，若是你这一生实力能够超过戎钧，就算很了不得了。”

“什么？”罗峰眼睛瞪得滚圆。

自从得到兽神雕像，他甚至没将伯兰、戎钧再当成对手，他认为自己注定会远远超越他们，对手是历代的超级存在们。可天蚀宫宫主身份尊贵，绝对不会乱说话，而且戎钧也曾得到两位宇宙国主的厚爱，被他们争着收为徒弟。一系列奇怪的事，令罗峰疑惑起来。

“原来虚拟宇宙公司高层最看好的是戎钧，其次才是我和伯兰。”罗峰心中暗道，“哼！他们看好归看好。我拥有兽神雕像，可以参悟‘撕天一爪’，还有魔杀族分身参悟九宇混沌碑，地球人本尊融合各项技能，我现在的实力就超过了戎钧，这次回去，估计也能超越伯兰。之后，我会不断修炼，远远甩开他们。”

虽然他很重视天蚀宫宫主的话，但岂会轻易动摇？

他会不断地变强，进步会越来越快。至于戎钧和伯兰，就看他们能不能跟上他的步伐了。

“你的心志倒是坚定。”天蚀宫宫主透过罗峰的眼睛，猜出了罗峰的想法，“宇宙浩瀚，神秘莫测，各人有各人的机遇，你们都很不错。不过，你小小年纪，意志达到此等程度，真的很不错。我的好友最看好戎钧，戎钧只要不陨落，将来会有一番大成就，可我还是将赌注放在你身上。”

“赌注？”罗峰愕然。

天蚀宫宫主似乎知道戎钧的一些秘密，却依旧选择押宝在自己身上。

“你可别让我输了。”天蚀宫宫主脸上露出一丝笑容，“你悟透了35种玄妙……”

话还没说完，他遥指半空。无形能量汇聚，顿时形成一尊石碑，石碑上有着一幅细雨图，细雨图上一共有36个雨滴。

“36种玄妙中，哪一种是你没有悟透的？”天蚀宫宫主问道。

“这一种。”罗峰伸手一指，念力飞出，直接落在其中一个雨滴上。

“你我有缘相见，那我就助你一把。”

天蚀宫宫主一挥手，顿时九颗火球飞出，悬浮在宫殿上方的半空中。每一颗火球的直径都有数百公里，通体漆黑，球体表面燃烧着黑色的火焰。

“哧哧——”

黑色火球周围的空间直接被焚烧得裂了开来，而空间破裂后的空间乱流却被黑色火球给镇住了，至于更远一点的空间，则扭曲了。

超强引力令空间都受不住了，唯有罗峰和天蚀宫宫主周围的空间很稳定。

“那些不朽级强者都能掌控恒星了，这九颗黑色火球又是什么？”罗峰抬头看着，整个人都蒙了。

虽然在天蚀宫宫主的控制下，罗峰感觉到周围温度上升到了数千摄氏度，但是这点温度对于宇宙级九阶强者而言，算不了什么。可是，单单这个温度，就使得空间裂开，甚至令空间乱流不敢靠近，这绝对比恒星可怕千倍乃至万倍。

“我将你没有悟透的第36种玄妙演练一遍，能不能悟透，就看你自己了。”天蚀宫宫主看着半空中悬浮的九颗黑色火球。

顿时，九颗黑色火球移动起来，下一瞬，天地宛若都消失了。这九颗黑色火球移动后勾动了宇宙空间本源法则，空间完全受其操控。此刻甚至比参悟九宇混沌碑的感悟更深。

九宇混沌碑只是宇宙某位达到巅峰的存在留下的石碑，而此刻是天蚀宫宫主专门单独演练第36种玄妙。演练完第36种玄妙后，九颗黑色火球继续移动，不过移动轨迹愈加玄妙……

罗峰完全沉浸其中，脑海中浮现出了诸多感悟，之后却越来越看不懂。

也不知道过了多久……

“轰！”

九颗黑色火球已经看不到了，只看到无数的火焰轨迹，最终形成了一头无比怪异的怪兽的图影。

正是九宇混沌碑第七幅图到第九幅图上面的，罗峰怎么都看不懂的怪兽图。

随即，九颗黑色火球消失，大殿恢复正常。

天蚀宫宫主看了正沉浸在参悟状态中的罗峰一眼，一挥手。

“唰！”

罗峰消失了，下一瞬出现在天蚀宫第一层其中一艘F级宇宙飞船控制室中。

他盘膝坐着，完全没有发现自己已经到了宇宙飞船上。

“送罗峰走吧，别打扰他参悟。”天蚀宫宫主传音。

“是，宫主。”

天蚀宫宫主似乎透过一层层宫殿，看到了F级宇宙飞船控制室中正沉浸在参悟中的罗峰，笑道：“罗峰，到底能参悟多少，就看你自己的了。”

随即，天蚀宫宫主盘膝坐下，同时低声笑道：“小小年纪，意志就这么强，有意思！有意思！当年我还是域主级强者时，意志都没这么强。”

周围恢复了寂静。

此刻，一艘F级宇宙飞船带着沉浸在参悟中的罗峰，离开了天蚀宫。

第538章

剑之世界

罗峰的老巢，编号80389081号的星辰碎片，直径达6200公里。

星辰陆地悬浮在虚空中，占地面积广阔的庄园外，正有一队宇宙级战士在巡逻。

忽然，他们看到远处的虚空中有一艘梭状的宇宙飞船正缓缓下降，大吃一惊，立即传音给护卫首领奥多。

“将军，有宇宙飞船！”

“一艘宇宙飞船过来了。”

庄园内飞出一道人影，正是秃顶老者奥多。

奥多抬头，遥遥看去，那的确是一艘呈梭状的宇宙飞船。

这一看，奥多顿时脸色一变：“竟然是有着天蚀宫标志的F级宇宙飞船，跟我来！”

奥多带着数十名护卫化作一道道流光，迅速飞过去。

远处，那艘呈梭状的宇宙飞船缓缓降落。

“嗯？是天蚀宫那边的宇宙飞船，应该是罗峰殿下回来了。怎么这么久还没开舱门啊？”奥多带着一群护卫，在宇宙飞船的旁边默默站立。

那艘F级宇宙飞船停了许久后，哗的一声，舱门终于打开了。

一个背着巨斧的魁梧壮汉出现在舱门口，冷冷地扫视奥多一群人，无形的威压震慑了他们。

“拜见不朽。”奥多连忙行礼。

“拜见不朽。”护卫们都吓住了。

“罗峰正在参悟，关键时刻不能打扰他。”魁梧壮汉冷冷地道，“我天蚀宫的宇宙飞船会停在这里，直至罗峰参悟结束。”

“是。”奥多等人恭敬行礼，同时个个暗自震惊。

天哪！眼前这位威压极强，身体周围隐隐有法则波动，显然是一位伟大的不朽存在。

罗峰竟然被一位不朽存在护送回来，这位不朽存在还不敢打扰其修炼，这也太夸张了。毕竟罗峰只是太初秘境的成员，地位比天蚀宫的不朽要低。

“哗！”舱门关闭。

奥多等人只能乖乖地在外面等着。

一个小时，两个小时……

一天，两天……

“罗峰殿下怎么还没醒来？”

“对啊，我们都在这里等很久了。将军，如果罗峰殿下一直在参悟，我们就在这里傻乎乎地等下去吗？我看，我们还是先回去吧！”

“闭嘴！”奥多看向身后等待了十多天的护卫们，冷冷地道，“这才等了多久，连我都在这里等着，甚至连天蚀宫的不朽都在等着，不敢打扰罗峰殿下修炼，你们竟然叫苦。”

护卫们顿时不敢吭声了。

“哼！都给我安静地等着！假如罗峰殿下醒来，出来后，没看到我们迎接，这就是我们的失职！”奥多喝道。

“是，将军。”护卫们乖乖应道。

宇宙飞船，控制室中。

罗峰坐在金属地面上，一动不动。

此刻，他的脑海中浮现出一幕幕场景，之前天蚀宫宫主用九颗黑色火球演练第36种玄妙，其中还蕴含《时空随笔》第二册中蕴含的诸多秘法和很多他不懂的地方。

此刻，这些都一一破解了。

九宇混沌碑、《时空随笔》、飘血秘典、九颗黑色火球、远古图影、兽神雕像等相辅相成，加上之前本来就已经感悟了35种玄妙，第36种玄妙也参悟了不少，一重重疑惑不断被攻克，诸多感悟浮现，罗峰脸上不由得浮现一抹笑容。

不知不觉中，罗峰完全悟透了第36种玄妙。当初那九颗黑色火球实际上是不断演练，直至将整个空间本源法则都演练出来，所以罗峰继续感悟九宇混沌碑的第三幅图——暴雨图。

各种困惑不断浮上心头。罗峰结合九颗黑色火球、对远古图影的一些感悟，攻克了一个难关，耗费很多精力，再攻克一个难关……

"到此为止。"罗峰陡然睁开眼睛。

"再参悟下去，效率会很低。参悟九宇混沌碑，最好的还是《时空随笔》。我现在仅仅拥有前两册，没有第三册。"

罗峰清晰地感觉到，没有《时空随笔》的辅助，自己参悟的效率大大降低了。

《时空随笔》乃九宇混沌碑创始人所写，昂贵无比，却是参悟九宇混沌碑的最佳书籍。

"哗！"控制室的门陡然开启。

罗峰转头看去，只见走进来的是那个背着巨斧的魁梧壮汉。

魁梧壮汉看了罗峰一眼："既然醒了，你可以下去了。"

"多谢不朽。"罗峰微微躬身。

"这是宫主的命令，你没必要谢我。"魁梧壮汉说完，不再吭声。

罗峰再次行礼后，迅速沿着通道往前走，而后直接出了舱门。

"拜见殿下。"奥多和护卫们看到罗峰出来，连忙恭敬行礼。

直到此时，他们已经等了一个多月了。

"嗯。"罗峰跃下舱门，笑着点点头，"让你们久等了，走，回去吧。"

“是。”奥多等人恭敬地跟着。

罗峰很快便回到自己的住处，根本没怎么休息，就直接进入了虚拟宇宙。

虚拟宇宙，雨相山，太初区，1136号庄园。

罗峰直接来到了自己的修炼场中。

“天蚀宫宫主帮我一次，起码节省了两年时间。而且，他用那九颗黑色火球演练第36种玄妙，令我后面参悟暴雨图有一些眉目了。”罗峰回忆起之前在天蚀宫经历的一幕，不禁咋舌。

宇宙空间是非常稳定的，就算恒星温度很高，空间都不会受到丝毫影响。而黑色火球直接焚烧空间，连空间乱流都镇住了，超强的引力更是令空间发生扭曲。

罗峰猜测，就算是伟大的存在，比如不朽，也会被那黑色火球焚烧而亡吧。

“我还是别想那么远了，即使是一颗恒星，我也玩不转。”罗峰摇摇头，随即不再多想。

他心念一动，一根暗金色长棍出现了。

“我已经完全感悟36种基本玄妙，却不知道能不能施展出衍神兵第六重。”

衍神兵一共九重，第五重名为“空间切割”，第六重名为“自成世界”，从第五重到第六重，是最难突破的关卡之一。

经过八十年苦修，罗峰的感悟不断加深，比八十年前提升太多了，可是之前他依旧无法施展出衍神兵第六重。

“衍神兵，出！”罗峰大喝一声。

顿时，无数金光从其背上的暗金色长棍射出，一时间，金色光芒耀眼。

一把把暗金色小剑上的金色秘纹迸射出根根金丝，无数金光更是令周围空间震荡，引动空间本源法则、金之本源法则，随即修炼场等全部消失。

茫茫世界，剑气隐隐流转。

此招一出，可改天换地。

正是衍神兵第六重——自成世界！

“嗯？”罗峰眉头紧皱，脸涨得通红，意识念力控制着剑之世界的根基，也就是那5832把金色小剑。

“不，不！撑住！”罗峰忍不住低吼起来。

“轰隆！”剑之世界仅仅维持了三四秒，随即震荡起来，而后轰然一声，直接消散。

5832把金色小剑悬浮在半空中。

“仅仅数秒钟就破碎了。”罗峰笑着摇摇头，“不过，还好，这是我第一次正式凝聚出‘剑之世界’，这么多年来，总算是成功地凝聚出剑之世界了。既然能够令剑之世界成形，突破估计也就快了。”

每一重突破都很难。比如衍神兵第一重“幻剑式”，仅仅是组合成一把幻剑，而第二重“刺天式”，却要同时操控九把幻剑，让它们合为一体，其中差距是何等大！

八十年来，罗峰从衍神兵第五重“空间切割”不断修炼，进步速度惊人，际遇也很神奇，最终迈过了第六重“自成世界”的门槛。当然只是迈过门槛，毕竟每一重的威力都不同，罗峰现在仅仅能凝聚剑之世界几秒钟，算是达到第六重的初等水准。

按理说，对暴雨图的感悟达到一定水准，才能施展出剑之世界，罗峰对暴雨图根本没有真正进行深入感悟。

通天桥第一层到第三层，对应雨滴图。

通天桥第四层到第六层，对应细雨图。

通天桥第七层到第九层，对应暴雨图。

罗峰皱眉，心中暗道：“这是一个大概的对应关系。我是悟透了前36种基本玄妙，比感悟细雨图怕是要强十倍，所以才能勉强凝聚出剑之世界。”

“不过，我维持剑之世界仅仅几秒钟，估计闯通天桥第七层还不行，还得多多修炼，维持剑之世界的时间才能长一点。”罗峰暗自思索着，“而且，我悟透了前36种基本玄妙，再来研究暴雨图，想要悟透，肯定难如登天，可如果只是研究皮毛，估计很快就能悟透。”

基础越好，感悟越快。

罗峰的基础无疑很扎实。

“研究暴雨图，需要《时空随笔》第三册，我又该买秘籍了。”

罗峰明白磨刀不误砍柴工的道理，当即迅速冲出修炼场。

“嗖！”他直接飞进自己住处的书房中。

坐在书桌前，打开笔记本电脑，他迅速点开“宝库”，准备购买秘籍。

他看到了宝库下面的个人积分，顿时愣住了。

“个人积分余额：74660。我这里只剩下7万多积分了，可是购买《时空随笔》前三册需要10万积分。”罗峰心中懊恼。

第539章

血洛晶的价格

他赚取积分算是很厉害的，当初在混沌城中得到10倍积分奖励，大赚了一笔，之前购买《时空随笔》前两册后，还剩下20360积分。

后来，在幻境海中，他连闯九座岛屿，一下子获得51100积分。在血洛世界期间，闯过通天桥第六层，获得3200积分，一共74660积分。

购买《时空随笔》第一册，仅仅耗费1000积分，购买前两册需要1万积分，购买前三册需要10万积分，购买前四册需要100万积分，以此类推，购买《时空随笔》九册，也就是全套，需要1000亿积分，而且，没有一点折扣，这是令宇宙国主们都感到惊讶的。

“看来必须确认修炼任务完成后，才能购买《时空随笔》第三册了。”

罗峰轻轻点击，关闭“宝库”，点开“后台管理”，选择了“修炼”选项，很快就进入修炼任务页面，选择“申请确认修炼任务完成”。

“你好，罗峰殿下。”一道轻柔的声音从屏幕中传出，“你是申请确认你的任务完成了吗？”

“是的。”罗峰点头。

“请问，血洛世界给出的两个任务，罗峰殿下完成了多少？”

“两个都已经完成了。”罗峰回道。

“请罗峰殿下稍候，很快就有宇宙飞船抵达殿下居住的星辰陆地，进行现实中的验证。验证通过，殿下便可以得到积分奖励。”

大约八个小时后，一艘百米长的剑形灰色宇宙飞船停在星辰陆地上。

罗峰带领奥多等人前去迎接。

“你好，罗峰殿下。”舱中走出了三个身穿黑色制服的青年。

为首的黑衣男子说道：“请进入宇宙飞船，你的护卫们就不用进去了。”

“好的。”罗峰点点头。

他步入宇宙飞船内，很快来到专门的检测舱。

“罗峰殿下进入检测舱后，按照智能的提示去做即可。”这三人都谦逊有礼。

他们都是界主级强者，因为战斗方面的天赋不高，所以是处理各种事务的人员。

不过，处理各种事务的人员，地位也有高低之分。这三人处理的事务比较重要，他们知道这一届天才战中的伯兰、罗峰、戎钧受到高层重视，面对罗峰时，自然态度谦逊得很。

“嗯。”罗峰步入检测舱。

随后，一道电子音响起：“罗峰，请取出一颗血洛晶，放在你面前的桌子上。”

罗峰当即将一颗血洛晶放在合金桌上。

“第一任务是获得一颗血洛晶，完成，你可获得1万积分。罗峰，请证明你的血武者身份，并将血洛勋章放在桌上。”

“哧！”罗峰身上的摩云战衣自动裂开，露出赤裸的胸膛。

他驱动体内的血洛之力，胸前顿时浮现出了血红色的秘纹，秘纹虽然简单，却宛如一体，而且蕴含着无比神秘的力量，直接令罗峰和宇宙各大本源法则的契合度提高了一倍。

与此同时，罗峰将血洛勋章放在合金桌上。

一道蓝色光线扫过罗峰的全身和桌面。

“确认！罗峰，恭喜你，第二任务完成，成为血武者且获得血洛勋章，你可获得10万积分奖励。”那道电子音再次说道。

罗峰的脸上顿时浮现一丝笑容。

“罗峰，”一道冰冷的女音突然响起，“接下来，我通过虚拟宇宙网络系统告诉你一些讯息，这些讯息涉及虚拟宇宙公司的机密，请勿外传。”

“嗯？”罗峰闻言一怔。

什么机密？

“别紧张，任何一个进入血洛世界的人，我们都会进行例行询问。”那道冰冷的女音再次响起，“你既然能够成为血武者，又能缴纳一颗血洛晶，我估计你身上应该还有多余的血洛晶。”

罗峰再次一惊。

他之前根本就没看到“宝库”中有血洛晶售卖。

“唯有血洛世界中才有血洛晶，血洛晶是宇宙中极为神秘的晶石，无比重要。我们人类族群将血洛晶定为禁物，所谓禁物，就是绝对禁止贩卖的物品。一旦查出有人贩卖血洛晶，虚拟宇宙公司、巨斧斗武场、宇宙佣兵联盟、宇宙第一银行、宇宙星河银行都会直接出手，收缴血洛晶，以示严惩。”

罗峰吓了一跳。

歼星炮是各大宇宙国的限制级物品，而血洛晶竟然是整个宇宙人类族群中的禁物，禁止贩卖。

“你是通过自己的能力获取血洛晶的，我们不会抢夺。但是，你必须遵守以下两点：其一，绝对不可以将血洛晶卖给其他人，只能自己使用。如果要赠予他人，请先向虚拟宇宙公司发出申请，申请审核通过后，才能赠予他人。其二，你如果想要卖血洛晶，可以卖给虚拟宇宙公司，1颗血洛晶能换得600积分。”

罗峰心中一动。

其实血洛晶很多，当然宇宙中的其他地方都没有，是血洛世界独有的。可是，听这位虚拟宇宙公司高层所说，血洛晶是禁止贩卖的，连赠予他人都必须提交申请，申请审核不通过，不能赠予他人。

“虚拟宇宙公司中有很多天才，按道理，那么多血洛晶，每个天才给三颗，也不算多嘛。”罗峰心中暗道，“可是，天才们并没有得到足够的血洛晶，显然虚拟宇宙公司五大巨头对它控制很严。”

“你是否愿意出售血洛晶？”冰冷的女音又一次响起。

1颗可得600积分，罗峰手里有近万颗血洛晶，如果卖给虚拟宇宙公司，可以得到500多万积分。

天哪！这是一笔巨款啊！

据罗峰所知，不朽级强者们兑换积分，1混元单位兑换1积分。

“早知道，当初就多抢一点血洛晶。”罗峰心中暗道。

“你是否愿意出售血洛晶？”

“我的血洛晶不多，而且我想要继续融合血洛晶。”

“嗯！我们的对话就此结束，今天的对话属于机密，不得外泄。”

“是。”罗峰点点头。

随即，检测舱中响起了之前那道电子音。

“罗峰，检测已经结束，你可以离开了。”

同时，门自动开启。

站在草地上，抬头看着宇宙飞船在虚空中迅速消失，罗峰眉头紧锁。

“罗峰，我敢保证，血洛晶绝对还有一些特殊的作用。如果只是融入身体，仅仅几颗，你们虚拟宇宙公司根本没必要管控得这么严，对那些天才都很吝啬。”巴巴塔叫道，“只有一个答案——血洛晶还有其他作用，而且是对不朽级强者，甚至是宇宙国主和尊者有很大助益，所以才会被定为禁物。”

巴巴塔的眼界可比罗峰高多了。当年，它跟随呼延博在宇宙中闯荡，经历各种厮杀，对象大多是不朽级强者，自然看得更长远。

“哦？”罗峰心中一动。

“天才归天才，可宇宙人族的真正支柱是那群伟大的不朽级强者，比如真衍王等人，还有更加强大的尊者、宇宙国主。这些永恒的存在，才是人类族群在浩瀚宇宙中的支柱。他们需要的宝物，你们这些天才当然不可能直接得到。虚拟宇宙公司不是给你们进入血洛世界的机会了吗？这已经算是重视你们了。”巴巴塔说道。

罗峰点点头："我明白！我就是觉得血洛晶很重要，所以没选择卖掉。"

他手里可是有近万颗血洛晶，要卖的话，将来有的是机会。而且，或许等自己发现血洛晶的其他作用，还舍不得卖呢。

"卖容易，要买到很难啊。血洛晶可是禁物，根本没处买。"罗峰心中暗道。

虚拟宇宙，雨相山，太初区。

罗峰坐在书桌前，点开笔记本电脑桌面上的"宝物"，发现屏幕下方显示的个人积分变了。

个人积分余额：184660。

"现在够了。"

罗峰笑了，迅速点开秘籍一类，很快就找到了《时空随笔》秘籍。

他没有丝毫犹豫，直接点击购买前三册。没办法，不能单独购买某一册，只能这么购买。

"交易成功！

"扣除10万积分，余额84660积分。

"请等待，马上会有人将秘籍送到。"

页面上连续出现三则提示。

看着积分余额，罗峰忍不住感叹起来。

"赚积分真不容易啊，我耗费八十年，才成功融合三颗血洛晶，这还是自己意志无比坚定，冲进煞气旋涡核心的缘故，否则还不知道要多久才能完成第二任务呢。"

10万积分的确很难赚。

"真正赚大的还是近万颗血洛晶，弄到这近万颗血洛晶，比融合三颗血洛晶要容易得多，而虚拟宇宙公司开价不算低，1颗血洛晶值600积分，想卖随时能卖，想买却根本买不到。"罗峰也明白，也就宇宙级的天才们有接这个任务的资格。等达到域主级，就会被外派去当封疆大吏，根本没有弄到血洛晶的机会。

“依我看，血洛晶的真正价值绝对不止600积分，等等看，或许将来能带给我更大惊喜。”罗峰暗道。

第540章

通天山

片刻后，太初区的门口。

“罗峰殿下，这是我们刚刚收到的秘法典籍，是您购买的。”福斯夫人毛茸茸的尾巴甩了甩，同时递过手提箱。

“谢谢。”罗峰接过银色的手提箱。

这可是价值10万积分的《时空随笔》第三册。因为罗峰已经有了第一册和第二册，虽然这次购买了前三册，但虚拟宇宙公司送来的仅仅是第三册。

罗峰拎着手提箱，转头，便要腾空而起。

“罗峰，你这个疯子，给我站住！”一道响亮的声音响起。

罗峰转头看去，一道银色流光从远处飞来，随即降落在草地上。

正是穿着银色战甲的黑发少年乌卡。

这位蛮卡星王子的身体生长得的确很缓慢，过了这么长的时间，还没有真正成年。

“你喊我干吗？”罗峰笑着走过去。

“我们在星辰陆地上举办了几次小型聚会，甚至还举办了太初区成员的大型聚会，你一次都没参加就算了，最近竟然连虚拟宇宙都不来了，玩起了失踪。”

乌卡说着，很是不爽，忍不住捶了罗峰胸口一拳。

罗峰胸口微微一震，卸去力道。

“最近比较忙，所以没来虚拟宇宙。”罗峰解释道。

最近几个月，他得到了兽神雕像，又在天蚀宫中有一番际遇，的确有数月没来虚拟宇宙了。

“罗峰……”乌卡一脸神秘，压低声音，“我告诉你一个秘密。”

“什么秘密？”罗峰疑惑地道。

“我刚刚从对战擂台那边过来，得到一个消息，就在今天，伯兰又去闯通天桥了。”乌卡低声说道。

“他又去闯通天桥了？！”罗峰很是惊讶。

通天桥的三层算是一个门槛，而且越往后越难闯。

他待在血洛世界的八十年，伯兰、陇云、戎钧、乌卡、千水、加莱西等都选择了自己的修炼之路，一个个进步速度或快或慢，不过，大家偶尔会去闯通天桥。绝大多数天才都有进步。

可是，伯兰的战绩一直停留在达到通天桥第六层。这八十年来，伯兰一直在努力，却始终没能成功闯过通天桥第七层，由此可见，第七层的难度之大。

现如今，达到通天桥第六层的，只有三个人：伯兰、戎钧，还有罗峰。伯兰和罗峰早就达到通天桥第六层，戎钧是后来突破的。而达到通天桥第五层的，现如今也有四人了。

“他又去闯通天桥第七层了，通过没有？”罗峰连忙问道。

“嘿嘿。”乌卡怪笑起来，“那个孤傲的家伙两年前失败了一次，今天又去闯通天桥第七层，不过，还是失败了。哈哈，第七层是那么好闯的吗？”

“失败了？”罗峰错愕。

也对。这八十年里，他际遇非凡，三大身体一齐修炼，又有血洛之力加深感悟，也没有闯过通天桥第七层的把握。

“罗峰，你要加油啊！”乌卡再次说道，“戎钧达到通天桥第六层没多久，想要达到第七层，还要再过几百年。现在我们这一批天才中，有希望最快达到第七层的，也就你和伯兰。罗峰，你可得给我们‘太初三雄’争口气啊！”

太初三雄？听到这个称号，罗峰手上的鸡皮疙瘩都起来了。

这一批天才中，罗峰、戎钧、乌卡三人的关系很好，加上都表现不俗，别人自然将他们三个当成小团体。乌卡倒不觉得有什么不好，反而得意地自封“太初三雄”。

罗峰反正很不习惯，戎钧也不爽，乌卡却很满意。

“不跟你说了，我先回去了。”罗峰说道。

“你买什么了？”乌卡好奇地看着罗峰拎着的手提箱。

“《时空随笔》。”罗峰回道。

“第三册？那可是要花费10万积分啊！”乌卡瞪大眼睛，“你可真有本事！”

罗峰没有多说，立即腾空而起。

很快，他就回到了自己的庄园内。

书房中，罗峰坐在书桌前，打开了手提箱。

箱子里仅仅摆放着一本厚厚的金属书，整本书长约50厘米，宽约40厘米，厚度达到50厘米。这可比前两册都要厚得多，第三册依旧采用金黄色的金属书页，一共有数千页。

“第三册！”罗峰顾不得其他，立即翻开，阅读起来。

《时空随笔》第三册刚好对应暴雨图，随着参悟与研究的深入，加上金角巨兽每天观看兽神雕像，感悟撕天裂地秘法，主修撕天一爪，令罗峰的境界明显提升了。

所谓易学难精，皮毛容易领悟，掌握较难，真正悟透108种玄妙，是最难的，罗峰现在就是努力想对暴雨图有浅显的认识。

修炼场中，罗峰正盘膝坐在合金地面上，面前摆着翻开的《时空随笔》第三册。

他时而操控着衍神兵进行演练，无数的暗金色小剑在半空中飞舞着。

“罗峰，有邮件，是虚拟宇宙公司发来的。”

“哦！”

罗峰心念一动。

暗金色小剑疾速飞进他身上的暗金色长棍中。

他直接点击虚空，面前出现了一面屏幕，屏幕上显示出了刚刚收到的一封邮件。

“秘境资格战？”罗峰看到标题，连忙点开邮件，开始阅读起来。

虚拟宇宙公司核心成员从高到低，分别进入原始秘境、太初秘境、天地秘境、末世秘境，并非一开始被选入太初秘境，就能够永久待在太初秘境。虚拟宇宙公司的核心层存在无比激烈的竞争，弱者被踢到更低一层的秘境，强者则留在当前秘境，更强者才能进入更高一层的秘境。竞争是时刻存在的。天才战时，获得第一名，被选入原始秘境，如果不努力，进行一次秘境资格战，或许就会被淘汰，转到太初秘境。进行第二次秘境资格战，或许就会沦落到天地秘境去。

资源有限，人才无限。

随着时光的推移，总有一批批天才冒出来，若是实力不符合太初秘境层次，自然会被降到天地秘境去。

雨相山的原始秘境成员按照实力划分，分成界主级强者、域主级强者、宇宙级强者。

原始秘境中，有100个界主级强者、10个域主级强者、3个宇宙级强者。

太初秘境中，有1000个界主级强者、100个域主级强者、30个宇宙级强者。

天地秘境中，有1万个界主级强者、1000个域主级强者、300个宇宙级强者。

末世秘境中，核心成员竞争失败的，一律被降级，算是核心层的最末流。

其中，宇宙级成员每100年进行一次资格战。

域主级强者每1000年进行一次资格战。

界主级强者每10万年进行一次资格战。

因为界主级强者们大多会被困在极限很久，虚拟宇宙公司每万年举行一次天才战、英雄战，加上本身吸纳了一些天才，还有一些后期冒出的界主级天才，所以秘境中界主级强者最多，竞争激烈。

原始秘境中的100个名额，让数百届天才战、英雄战选出来的高手，以及后来崛起的诸多高手去争。

罗峰看着面前的屏幕，心中暗道："我现在是宇宙级强者，每100年进行一次资格战，还有6年多就要开始了。邮件上提到，争夺原始名额的大战无比激烈，不但要和同期天才争，还要和前辈们争夺。不过，想要进入原始区，除了进行资格战，还有另外一种方法。"

罗峰看着邮件笑了。

末世秘境成员，想进入天地秘境。

天地秘境成员，想进入太初秘境。

太初秘境成员，想进入原始秘境！

怎么办？只有两种方法，一是进行资格战，二是闯通天山。

资格战属于大规模的淘汰选拔战，宇宙级成员们参加资格战，最终选拔出优秀的天才，而且，每100年才进行一次资格战。而达到界主级，每10万年才进行一次资格战。

可是，闯通天山就不同了，虚拟宇宙公司的核心成员随时可以去闯通天山。通天山一共有三座，分别是原始通天山、太初通天山、天地通天山。假如一名末世秘境成员连续成功闯过三座通天山，可以直接提升为原始秘境成员。

"我只要闯过原始通天山，就可以直接进入原始秘境！"罗峰眼睛一亮，"那我就试试参悟《时空随笔》第三册，两个月的时间，我就对暴雨图有了浅显的感悟，施展出了剑之世界，并能维持30秒。高手战斗，30秒足够了。"

虚拟宇宙专门开辟出了一个位面空间。

位面空间中有一片苍茫大地，苍茫大地上有三座巍峨的高山，一座比一座高。

"这就是通天山位面？"

背着暗金色长棍的罗峰，仰头看向那三座巍峨的高山，高山的半山腰上分别有三组发出金色光芒的字——天地、太初、原始。其中那座原始通天山显得更加雄伟。

“嗖！”罗峰化作一道流光，直接飞向原始通天山。

第541章

以一敌三

原始通天山，高万里，雄伟、神奇，是虚拟宇宙专门开辟出的位面空间中最高的。

一道流光停在原始通天山的山脚，正是背着暗金色长棍的罗峰。

“咦？”罗峰看着前方，只见那里躺着一个长着牛角的魁梧牛头人。

牛头人旁边放着一柄骇人的巨斧，他鼾声如雷，嘴角还流着口水，口水滴到旁边黝黑的岩石上。

那牛头人似有所觉，睁开眼，看了罗峰一眼，猛地爬起来，朗声笑道：“你是来闯原始通天山的？”

“是的。”罗峰点头。

“哈哈！总算有人陪我玩啦！”牛头人仰头大吼，“白皮猿、蛇女人，赶紧过来！”

喊声如雷鸣，在通天山山脚回荡。

“嗖！嗖！”

从原始通天山山脚的其他两个方向分别飞来一道人影，左边的是一个穿着银白色战甲、有着金色绒毛的精瘦猿人，它背着一根黑色的竹竿，而右边的是全身裹着半透明纱衣，有着蛇尾人身的妖异女子。

“牛头人、猿人、蛇人？”罗峰眉头微皱。

猿人是宇宙人族中一个庞大的支脉种群，猿人种群又分很多族群。相较而言，牛头人的势力比猿人弱一点，蛇人数量则更为稀少。这里的稀少也是相对而言，蛇人依旧算是常见的人类族群中的一个支脉。

“嘿嘿，终于有人来闯原始通天山啦！”猿人佝偻着身子，怪笑着。

“让我瞧瞧他是什么来历。”蛇女人说话时，一双水汪汪的眼睛打量着罗峰，“原来是太初秘境的罗峰殿下，区区一个新人，竟敢来闯通天山。”

“喂，你别把他给吓跑了。”牛头人大吼，随即看向罗峰，“罗峰殿下，闯通天山的规矩很简单，你只要从山脚冲到山顶，将山脚、山腰、山顶的守关者全部解决，就算成功闯过通天山。我们三个都只是山脚的守关者！”

罗峰点点头。

“你闯不闯？”牛头人问道。

“闯！”罗峰回道。

“哈哈！白皮猿、蛇女人，动手！”牛头人激动地嚎叫一声。

它手持骇人的巨斧，仅仅一个迈步，地面猛地震动了一下，它瞬间就冲到了罗峰身前，同时巨斧高高举起，化为一把土黄色的斧刃。

“哧哧——”斧刃过处，空间都形成了纹痕。

“嘿嘿！”猿人怪笑一声，站在岩石上，而它背上的黑色竹竿直接飞出，同时猛地变长。

整根竹竿一共有九节，每一节由无数丝线串连，形成了好似九节鞭的武器。

正是三阶念力兵器——弧蛇。

“嗖！”一道迷蒙的幻影瞬间蹿出，快如闪电，后发先至，竟然在牛头人的巨斧之前，到了罗峰的面前。

“哼！”蛇女人娇哼一声，双眸紫光一闪。

一道无形念力直接袭向罗峰。

牛头人、猿人、蛇女人同时出手。

论速度，自然是念力的速度最快，蛇女人的念力直接渗透进罗峰的识海。

一座虚空之塔坐镇识海，整座虚空之塔非常精致，分三层，隐隐泛着金色光芒。对于本源法则方面的参悟，令罗峰的虚空之塔修炼到了三层宝塔的境界。其实，离开混沌城后不久，罗峰便达到了三层宝塔境。八十年来，他一直想要凝结四层宝塔境，显然还没有成功。

“轰！”念力轰击在虚空之塔上。

虚空之塔微微震荡，却丝毫无损。

“就凭这个也想伤我？”罗峰脚踏暗云梭，双眸迸发杀气。

“轰！”他背上的暗金色长棍瞬间金光四射，暗金色小剑射出无数金丝，直接沟通了宇宙空间本源法则和金之本源法则，两大本源法则之力通过衍神兵巧妙结合，瞬间令周围的巍峨高山直接消失不见了。

苍茫空间，剑气萦绕。

衍神兵第六重——剑之世界！

一缕剑气轰击在弧蛇所化的黑光上，将黑光直接轰得倒飞开去。

远处身形佝偻的猿人，顿时脸色一白：“衍神兵的剑之世界！”

而后，它急忙传音：“蛇女人，攻击他的灵魂，让他的意识分散，剑之世界崩溃！”

“不用你说！”蛇女人脸色一沉，无形念力再次袭向罗峰。

那缕凝结的剑气击退弧蛇后，又轰击在牛头人的巨斧上。

牛头人感觉强劲的撞击力透过巨斧传递过来，整个人一颤，不禁倒飞开去，喷出一口鲜血。

同一时刻，蛇女人施展的念力击在罗峰识海中的虚空之塔上。

“去死吧！”罗峰紧紧地盯着牛头人。

紧接着，那一缕凝结的剑气直接贯穿牛头人的眉心。

牛头人当场丧命！

猿人和蛇女人当即停下，不再攻击。

“罗峰殿下，你竟然就这么击败了蛮牛，你通过山脚这一关了。”猿人撇撇嘴，说道。

“恭喜你。”蛇女人也道。

“好厉害的幻境，不过魅惑我还远远不够，给我破！”

罗峰心明如镜，看清一切虚妄，当即意识如刀，狠狠劈在周围的景象上，顿时意识幻境轰然崩塌，一切画面消失。

幻境消失，罗峰面色微变。

一道黑色流光已经到了他的眼前，嘴角有着血迹的牛头人也咆哮着冲来。

远处的蛇女人则很是惊讶：“他竟然这么快就破了我的幻境。”

“这幻境真可怕。”罗峰心中暗惊。

之前自己重伤牛头人时，就已经中了幻术。他其实根本没有击杀牛头人，那是假的。

“蛇女人的幻境已经精妙到这等地步，牛头人和猿人也不好惹，之前牛头人和我的剑之世界硬碰硬，只是受伤，并没有死。”罗峰的脑海中瞬间闪过诸多念头。

同时，他的手中出现了一把血影战刀和一面六棱盾牌。

一道璀璨的刀光亮起。

“幽影七绝刀——昙花！”

茫茫剑之世界，一缕剑气直接袭向远处的蛇女人。

蛇女人顿时脸色大变，传音怒吼：“你们两个还不帮忙抵挡！”

它面前瞬间浮现出一面黑色盾牌，黑色盾牌周围有着蛇形花纹。作为幻术师，它在操控念力兵器方面要比掌控者差得多。

“啊！”牛头人咆哮着冲来。

可是，武者的速度远不如剑气、念力兵器的速度。

“去死吧！”猿人连忙操控黑色弧光袭向罗峰。

“铛——”罗峰凭借着盾牌和战刀抵挡。

虽然他处于下风，被压制住了，但硬是抵挡住了。

“哼！”罗峰眼眸中有着一丝冷意。

因为靠战刀和盾牌抵挡住了猿人的念力兵器，所以罗峰全力靠剑之世界对付蛇女人。

一缕凝结的剑气疯狂地攻击蛇女人，几乎瞬间，就连续攻击了数十次。

“噗！”蛇女人操控念力兵器的能力，显然远不如其在幻境方面的造诣。

忽然，一道剑气射穿了它的头颅。

“快撑不住了。”罗峰脸色微变。

他分心使用战刀，维持剑之世界越发吃力。

此时，牛头人已经到了罗峰身前。

“嗖！”黑色流光快如闪电，再次到了罗峰面前。

“铛！”罗峰连忙凝聚出一缕剑气，再次抵挡住了黑色流光。

“轰！”剑之世界陡然崩溃。

一把把金色小剑瞬间组合，其中一半的金色小剑瞬间组合成为一把暗金色长剑，暗金色长剑瞬间袭向冲到罗峰面前的牛头人。

正是衍神兵第五重——空间切割！

“去死吧！”罗峰的血影战刀直接施展出了幽影七绝刀之葬身。

刀光凌厉，带着无尽的煞气。

“啊！”牛头人咆哮一声，当即劈下一斧。

“铛！”暗金色长剑击在巨斧上，直接被轰得爆散开去，化为两千多把金色小剑。而巨斧偏到一侧，罗峰的血影战刀刚好劈下。

牛头人死在血影战刀之下。

“挡住！”

罗峰击杀牛头人的同时，操控六棱盾牌抵挡住身后射来的弧蛇黑光。

“轰！”黑光撞击六棱盾牌的瞬间，九节鞭样式的黑光尾端一甩，快如闪电，直接袭向罗峰的脑袋。

罗峰也死了。

“怎么会，竟然被他杀了两个。”猿人忍不住惊叹起来。

旁边的牛头人和蛇女人复活了。

蛇女人看到罗峰的尸身消失，很是震惊：“我的幻术超强，再加上超高的天赋，竟然都影响不了他。”

“他还只是个新人，竟然就杀了我们三人中的两人？”牛头人瞪大眼睛，满脸难以置信。

第542章

五大高手

雨相山，太初区。

罗峰坐在静室中。

“我竟然连山脚的一关都没闯过。关键时刻，剑之世界维持的时间不够长。单纯维持剑之世界，我能坚持30秒，可是，我一边使用血影战刀和盾牌，一边维持剑之世界，持续时间明显大大缩短了。看来还是感悟得不够深。”罗峰回忆之前一战，反思自己的失败之处。

片刻——

“罗峰，你的老师真衍王发来了通话申请。”巴巴塔传音喊道。

“老师？”罗峰连忙站起来，神态谦逊，同时点开屏幕。

屏幕上浮现出了一座建立在巨大礁石上的亭子，端着酒杯的真衍王坐在亭子中，而他后方有一座金碧辉煌的宫殿，宫殿上方的牌匾上写着两个金色大字——真衍。

“那应该就是老师在雷霆岛上的神殿。”罗峰暗道。

“罗峰。”真衍王笑着唤道。

“老师。”罗峰恭敬行了一礼。

“你收到虚拟宇宙公司的邮件了吧？”真衍王的脸上带着揶揄的表情，“是不是很想冲进原始秘境？”

“嗯。”罗峰点点头，随即无奈地摇头，“老师，我看了邮件后才知道，想要升到原始秘境，只能通过两种方式，一是进行资格战，二是闯通天山。我刚才去试了试闯原始通天山……”

“噗！”真衍王一口酒喷出，“什么？你说你去闯了原始通天山？”

“嗯。”罗峰点点头。

“失败了吧？”

“嗯。”罗峰又点点头。

“不失败才怪！”真衍王忍不住笑起来，“看来你是一点都不知道通天山的事情。”

“我刚刚看到邮件后，才知道通天山的事情。”罗峰道。

真衍王哭笑不得：“三座通天山，虚拟宇宙公司的核心成员随时可以去闯，只要闯过，就能立即进入更高一级的秘境。听起来很美好，但闯通天山的难度可是很大的。天才战时，你们要闯七座试炼塔，你还记得吗？”

罗峰点头。

自己在闯第六座试炼塔第一层时就失败了，伯兰则闯到了第七座试炼塔第一层。

“七座试炼塔设置的标准很高，几乎没有通过的希望。”真衍王缓缓说道，“这通天山也是如此，难度非常大。你想通过闯原始通天山，进入原始秘境，并不容易。我这么跟你说吧，就是原始秘境宇宙级成员全部进去试，也没一个能闯过原始通天山。”

罗峰愕然。

原始秘境的宇宙级成员实力那么强，都没一个能闯过原始通天山？

“明白了吧？你如果能闯过原始通天山，那就意味着你比原始秘境的同级成员都要强，当然会直接给你升到原始秘境。至于难度到底有多大，我先问你一个问题，你去闯关时，是在哪一层失败的，山脚，山腰，还是山顶？”

“山脚。”罗峰有些惭愧，“我杀了其中两个守关者，但还是失败了。”

“这已经算不错了，虚拟宇宙公司培养你的时间并不长。至于原始通天山的难度，山脚、山腰、山顶各有三个守关者，守关者分别是武者、精神念师掌控者、幻术师，三者围攻你一个，就算实力都比你弱一点，但三者联合起来，彼此互补，那就很强了。”真衍王顿了顿，又道，“山腰的守关者有山脚守关者的10倍实力，山顶守关者有山腰守关者的10倍实力。”

罗峰瞪大了眼睛，道：“您的意思是，山顶守关者有山脚守关者的100倍实力？”

“对，100倍。”真衍王点头。

“我施展出剑之世界，能维持30秒。在宇宙级九阶的阶段，我就能施展出剑之世界，在浩瀚宇宙中，都算是绝顶高手了吧？”罗峰很清楚自己的定位。

真衍王微微点头：“没错。”

“我现在闯山脚的关都还差一点，山顶守关者有山脚守关者的100倍实力，我只是区区宇宙级九阶强者，怎么可能通过？”

真衍王笑了，道：“我刚刚说了，就连原始秘境的宇宙级成员也无法通过。”

罗峰愕然。

“原始通天山只是一个标杆，让人仰望，让人有目标，让人时刻谨记别骄傲。”真衍王又道，“所以，想要上升到原始秘境，进行资格战才是最好的方法。”

“老师？”罗峰又开口了。

真衍王看着罗峰。

“有没有人闯过原始通天山？”罗峰问道。

“有！当然有！而且还不少！宇宙浩瀚，天才不计其数，其中有天生好运的，有拥有特殊际遇的，有性格坚韧的，有悟性极高的，有出身极好的……你和伯兰仅仅是上万纪元一出的天才，而原始宇宙诞生的时间要长得多，无尽岁月中，比你和伯兰的实力强十倍乃至百倍的天才都出现过。天才成为绝世强者的概率极高，可照样有大群天才陨落。曾经和我同时代的一个天才，当然，比我要早数十万年，名唤‘科谛’，号称上亿纪元第一天才！

"在宇宙级、域主级、界主级这三个时期，他直接闯过了原始通天山，际遇神奇，天赋强大，在域外战场上更是让其他族群震惊。界主级时期，他便能击杀封侯级的不朽，一群宇宙国主、尊者抢着要收他为弟子，最后还是混沌城城主收了他当徒弟。"

罗峰惊呆了。

真衍王叹息一声，继续说道："可惜，在一个宇宙秘境中，他直接陨落了，死的时候，已经是界主级巅峰强者。

"放眼一个星系，有人的确称得上是第一天才，可若放眼整个星域，宇宙国，乃至整个人类族群，就算是宇宙人族中的第一天才，那也仅限某一时期而已。纵观万年，上万纪元，上亿纪元，甚至整个人类历史，又算得了什么。"

罗峰不由得点点头。

"强者的确该有自信，但不能骄傲。"真衍王摇摇头，"那伯兰就是过于骄傲了，却不自知，那群宇宙国主根本不重视他。活了漫长岁月，宇宙国主们可是见过不少能媲美伯兰的天才。"

"我明白！我会努力的！别人能闯过原始通天山，我也可以的。"罗峰说道。

真衍王一愣，随即点点头。

"这次我找你，是想提醒你参加资格战时要注意一些事。"真衍王再次说道，"资格战是你们太初秘境的内部战，太初区的宇宙级成员一共38人，原本30人，加上你们8名新人。"

罗峰点头。

"38人参加资格战，决出最强的3人，这3人有资格去和原始秘境的人厮杀，当然，历届很少有成功的。

"我要提醒你的是，此次太初秘境内部决战，你和戎钧等人仅仅是新人，而太初区宇宙级的强者们，少则被虚拟宇宙公司培养千年，多则被培养数千年。这30名资深强者中，闯过通天桥第七层的有5人，闯过通天桥第六层的有